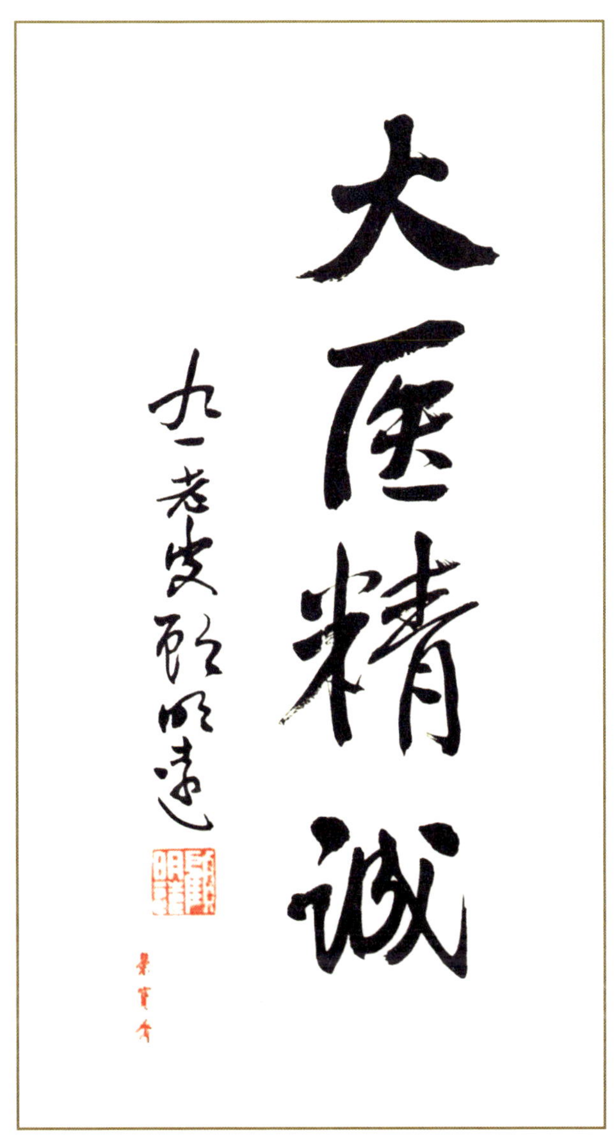


中国教育学会原会长、北京师范大学原副校长

顾明远教授题词

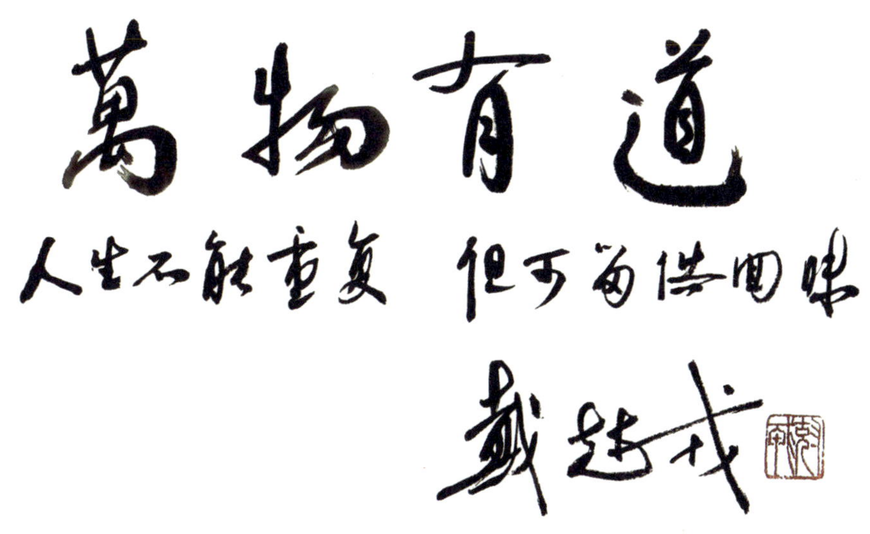


中国工程院院士、上海交通大学医学院附属第九人民医院原院长

戴尅戎教授题词

# 走进名校与名师

姜宏◎著

中国水利水电出版社
www.waterpub.com.cn
·北京·

## 内 容 提 要

本书精选了作者对实力雄厚的几所国内外综合性大学的所思所感，以及与名师往来的回顾，内容既包括名校介绍，也包含了作者结识的名师介绍。本书正是感悟和思考的人文荟萃、校园写真和历史流变。本书还配以百余张精美的实拍照片，翻开书本，一所所名校、一位位名人，栩栩如生，惟妙惟肖，正向你徐徐走来。

图书在版编目（CIP）数据

走进名校与名师 / 姜宏著. -- 北京 : 中国水利水电出版社, 2020.8
ISBN 978-7-5170-8793-9

Ⅰ. ①走… Ⅱ. ①姜… Ⅲ. ①随笔－作品集－中国－当代 Ⅳ. ①I267.1

中国版本图书馆CIP数据核字（2020）第155121号

| 书　　名 | 走进名校与名师<br>ZOUJIN MINGXIAO YU MINGSHI |
|---|---|
| 作　　者 | 姜宏　著 |
| 出版发行 | 中国水利水电出版社<br>（北京市海淀区玉渊潭南路1号D座　100038）<br>网址：www.waterpub.com.cn<br>E-mail：sales@waterpub.com.cn<br>电话：（010）68367658（营销中心） |
| 经　　售 | 北京科水图书销售中心（零售）<br>电话：（010）88383994、63202643、68545874<br>全国各地新华书店和相关出版物销售网点 |
| 排　　版 | 北京水利万物传媒有限公司 |
| 印　　刷 | 北京蓝图印刷有限公司 |
| 规　　格 | 170mm×240mm　16开本　18印张　322千字 |
| 版　　次 | 2020年8月第1版　2020年8月第1次印刷 |
| 定　　价 | 58.00元 |

## 序一

# “走近”与“走进”

姜宏教授告知，这本书稿原名为《走近名校与名师》，但彭老将军大笔挥成了“走进”，因此就成了眼前的《走进名校与名师》。我认为，姜宏教授自题的“走近”与彭老将军挥就的“走进”，都好。

姜教授自题的“走近”，非常贴切。

首先，“近”者，与“远”相对，表示空间或时间距离的缩短。姜教授走近名校，应是此意。他通过亲历造访，与他一直以来心向往之的大学靠近了。这其中，有中国的顶尖学府——北京大学、清华大学等，有被人赞不绝口的美丽学府——武汉大学、厦门大学等，也有着底蕴深厚的历史名校——西南联大、黄埔军校等，当然在国外期间，他也会寻机走进所在地的高等学府——英国的剑桥大学、牛津大学，美国的哥伦比亚大学、斯坦福大学，等等。在他看来，“走访人大，增进了我对这所著名学府进一步的了解。”“多年来我在想象的时空中对北大却是心驰神往，特别是北大的西校门，那么古色古香，色彩分明，校门正上方那金灿灿的“北京大学”几个大字，更是光彩夺目，代表着一种使命、尊严、荣耀和辉煌。”同时，他还透过校园的建筑，领悟了名校教育之精神。譬如美国哥伦比亚大学的教育宗旨，姜教授就是通过校门正门口的希腊雕塑领悟的：“中午时分我们到达哥伦比亚大学正门口。两尊遒劲挺拔的希腊雕塑首先映入我的视野，其巍然屹立在大门的两侧，仿佛在守护着哥伦比亚大学的教育宗旨——科学和艺术的完美统一。”正是这样，身临其境的校园，触摸可及的校园建筑，都缩短了与这些名校之间的空间距离和时间距离——他，走近了。

其次，“近”者还有关系密切之意。姜教授走近名师，应取此意。他通过彼此生活中的交往与名师亲近了。这些名师不仅有同为医学界的前辈——戴尅戎院士、唐天驷教授、董天华教授以及自己的导师施杞教授等，还有大将军向守志与彭勃等，作家贾平凹与阎连科等；他通过走访名人故居走近伟人、名师，有近在无锡的博古，有远在加拿大的白求恩等；他还通过聆听高雅的音乐会，走近了音乐大师——钢琴王子理查德·克莱德曼、小提琴家索菲·穆特等。或亲近交往，或通过拜访故居、聆听音乐的神交，姜教授就这样确确实实地走近了名师。

然而，在我看来，姜教授自题的“走近”，还表达了一层不为人知的低调与谦和之意。我与姜宏教授相识已有十年之久，深知他极为谦和以及低调的个性。记得 2017 年他当选全国卫生系统劳模，作为朋友的我直到在电视中看到在北京领奖的他，才知晓姜教授获得了国家级荣誉。诸如此类的例子，生活中有很多。姜教授自题“走近”，显然也是如此。姜教授对他心驰神往的名校充满憧憬和崇敬，总声称自己是“沾不上边的局外人”“教育圈子以外的门外汉”，能够造访所到的名校，已是心存感念，只愿“走近”，却万万不可自称“走进”。他对心目中的名师们，更是充满景仰和尊重，在他们面前总是自谦成小学生一般：“感谢、感恩唐老师！祝您教师节快乐，身体健康！学生姜宏叩拜。”能够亲近大师，在姜教授看来，已是无上荣光和无比幸福，又怎可妄称“走进”？！

可是，彭老将军洞察敏锐，智慧过人。他一挥而就的“走进”，却恰恰将姜教授低调的“走近”盖过，还原了书稿本身的厚重。“进”与“近”虽为同音字，但我更愿意相信彭老将军对三次带着鲜花拜访的姜宏教授早已有深入体察，是有意而为之的。

一方面，“进”者，与“出”相对，含有从外面到里面之意。姜教授谦称自己只是“走近名校”，也就只是参观一下名校而已。其实，我们跟随姜教授的脚步就可发现，他对于中外名校并非止步在触摸可及的校园建筑或身临其境的校园外貌，我们可以他自己本人自谦的话来佐证：“不得不说一下我参观名牌大学的一般流程是，事前做好功课；跟着向导听讲解，不时根据功课疑点进行提问；走马观花看风景，努力做到有照为证，甚至用手机短信做些记录，同样给力；购买一张校园地图；回来后再将所见所闻及时整理，感慨一番，也算是过了一把读名校的瘾。”试想，一个只是走近或者参观一下名校的人，是无须前后做那么多功课的。而姜教授所做的这些功课，恰好印证了彭老将军的“走进名校”。“普林斯顿大学的精英主义，仿佛在校园的空气中弥漫萦绕，大学的精英主义为世界培养了众多的精英。”“核心课程的教育计划是，在本科生接受教育的头两年，学生基本不学专业，而是花很多时间涉猎百科、纵横文理，为第三年进入专业学习打下广博的基础。从这一点上可以发现，哥大强调的是实践与能力，特别是创新能力的培养。”诸如此类的话语出现在“名校篇”中，我们不得不慨叹姜教授对名校的洞察，显然他已走进了名校。

另一方面，“进”者，与“退”相对，有向前移动之意。虽然姜宏教授一再谦称只是“走近名师”，可我们看到，正因为姜宏的一再“走近”名师，也使自己进入了名师的行列之中。“我坚持这项艰苦的系列研究长达 20 年，承担了国家级课题，发表了 80 多篇论文，出版了 3 部临床专著，培养出了 35 名硕士研究生、3 名博士生和 1 名外籍研究生。而获得的 2018 年度中国中西医结合学会科学技术奖二等奖，则是对我这项中医临床研究的一个激励与肯定。”姜宏从一名普通的运输工成长为一名医学院的学生，又从一名医学博士到如今的博士生导师、骨伤科专家，他一直在向前奋进，向前移动。彭将军的“走进”，显然是一种褒奖。

缘于姜教授的“走近”一书，缘于彭老将军挥就的“走进”一笔，我幸运地得以从原来的“走近”向前“走进”了多元身份的姜宏。阅读中，我看到了背着单反相机穿梭在校园中专注拍摄的姜宏，看到了听着音乐满头大汗做着家务的姜宏，看到了拉着二胡唱着卡拉 OK 的姜宏，看到了高铁上飞机上埋头阅读各类报刊的姜宏，看到了舞台上神闲气定的合唱指挥的姜宏，看到了在奥运场馆购买各类纪念章的收藏爱好者姜宏，看到了音乐会上与音乐大师切磋技艺的姜宏，看到了文学作品研讨会上思考文学与医学关系的姜宏，看到了带着儿子同看体育赛事同游名校的慈父姜宏，看到了和 17 中“发小”说着“没变”的姜宏……

走进，真好！

朱静宇

2019 年 5 月 10 日

（作者系同济大学人文学院中文系主任、教授、博士生导师）

序二

# 由名之名

最近又欣喜地读到了医学博士生导师姜宏教授的新文集稿《走近名校与名师》。为何欣喜？首先，作者是自己的“发小”，后来他自己也可以说是经历了从名校到名师的历程，这在书中有许多记述；其次，因为自己一辈子在多个高校工作，包括在名校复旦大学，还喜欢走进各地高校，遇见的名师不胜枚举；最后，自己届龄退休时，获得的国家级、部级和省市级的奖励也有多个，被同行称赞是名师出高徒，传帮带了一些能干的年轻老师，自己也退而不休，继续返聘。所以《走近名校与名师》，内容虽然古今中外，极其广博，与我的直接关系不多，但自己还是感到十分亲切，与有荣焉，并产生了文章题目概括的感悟。

当然每个人的读书需求和读书习惯是不同的，有经常读书的、有很少读书的；有从头读到尾的、有只读喜欢部分的；有精读的、有泛读的，不同的读法各自有其价值。作为爱好读书的人，对于《走近名校与名师》中“名校篇”“名师篇”两部分，我先是泛读全书，再精读了“名校篇”。本文《由名之名》的感悟重点，自然也在“名校篇”，特别是其中的国外名校。因为中国现在日益走进世界舞台的中心，特别需要世界级的名校和名师。名校与名师可以理解成一个人由进入名校到成为名师，也可理解为一所大学由名师云集成为名校；可以理解为由学术名声成为名校名师，也可理解为名校名师成就的学术名声。虽然老子说：“名可名，非常名。”但孔子还是强调：“名不正则言不顺，言不顺则事不成。”老子与孔子的观点常有不同，在对名的求索却是一样严格的，即人或物的名号、名分或概念理解非常重要，这帮助形成了后来中国的“名学”，即思想学和逻辑学。

名校与名师的核心，不仅仅是在名声外溢上，更重要是在学问影响上。《走近名校与名师》中记述道：牛津大学“有 5 位国王、26 位英国首相、30 多位诺贝尔奖获得者包括美国前总统克林顿均毕业于这所大学”；即使国人不太熟悉的波兰华沙大学，也“共诞生过5个诺贝尔奖获得者，培养了世界钢琴演奏家肖邦、波兰的多位总统，还有两位以色列前总理等政要。”

作者对名校的种种描述可以说是图文并茂、声情互动、引人入胜。要说有遗珠之憾的话，可能是由于客观条件，书中文章还没有走进一些更值得走进的大学，如哈佛大学和弗吉尼亚大学。哈佛大学在美国和世界各种大学排行榜上是经常名列第一的，截至2018年3月，它诞生了157个诺贝尔奖获得者（世界第一多）、8位美国总统。另外如弗吉尼亚大学，在美国公立大学中始终排名第一或第二（有时加州伯克利排名第一），它的第一任校长是美国退职总统托马斯·杰斐逊，第二任校长也是美国退职总统詹姆斯·麦迪逊，这些人均非同小可。

如果我们只从大学出人才多少的角度看名校与名师，还不免有点儿陷入镜像思维窠臼。谈名校与名师的“钢铁”是怎样炼成的，还有其他许多方法，其中一个方法是琢磨创建和领导名校的人。杰斐逊担任过弗吉尼亚州长、驻法大使、国务卿、两任总统，并从拿破仑手中买下路易斯安那地区，使美国领土翻倍；但他去世前只要求在自己墓碑写上美国《独立宣言》和《弗吉尼亚宗教自由法》的执笔人、弗吉尼亚大学之父等几行字，而对总统等官职不提一词。麦迪逊当过8年联邦众议员、8年国务卿、8年美国总统，他提出的“弗吉尼亚方案”成为美国宪法的框架和原则，因而被称为美国宪法之父；他当总统时领导第二次美英战争，为美国赢得了彻底独立；但总统任期结束后，他就当大学校长去了。

这样的“学而优则仕、仕而优则学”，在美国的大学绝非少数。如南北战争中的南方著名军事领袖罗伯特·李，在战争失败后，与对手相逢一笑泯恩仇，去大学当校长了；姜博士书中也提到，“二战”欧洲盟军总司令艾森豪威尔，战争胜利后，也去大学当校长了……可能扯远了，就此打住。只是盼望，以后姜博士在谈名校与名师等题目时，还可以有更多视角，如还可以“学而优则商、商而优则学”等。以姜博士的博学，这也是轻而易举的。其实，从文章角度看，书中“名校篇”“名师篇”，篇篇皆美文，人人可欣赏。

张卫

作者系江南社会学院教授，原载于《新民晚报》，2019年5月3日

自序

# 你的心里一定要住着一位老师

作为一名骨科医生，尽管平时工作繁忙，但生活中只要有机会，我就会寻机去享受我的业余爱好——走马观花看名校，走近名师求学问。实话实说，名校名师从小就是我心中的偶像，言行的灯塔，直至现在或将来。

特别是一听到北大、哈佛等中外名校，就会让人两眼发光，那是许多人梦寐以求的学术殿堂。名校为何如此让人为之神往？它的灵与魂是什么？名校，可以说是一个国家或一个地区教育科技文化的示范、标杆和引领。试想，没有这样优秀的大批高等学府，人类只能“万古如长夜”，哪来如今的数字时代、虚拟世界、伟大的互联网和分秒难离的“屏幕”生活？5G 时代已经到来。所有这些，无一不是教育科技在推动着时代社会的飞速发展。

诚如哈佛大学校长巴科这次在北京大学主题演讲《真理的追求与大学的使命》中所指出的那样：“我希望中国以及世界各地的青年们都能理解这样一个简单的道理：如果你想要有所成就，教育将帮你实现梦想。”如果说高等教育之前的教育是基础教育，那么高等教育便是专业教育或职业教育，是立身做人，确立“三观”的关键阶段。

何谓名校？有人给出简单的评价标准：首先，学生愿意去；其次，教授喜欢去。人们经常“用脚投票”，选择他们喜欢的名校。名校作为一种担当，应该为国家和民族贡献有价值的思想；提高学生的思想境界和价值观，并进而引导和影响社会的价值观。

我没有上过名校，乃憾事也，但用脚实地走访名校，感觉仍可弥补些许遗憾。感受一番名校的氛围，呼吸一下名校的空气，细听一下名校的书声，或者是粗线条的轮廓，也算是对上名校的“过把瘾”。因此，每到一地旅游观光或参加会议，只要时间允许，我总会拿起地图，搜索一下当地的名校，然后赶紧制定访校攻略。因为我欣赏北岛《青灯》的名句：“一个人的行走范围，就是他的世界。”走访名校，也是一个人读书看世界的很好补充。

百年名校，不只论长度，更有空间范畴。托起名校象牙塔的那些中外名师，他们的人格魅力、精神风范与治学态度是全人类取之不竭的宝贵财富。“所谓大学者，非谓有大楼之谓也，有大师之谓也。”名校肯定有着许多名师名人，但名校与名师，两者并非完全水乳交融，非名校也有“名声很大”或“名声不是很大”的名师名科。如徐州医科大学的麻醉学科等，不一而足。

这么多年来，在我熟悉、认识或景仰的一些名师中，既有医学家、教育家，也有文学家、音乐家和经济学家，甚至将军。读识他们，有着生命与文明的伟大意义，感受跨界带来的力量。上海市原副市长、国务院原新闻办公室主任赵启正同志告诉我这样一句话：“一个三十岁的人，如果有四十岁的智慧，大体上成功了。”如何能做到这样，他给出的建议是：“除了要读好书和要善于思考外，和你的家长和老师多接触，因为他和你谈话的时候，他的经历、阅历，可以用很短的时间告诉你，这样你就走了一些捷径。”师长的他山之石，可以攻玉。

学为人师，行为世范。名师可敬可爱，名师无处不在，名师也是普通人。瞧，一不小心名师就在你身边。处处留心皆学问。即使仅读他们的著作，进行跨越时空的对话，也能走近他们的思想，触摸他们的灵魂，感受他们的温度。就拿我身边的名医大师来说，他们一生都在用生命践行着伟大的职责与使命——用高超的医术回报社会，用高尚的医德温暖社会。他们是名师，更是“明师”。痴意名校名师，滋味文章经纬。我“虽不能至，但心向往之”。

美国作家梭罗（Thoreau）在他的《瓦尔登湖》中写道：“知道自己知道什么，也知道自己不知道什么，这就是真正的知识。”但尽信书不如无书。我斗胆落笔，班门弄斧，用文字来展示眼中的那些名校与名师，肯定自不量力。因为文集不乏坐井观天，孤陋寡闻，甚至东涂西抹，七拼八凑，挂一漏万。但片言只语，可明百意，管中窥豹，并非一斑。斯是陋文，惟吾心仪。自得其乐，更是心境。尤其本书中收录的数十篇文章，曾先后发表在《新民晚报》、《中国中医药报》和《苏州日报》，都是经过那些编辑老师明辨是非后认可的。

犹记中国作协主席铁凝在《你在大雾里得意忘形》序文中那段富有哲理的精彩表述：“‘你的心里一定要住着一位老师’，这句话非常打动我。我想，我们每个人心里都应该住着一位老师。这老师可能是你现在的老师，也可能是你从前的师长，或者是你的某位亲人，你的同学、朋友，甚至学问、知识表面上看上去都不如你的人——我经常从他们身上获得人生的智慧。或者，这心中的老师仅仅是书中的一句话。这让我们清醒，让我们知道，不管我们的日历和年龄怎样快速叠加，因为心里住着老师，虚妄和骄蛮便住不进来。我们会坚信，相对于永恒的时间，我们实在还是人生的学徒。”

是啊，无论你是何种职业，什么年龄，愿每个人心中都驻有一所名校，住着一位老师，这样可以从中领悟时代的使命，不断塑造自己，永远做一个追梦人，去拥有一个更美好的人生。

“陌上花开，可缓缓归矣”。看名校，读名师，请跟我来……

# 目 录



## 名校篇

## 名师篇

名校篇

# 向往北大的梦

对很多人来说，北大也许只是一个可以梦想的地方，抑或连做梦也不敢想，甚至连做梦也做不到的地方。

记得30年前，即刚恢复高考不久的1978年，与我同住一条巷子且一起参加高考的一位同学，以优异的成绩被北大录取，进入物理系深造。这一直让我对他羡慕不已，也一直令我对北大憧憬热爱，甚至魂牵梦萦。因此，在那一段时间内，日思夜梦，更是不知天高地厚，我这个“癞蛤蟆”似乎也想吃一回“天鹅肉”了，竟至有一次梦见自己考取了北大。回想起来，颇感年少的幼稚与好笑。

说实话，尽管我是一个与北大一点儿也沾不上边的局外人，然而，多年来我在想象的时空中对北大却是心驰神往，特别是北大的西校门，那么古色古香，色彩分明，校门正上方那金灿灿的“北京大学”几个大字，更是光彩夺目,代表着一种使命、尊严、荣耀和辉煌。每次到北京，只要走近海淀区，总要抽点儿时间前往北大，从西校门进校园去转一转，哪怕踏点儿北大的泥土，吸点儿北大的空气,听点儿北大的琅琅读书声，甚至徘徊在北大高高大墙之外的那条林荫小道，也可了却心中那份永远的遗憾，过一下“上北大”的瘾。

北京大学两柱醒目的华表，制于1742年，原置于圆明园安佑宫，燕京大学建校之初移至此

2008年8月，我带着即

将上高三的儿子去北京观摩奥运会，住在距海淀区不远的西北郊方向。这天，我们要去北大体育馆观看乒乓球女子单打半决赛和决赛，距开赛还有好几个小时，为了打发时间，我突然萌发出带儿子去北大校园走马观花一回的想法，以激发其读书的热情，冲刺明年的高考。真不凑巧，由于北京奥运会期间的安全问题，北大谢绝暑期个人和团体入校参观，并实行临时的验证管理制度，只有凭北大的有效证件才能进入校区。我们没有有效证件，自然被严格的保安挡在北大西校门之外。急中生智，我们出示了两张将在北大体育馆举行的乒乓球赛的门票，这张“特别通行证”，让我们顺利地进入了北大的校园。实际上，北大体育馆位于北大校园东南角，分别有校内的西入口和校外的东入口两个入口。东入口位于中关村大街大成坊路上，在方正大厦对面。北京奥运会期间，观众一般从东入口处广场安检进场。

北大校园旧称燕园，明清时代曾是皇家的“赐园”，现分为西北的办公区、东边的教学区和南侧的生活区。我们从西校门进入北大，穿过校友桥，径直来到办公楼小广场。从未名湖到博雅塔，从北大图书馆到北大百年纪念堂，从北校园

北京大学西校门弥散着一种独特的人文气息，图中右边一位青年正在坚定地向北大西校门迈进

到南校区，一路上，可见石桥石级、华表庑殿、亭台楼阁、飞檐流丹、假山怪石、题词碑刻、湖光塔影、红楼钟亭和堤岛林间。特别是那一座座历史悠久的皇家园林式建筑，总令人感到北大的校园既有北方园林的宏伟气度，又有江南园林的秀丽特色，真是“风景这边独好”。当然，北大最美、最亮丽的风景线就是“一塔湖图”，意即未名湖、博雅塔和图书馆。其中，未名湖更是北大的标志和象征，她孕育着北大的成长成熟，也见证着北大的历史沧桑。为何称作未名湖，有其一说：“园中有一湖，景色绝胜，竞相提名，皆不适，乃名之曰未名湖。”联想到刘禹锡《竹枝词》所云：“东边日出西边雨，道是无晴却有晴。”我作为业外人士对未名湖的理解，颇有点儿近似于诗人在诗中流露内心的那种感觉，只觉得未名湖应该是“道是无名却有名”。做个不太恰当的比喻，就像无标题音乐比有标题音乐更深奥一样，让人有更多更大的思考和想象空间。未名湖从历史中走来，处处皆故事。其实，在未名湖周边，住过和住着许多位科学界的大师和学术泰斗，他们以坚实之学和高贵人格，培养出了一代代北大年轻的学子，而这一代代北大年轻的学子又不断地从未名湖畔扬帆起航，后浪推前浪般地去开启为国家成就事业的征程。那一刻，我更感到一种伟大的精神正从未名湖畔向我走近。

望着清风徐来、水波微兴的未名湖面和身后的红湖建筑群，我们父子俩又不约而同地想到那首《让我们荡起双桨》的歌曲，其纯真的感情和优美质朴的旋律，不沾染人世间一丝尘埃，曾拨动过新中国几代少年儿童纯洁的心弦，去向往美好的明天。“小船儿推开波浪，海面倒映着美丽的白塔，四面环绕着绿树红墙”。荡漾荡漾，绿的波浪，荡漾荡漾，夏的风浪。此时此刻，我们仿佛一只小船，在随着未名湖波荡漾，任思绪同未名湖水一起泛出一圈又一圈的涟漪，任思绪像鸟儿般自由地飞翔。此时此刻，仿佛静静流淌着的未名湖，又向我掠过了她昨天的涓涓细水、今天的微波荡漾和明天将要呈现的“波澜壮阔”。

有人说，“北大一条虫，出来一条龙”；还有人说，“北大的空气也是养人的”。我们绕湖一圈，不断深吸着北大的空气，边走边赏湖光塔影。在未名湖边那个刻有“原燕京大学未名湖”的石碑旁，还有及至坡顶钟亭处，我替儿子拍摄了多张风景留影。我还找了张椅子坐下，去发一会儿呆，企图一眼穷尽北大校园的美。

当然，北大的美丽并不在于校园的建筑和风景，“所谓大学者，非谓有大楼之谓也，有大师之谓也”。在北大的历史上，有过很多著名的大师，他们对我来说，既熟悉，又陌生，如陈独秀、李大钊、蔡元培、鲁迅、胡适、严复、马寅初等，我想这是支撑北大厚重人文的脊梁，也是北大永远宝贵的财富。

北大是一本厚重的书，博大精深，多姿多彩。北大是一块沃土，她是五四运动的发祥地、是中国新文化运动的中心，更是马克思主义在中国传播的最初阵地。北大的特色，还在于她的办学思想和理念。我知道，“爱国、民主、科学、自由、兼容”是北大传统精神中最新鲜明的符号，生生不息，代代相传，早已融入北大师生的血脉之中。

北大是一首诗歌，北大是一片思想，远的不说，就说近的。有两个电视画面一直深深地印在我的脑海中。其一是 1984 年 10 月 1 日，天安门广场国庆 35 周年盛大的游行队伍中，北大的学生们突然展开一条“小平您好”的横幅，画面瞬间传遍全世界，成为共和国历史上珍贵的记忆。这是北大人的肺腑之言，这也是全国人民的心声，“小平您好”的深刻内涵是无法用语言来表达的。其二是在 80 年代，当中国男排在世界杯亚洲区预选赛上，经过顽强拼搏，反败为胜时，又是北大学子喊出了“团结起来，振兴中华”这一时代的最强音。我虽非北大一分子，但我了解北大人，阅读北大事，追求北大精神。因为在我的心目中，北大精英荟萃，北大学生永远代表着中国充满希望的未来。

在我的印象中，北大中文系教授、著名诗人林庚先生，是一位博古通今的大师，对唐诗的研究更有精深的造诣，其著有《林庚诗文集》《中国文学史》《唐诗综论》《空间的驰想》等。他曾指出：“唐诗的主要成就，是古体、绝句和律诗。律诗富丽，绝句空灵，五古沉着，七古豪放。”我最早了解林庚先生，是读过他出版的《中国文学史》，当时只记得其对唐诗的评注极为精彩。唐诗的可贵之处，是她能够以最新鲜的感受从生活的各个方面启发人们，永远呈现出无尽的新异，给人以深刻的启迪。

有时也通过聆听北大名人及外国首脑在北大的演讲来了解北大。1998 年 6 月 29 日，克林顿总统在北大办公楼礼堂向全校师生发表了著名的演讲，其中有一段话的大意我还依稀记得：“一场信息革命正在照亮人类的知识版图，也使我们大家紧紧相依。思维、信息、资金在电脑键盘的敲击声中纵横全球，产生出了异乎寻常的机会让人们去创造财富，防止和征服疾病，以及更好地理解不同历史、不同文化背景下的人们。”其实在演讲的台前幕后，还有一段或许比演讲更有趣的故事。据说，在总统演讲时使用什么讲台的问题上，中美双方曾有过一段“短兵相接”。美方向北大提出，总统在北大发表演讲，要用白宫的讲台，其理由讲台是为总统量身定做的，具有防弹功能，有安全的需要，但北大坚决拒绝，声明在北大演讲，就要用带有北大校徽的讲台，因为这是北大的惯例。后来经过几个回合的交涉，双方各自都做出了让步，妥协出一个均能接受的折中方案，在总统演讲中用北大的讲台，而在另一场总统向北大的捐书仪式上，用白宫的讲台，北大人兼容异同，在这场交锋中可以说是占了上风。

近年来，我也曾先后在苏州图书馆听过北大校长许智宏教授、中文系曹文轩教授的精彩演讲。其中，曹文轩教授在《我的文学观》的演讲中，通过阐明“人因读书而高贵”“要多读有文脉的书籍”，传播着一种高品位的读书气质，很富有感染力和影响力。我感到，在当今，电子网络的阅读终究不能替代纸质书籍的阅读，在晴窗下或在灯光下翻读书页、书写眉批、折角折边和用笔杆划的乐趣，是电子网络阅读所无法取代的，也是永远不会过时的。

因为读过任彦申先生所著的《从清华园到未名湖》，这位担任过北大党委书记达六年之久的北大人在书中表达的观点与思想，可谓有声有色，有滋有味，有情有义，充满做人哲理，解析领导艺术，思辨有广度，更有深度，值得高教圈内外人士一读。在这次北大之旅中，其无疑为我们了解北大，起到了某种深层次的解读的作用，同时也给了我一次替孩子导游北大校园的机会。我知道，参观北大对他来说，主要是起着一种鼓舞激励的作用，因为北大对他和他的许许多多同学来说，仍是一个梦，并且是一个较为遥远的梦，因为高考的现状是：上北大之难，难于上青天。

穿越北大校园，一路领略其校容，沐浴其校风后，我们来到新建的北大体育馆，观看了奥运会乒乓球女子单打半决赛和决赛。赛后散场，心中的奥运激情仍在澎湃，但北大在我的身后已渐行渐远。

北大对我来说永远是一个梦。但这天，我们父子俩同游北大校园，又在北大体育馆观看了让北大人引以为豪的北京奥运会“国球”比赛，观校又观赛这俩美差再加上一个奥运元素，在以前，对我们父子俩来说，又何尝不是一个梦？而如今终已梦想成真。

原载于《苏州日报》，2011 年 8 月 31 日

# 一次北大清华的深度“游”
## ——读《从清华园到未名湖》有感

一册在手，可以“畅游”北大、清华。

但这可不是北大、清华的地图，这是任彦申同志的《从清华园到未名湖》。对圈外人而言，如果说参观北大清华是走马观花的话，那么《从清华园到未名湖》便是一座桥梁，它可以接引您走入真正的北大、清华，做一次“深度游”。在这样一种深度游中，您还会有许多意想不到的收获，其涉及领导科学、政治学、教育学、社会学等诸多方面，特别是在品味大学管理的艺术、大学自由民主的精神和大学的人才战略中，您会学到如何做人处事，做到如何既讲原则，又讲艺术，更讲成效。

水木清华是清华大学最著名的景点，被称为清华园的“园中之园”，清华园的名字即来源于此

最早知道任彦申同志，是从媒体上，是他在江苏省委副书记的职位上，但一直不知他从哪儿“横空出世”，“空降而来”。

有一次，偶然在《现代快报》上读到了刘吉为《从清华园到未名湖》所作的序，后来又在某报上读到了任彦申同志在此书中写的自序。至此，一本关于大学管理、大学精神和大学人才的学术专著及其作者的背景，在我眼前闪耀着，让我祈盼着早日能读上它。

得来全不费工夫。终于，我在上海书城觅到了此书。我一下就被书中的不少观点所吸引。在第一时间，我一口气就将其读完，真感到开人眼界，启人心智。

《从清华园到未名湖》，共分为九个章节，由“我观北大清华”“谈谈人才理念”“关于领导哲学”“一把手的艺术”“大学管理的误区”“思潮的困惑与出路”“学潮的风险与对策”“大学何去何从”“十年的记忆”等一篇篇美文组成。

《从清华园到未名湖》，对作者本人来说，尽管时间跨度很大，前十五年加后十年，累计穿越了四分之一个世纪，但空间跨度却似乎很小，从清华园到未名湖，只是方寸之遥，几街之隔。而在这样一个看似有限、实际无限的时空中，作者用他那敏锐的观察、幽默的笔锋、哲理的思索、独到的见解、真切的词句，为我们娓娓道出了北大、清华的异同及其大学管理的艺术。

顺着《从清华园到未名湖》的笔墨，我知道，“北大是一首诗歌，清华是一篇论文；北大是思想家的沃土，清华是工程师的摇篮”。北大就是北大，清华就是清华。给我难忘的区别之一还有，诚如书中所说，上级部门到北大、清华考察人才，在北大的考察结果往往是“虽然……但是……”，而在清华考察的结果往往是“不仅……而且……”。结论中的转折关系和递进关系，反映出两种不同的人才内涵和用人理念。这种状况，有时在我们工作周围也似曾相识，抑或司空见惯，只是没有哪位能作如此精辟的概括而已。

任彦申同志在书中对人才的内涵作了深入浅出的描述：“大到国家，小到单位，治乱兴衰，关键在人才。人品、特长、贡献，这是人才必备的三大要素，缺一不可。”进而对什么样的人才，才是合格的人才作了深入的阐述：“人才首先应当懂得如何做人，在思想、政治、道德、人品方面是合格的；人才不是全才，他只是在某一方面或某几方面有超乎寻常的才能；一个人的德才学识，最终要体现在实践中，落实在贡献上。以实绩分高下，以贡献论英雄，这才是硬道理，是识别人才最根本的标准。”“作为领导，要用人当其时，用人当其壮，甚至要不拘一格降‘怪才’。”对待人才，要做到“允许失败，宽容失败；不能犯一次错误就‘永不叙录’；不能一有争议就搁置不用；不要冷遇不驯服的人才”。常言道：金无足赤，人无完人。任彦申同志在书中还高度总结道，“就培养人才而言，应当扬长补短；就使用人才而言，应当扬长避短；就保护人才而言，应当扬长容短，必要时敢于护短”，这些观点真是十分精辟，给人启迪。

另外，从大学管理层面来说，《从清华园到未名湖》充满了辩证法。其思路方法、矛盾分析和措施手段，不仅适用于大学，还适用于不少行业。就拿我工作的医院来说，医院也是知识分子成堆的地方，特别是附属医院更像大学一样。一点儿不错，医院内经常过剩的产品也是“主意”。主意太多，各执己见，各自为阵，很难达成共识，同时也存在着行政权力和学术权力的交叉，加上政策的不到位和市场机制的准入，管理烦琐复杂，很难一步到位，需要马拉松式的运作或乌拉圭般的回合，讲得好听一点儿就是好事要多磨。然而，《从清华园到未名湖》的不少观点，似乎也为我们医疗行业，找到了开启这一难题的一把钥匙。

我知道，像北大、清华这样的重点高校，和一般高校有着很大的不同。一是要对接国家战略需求，不断调整学科重点；二是要提升自主创新能力，积极为国家发展贡献力量；三是要推进体制、机制创新，在产学研结合中培养拔尖人才。这本书尽管从北大、清华着笔，但发散出的信息量又远远不止于北大、清华，且落脚点也并非完全局限在北大、清华。从这一点而言，其读者面广，可读性强。特别是随着岁月的积淀、历史的变迁，读者必定能从中得到许多的感悟。

北大是藏龙卧虎之地，又是中国政治的一块风向标，当上北大一把手长达六年，实属不易。我曾遇见 20 世纪 50 年代毕业于北大哲学系的方先生，他在同我交谈中，形容起北大学生的能力是如此之大——北大一条虫，出门一条龙。

值得一提的是，《从清华园到未名湖》不仅折射出做官者应有的品格，而且还散发着做人的哲理、做事的准则。书中没有官腔，不说大话、空话和套话，而说真话、实话和心里话。他那有个性的话、有信用的话和有感染力的话，真是越读越有味，读了还想读。究其原因，还在于《从清华园到未名湖》并不完全是一部写就个人如何做官的回忆录，而是一部贴近我们工作实际、又有着浓浓的生活情味、以哲理和诗意示人的散文。

# 常春藤掩映求是楼

## ——人大校园见闻

利用在京参加学术会议的一点儿空隙，周末这天，我前往中国人民大学参观。我从位于苏州街的西校门走进了人大校园。

吴玉章雕像、世纪馆、图书馆、百家廊、一勺池、徐悲鸿艺术学院、孔子铜像、逸夫会议中心、追求雕塑等，构成了人大的一道道校园风景线。

由西向东，我先后经过了汇贤园、宜园、静园、百家园和求是园；穿越了明德楼、贤进楼、育贤楼、人文楼和求是楼。行进之中，尽情地呼吸着人民大学那浓浓的“人民、人本、人文”的校园文化气息，领悟着“大楼、大师、大气”一个不能少的办学理念。

走在茂密的林荫道路上，人大图书馆迎面而来。图书馆前矗立着一块刻有“业精于勤”的石雕，四个大字十分醒目，其折射出一所以社会、人文和管理学科见长的综合性研究型大学的内涵，似乎渗透到每一个人大人的血液里，鞭策着每一个人大人的不懈努力。

中国人民大学吴玉章雕像

人大对我来说，印象最深的当是其第一任校长吴玉章先生，因为他是著名的马克思主义理论家、教育家，被誉为我党著名的“延安五老”之一。那段从小就能倒背如流的“一个人做点好事并不难，难的是一辈子做好事，不做坏事”，就是毛泽东当年对吴玉章同志的中肯评价。

我在哲学院驻足良久。我早就知道，人大哲学院在国内各著名大学的哲学院系中名列前茅，由肖前教授、罗国杰教授、刘大椿教授和冯俊教授等领衔的学科，成果丰硕，桃李芬芳。在哲学院，我又联想到著名哲学家艾思奇先生，因为他曾在人大的前身——延安时期的陕北公学执教过。解放后，艾思奇先生任教于中共中央党校，并担任副校长，是探索马克思主义哲学现实化、大众化和中国化的先行者。我在中学和大学时代，曾学过艾思奇先生著述的课本，以及《辩证唯物主义历史唯物主义》《辩证唯物主义纲要》等。记得有次学期结束时的哲学考试，有一道 20 分的论述题，具体题目已记不清了，大概是“请你用马克思主义认识论的观点来阐明，十一届三中全会以来党的思想路线转变的意义”。答题时，我尽管写得密密麻麻，还自认为有条有理，但最终却一分未得。我有点儿不服气，去找阅卷老师讨说法。答曰：“答案未及题目要点，没有从马克思主义的能动反映论来予以阐述。这道题的原意是考你对马克思主义认识论的掌握程度。”尽管丢了这 20 分，但从此却加深了对它的印象，即能动的反映论是马克思主义的认

中国人民大学百家廊

识论，以及它的主要特点——把科学的实践观引入认识论，把辩证法应用于反映论，把认识世界和改造世界有机地统一在一起。考试或考查中发生诸如此类的情况可谓不少，看似失去分数，其实并未真正失去分数，相反却加深了对所学知识点的记忆。虽说“考、考、考，是老师的法宝；分、分、分，是学生的命根”，但考试的目的，就在于帮助学生掌握所学知识，而“吃一堑，长一智”，不又充满着辩证法和哲理吗？“塞翁失马，焉知非福”，对人很有启迪。

参观一所大学，总想寻找一座能够代表学校悠久历史的标志性建筑。但人大在我的眼中，似乎没有看到这样的建筑，于是，我寻求一位同学帮忙。他告诉我，人大不像北大、清华那样有着百年历史的传统建筑。校园中的一幢幢建筑，看上去基本上都是些现代建筑。细细想来倒也是，人大校史并不长，其前身虽为陕北公学和华北大学，但正式创建却是五十年代初，和中华人民共和国几乎同龄。

然而，人大血脉中有着红色的建校基因，那就是建于 1937 年的陕北公学，与中国人民抗日军政大学一样，当年被毛主席誉为“中国共产党的黄埔学校”。毛主席多次来学校视察，并挥毫题词，“中国不会亡，因为有陕公”。

这位同学真的很热情，他陪我参观人大校园。于是，我们一路攀谈起来。他来自东北，目前就读于新闻学院，是大三的学生。我知道，人大新闻学院在国内名气很大。至于新闻专业，早就有“南有复旦，北有人大”之说。

时值周末，人大校园内正好有书市活动。一眼望不到边的书摊上，挤满了不少前来购书的学生。旧书新书皆有，任你随意挑选，特别是在书价打折的基础上，还有讨价还价的余地。我从中购买了一本 2008 年由商务印书馆出版的《陈原序跋文录》。

在人大校园内，我阅读着、倾听着人大的发展历程以及那许许多多的人和事的故事；我手中的镜头也记录了人大那美丽的校园风光。走访人大，增进了我对这所著名学府的了解。人大是我国人文社会科学高等教育和研究的重要基地，她为马克思主义在我国的传播和普及，为我国哲学社会科学的发展和繁荣，为我国社会主义建设和改革开放的不断向前推进，作出了理论上、思想上的重要贡献。时间有限，内容无限……

人大校园的绿色风光如诗，如画，亦如歌，其吸引着我继续前行参观的脚步。踏着阳光从树林间投下的斑驳碎影，穿过婆娑的树影，我来到了八百人大教室。这里，经常有重要的演讲和演出活动，包括每年一度的开学典礼，因而是学校的一个重要舞台。那天的八百人大教室，正在举行2009临界动漫文化节暨同人交流会COSPLAY表演，室内座无虚席，连走道上和门口也站满了不少学生。台上学生演员们自编、自导、自演的节目，高潮迭起，精彩纷呈，赢得了台下一阵又一阵的掌声。

绕过八百人大教室，绿荫一步浓似一步，一幢大楼进入我的视野，这是校园内为数不多年代久远的老建筑——“求是楼”。远远望去，大楼山墙绕满青藤，浓绿无际。走近一看，爬山虎爬满整个墙面的绿色，几乎掩蔽、遮盖了门窗和屋檐，生机勃勃，充满原生态，很像美国普林斯顿大学行政楼一般，爬满了“常春藤”。在我的心目中，作为我国人文社会科学高等教育领域一面旗帜、以“实事求是”为校训的人大，又何尝不是一所“常春藤”大学？

在“求是楼”内，我边走边思索着这样的问题，当年我为什么要读大学？今天我们为什么读大学？文凭，地位，能力，交往，人生，还是工作？我感到大学的作用在于帮助学生读书明理，读书求是，读书做人，在于提升修养道德和品质智慧。而“求是”就是探求真知，掌握探求真知的科学思维与方法论，这或许正是读大学的真正目的。

# 这不是复旦情结

这不是复旦情结。

我所说的复旦情结，是提起人杰地灵的复旦大学，首先联想到那是 1905 年由马相伯创建，校名选自《尚书大传 · 虞夏传》“日月光华，旦复旦兮”的复旦大学。

我在上海中医药大学就读了六年，虽然与复旦人沾不上边，但复旦情结还是有一点儿的。这情结可能源于以下几个方面：少年时课堂接受的知识，中学同窗张卫考入复旦，在上医大（现为复旦枫林校区）学习进修，书报阅读的感染以及近年来与复旦大学中文系栾梅健教授的结识来往。

复旦大学，一度也是我心中的一个梦，一个难以梦想成真的美好愿望。只是记不清楚，这个梦从何开始。是年少无知使然，还是青春热血涌动？

复旦大学正门上方毛泽东亲笔题写的校名、老校门、燕园、南轩、相辉堂、文科楼和奕柱堂，还有毛泽东、陈望道、苏步青、谢希德老校长的雕塑，特别是为百年校庆而建的光华楼（日月光华），那些标志性的校园风光，还有那一幢幢红砖青瓦的教学楼，一条条林荫道路，这么多年来，也一直留在我美好的记忆之中。

陈望道雕塑

可以说，新闻系、数学系、中文系，以及陈望道、苏步青、刘大杰等，是我中学时代就了解的复旦名系与名师，特别是新闻系与陈望道、数学系与苏步青，早就如雷贯耳。

记得在我中学的一堂数学课上，陆毓奇老师举例时提到了复旦大学电光源专家蔡祖泉，说他原是一名青年技工，但他刻苦钻研，团结合作，知难而进，经过难以计数的大小实验，终于发明了国内第一只碘钨灯、第一支 20 千瓦管状氙灯等新型光源。60 年代，当人造“小太阳”第一次照耀在上海外滩和人民广场，其政治意义、科学意义非同小可，因为他为中国人民争了光。我听后很激动，憧憬着自己的美好未来，还在日记里写下了心得。只不过我将电光源专家错写成了“日光灯”专家，老师批改作业时特意用红笔为我做了修正，并在旁注解了电光源一词，至今记忆犹新。还有家父喜欢读 40 年代就出版的刘大杰的《中国文学发展史》，我也或多或少有些耳濡目染。

一位同龄大学生的一举成名，让我真正开始关注起复旦大学。那是 1978 年 8 月 11 日，中文系 77 级大一学生卢新华，在《文汇报》上发表了他的成名短篇小说《伤痕》，这也是新时期“伤痕文学”的标志性作品。当年家里订阅了《文汇报》，我得以在第一时间读到了《伤痕》。一口气读完后，犹如久旱逢甘霖，泪流直下，深为故事情节所感染。我也非常钦佩这位复旦学子的才情，写出如此扣人心弦、发人深省的好文章。弹指之间，光阴如梭。“高岸为谷，深谷为陵”，30 多年后，我又读到了早已离开复旦且在美艰辛奋斗多年的卢新华的另一新作《财富如水》。作者摇身一变，通过自己曾在赌场作为发牌员的亲身经历，描述了财富如流水一般的特征——流动、蒸发、冻结、滚雪球、以柔克刚、往低处流和藏污纳垢，并用“水能载舟，亦能覆舟”来倡导“合天道、衡人欲”的理念。我以为，从《伤痕》到《财富如水》，不仅仅是卢新华人生风雨的三十年，也同样是另一场久旱后“润物细无声”的甘霖喜降。

回想 1978 年，它也是我生命旅途的新起点，因为这一年我考上了南京中医学院，而我中学同窗张卫更以优异成绩考到了复旦。早在两年前，我们俩高中毕业后就被分配在苏州市运输公司三分场当工人。其时，一个几乎以文盲、半文盲为主体的劳动力密集型的运输单位，出了个复旦状元，那是全市交通系统破天荒的新闻和值得骄傲的喜庆事。记得那天一大早，总公司党委书记张殿臣亲自来我们三分场那破烂不堪的会场，为张卫开欢送会，有些目不识丁的老工人还不知复旦大学好在哪里……往事与随想，已成为永恒的 1978。

然而，我第一次跨进复旦校园，是 1981 年的秋天。事先，我和张卫同学通过信件约好在周六，我直接到复旦大学宿舍找他碰头。那天凌晨 3 点，我就起早摸黑，带着睡意搭乘一辆运煤气罐的大货车，直奔上海江湾五角场。驾驶司机是比我低一届的中学校友刘国荣，刚从部队复员到市机关事务局车队工作，他的工作就是每天凌晨赶早跑上海五角场，装好煤气罐再立马运回苏州。我经过三个多小时的颠簸，来到五角场。又经七转八拐找到了张卫的宿舍楼。敲开房门打听，同学指着那张蚊帐已经放下、被子又叠得很整齐的床铺对我说，他昨天临时有事外出，离开上海了。我们因而失之交臂（要是那时有手机该多好啊，可免却白跑一趟）。于是，我只能独自一人很扫兴地在校园随便转了几圈。转眼已近中午时分，校园各条道上挤满了去食堂的师生，他们有说有笑有争论，更有低头思索匆匆而行的。这便是我第一次走进一所世界名校的经历。

转眼到了 1985 年 12 月 31 日，我从徐汇区的上海中医药大学来到了复旦大学。已是新闻系研究生的张卫，陪我参观了复旦校园。我们经过了燕园、老校门、相辉堂和新闻系的图书馆。然后，又穿出校园来到了苏步青教授住的那幢小楼，其时小楼周边还有一些农田菜地，颇有一丝田园风光。晚上我们还在学生食堂二楼参加了校园迎新舞会，罗密欧与朱丽叶的那首舞曲让一对对莘莘学子翩翩起舞，让人感到青春荡漾，校园美丽。

那天给我印象最深的是相辉堂，那可是复旦人共同的精神家园。“相辉堂”源于创始者马相伯和老校长李登辉的名字，其见证了复旦大学的风雨沧桑。相辉堂既是全校师生重要集会的场所，也是国际名人来复旦演讲的地方。法国前总统德斯坦、美国前总统里根等先后在此发表重要讲话。我也听说，美国前总统里根来相辉堂向全校师生发表演讲时，还在校园内受到了一点小小的惊吓。那是一位学生，为先睹为快曾为电影明星的里根，不知不觉越过了警戒线，身上的一大串金属钥匙触发了安全警报装置，一时忙乱了总统的特工们。一阵如临大敌后，才查明原因，好在有惊无险。我以后每次到复旦校园，均要到相辉堂前走一走，但常常是铁将军把门抑或维修闭门，因而只能隔窗张望会堂，去想象这里曾有过的那些隆重庆典和重要会议，而斑驳的门窗木框，则更显校园的历史沧桑感。

从新闻学院看远处的光华楼，莘莘学子尽显青春活力

复旦大学枫林校区（原上

海医科大学），也是我自八十年代起就经常出入的地方。当年我在上海中医药大学六年，很多西医课程都是在近在咫尺的上海医科大学上的，如病理生理学进展、分子生物学和高级神经生理学等。特别是上海医科大学的图书馆、医学书店更是我每周必去几次的地方。我在上中医读博期间，还在上海医科大学中山医院骨科进修了半年，认识了陈中伟等骨科大师。此外，我的博士毕业论文与答辩的资料制作、影像图片的处理以及我的博士毕业照都是在上海医科大学制作完成的。

说起八十年代从上海中医药大学去复旦大学邯郸路主校区，那是比较辛苦的事。因为那时的上海，交通还很落后，全靠地面公交或骑车，没有地铁，没有高架，很少有出租车。坐公交车起码两三个小时以上，而且要挤在站立不稳、摩肩接踵的乘客中练脚劲儿。记得坐车线路是，从零陵路走到东安路中山南二路49路站头，上车经过20多站乘到外滩，再在外滩换乘55路经过20多站到五角场，再由五角场改乘6路到邯郸路校园，可谓一路风尘仆仆。

这些年，我也多次开车从苏州去复旦校园参加学术会议，如上海市骨科论坛，除去堵车麻烦，交通已不再是问题，一般两个小时车程，比当年从上海中医药大学去复旦大学要快要省力。记得2011年，曾与同行好友上海新华医院骨科主任戴力扬教授一同在复旦开会，茶歇期间我俩还一起在谢希德雕塑前合影，但遗憾的是，戴力扬教授2012年不幸在一场突如其来的车祸中去世，更不可思议的是车祸地点竟是自家小区内。想到此还难免阵阵心痛，生命有时竟如此脆弱。

而有幸结识中文系栾梅健教授后，我去复旦的机会又多了起来，这似乎是有些医文兼容。我多次应栾梅健教授之邀，在光华楼参加了复旦大学中文系举办的中国现当代文学作品研讨会，并走近了王安忆、范小青、阎连科、贾平凹和陈思和等知名作家和学者。陈思和教授在为纪念复旦大学中文学科发展85周年而著的《名师名流》（上、下集）指出："文学创作与文学研究是复旦大学中文系并重并行的两条传统，互不轻薄，并形成了以陈望道、郭绍虞、刘大杰等为代表的学术群峰。"一代宗师功业，润泽后学万千。

说起陈望道，我也有故事要说。那是2010年夏天，我在德国特里尔市马克思的故居博物馆参观，曾驻足在一个玻璃橱窗前，这里陈列着《共产党宣言》各种文字的不同版本。其中有陈望道首译的中文版，而史料记载共有20多个其他中文版本，但尤以陈望道的首译本最具历史文献价值。细观封面可知，我眼前展出的这个版本还不是陈望道的首译本，因为1920年8月出版的首译本，封面标

复旦大学相辉堂

题曾被错印为“共党产宣言”。

名人雕塑是一个时代的风貌，也是历史文化的沉淀，这也是一些高校独特的风景。复旦校园正门口的毛泽东雕塑，伟岸挺拔，气宇轩昂。我在上海交大、同济大学、华东师范大学、华东理工大学、北京体育大学参观时，均可见到每个校园中的毛泽东雕塑，每当及此，总要与复旦那座伟人雕塑作个比较——造型、高度、眼神。

近年来，我的三本散文集《谈笑往来》《穿越记忆》《杂话生书》和一本摄影集《纵横光影》之书序，均由复旦人栾梅健教授和张卫教授挥笔所作，其中《杂话生书》《纵横光影》先后由复旦大学出版社出版。

名校恨不百回看。

近年来我每次到复旦，既要欣赏校园的楼群风光，更要再多了解大师的风采。因为大楼、大师是大学的两大标志，而大师更是一所大学的分量所在，是莘莘学子永恒的精神高地。“所谓大学者，非谓有大楼之谓也，有大师之谓也”（梅贻琦）。是的，陈望道、周谷城、苏步青、谈家桢、谷超豪、刘大杰等复旦名师，光华四射，享誉中外，这构成了永恒的复旦。多年来，我也每天阅读《文汇报》《新民晚报》，每周阅读《文汇读书周报》，从中读到复旦的知名教授及其文章，这也是我在不断地走近复旦。

我以为，无论在大学学什么专业，主要是学习专业知识的体系和培养科学思维的方法。其实，世界知识的本体有两类：一类是关于物质，即科学，它探究世界的本质是什么；一类是价值，即人格，它探讨人生的追求是什么。而复旦精神正是体现这两者的相辅相成。如 2005 年复旦大学校长王生洪指出："所谓复旦精神，就是复旦人在近百年的奋斗中凝练形成的理想追求和价值判断，就是复旦大学充满活力、不断发展的活的灵魂，就是经过百年积淀而成的复旦历史底蕴和品格特征。"

跳读《百年复旦纪念铭文》全文，其中这几句似乎让我加深了对复旦的认知："春申故国、东海之滨。群贤毕至、人物昂藏、厥声以振、冠冕一方。博学笃志、造作橡梁、切问近思、求索无疆。"

"选择复旦，就是选择未来。"我深以为然。

可以说，我的"山寨版"的复旦情结，就是由上面这些光阴碎片串联而成的。或许这情结还有些自作多情？

原载于《苏州日报》，2014 年 6 月 28 日

修改于 2019 年 5 月 1 日

# 再访复旦感怀

1981 年仲秋的一天，第一次走马观花名牌学府，印象自然难以磨灭。

记得路过苏步青住的那幢小别墅时，近处竟还有不少农田……那晚时值周六，我还在复旦大学观看了他们大学生们举办的舞会，感受到了复旦莘莘学子浓浓的校园氛围。

2011 年 9 月的一天上午，阵阵秋雨，横袭而来，连伞也打不住。但复旦大学中文系栾梅健教授，却抱腰病在雨中兴致勃勃地陪我再次游复旦大学邯郸主校园，让我感激不已。时过境迁，经历渐丰，故地重游，旧貌新颜，感慨良多。

三十年华弹指间，
细雨斜风润燕园。
领袖伟岸音容近，
先驱凝思宏谋远。
苏翁谢老扬理数，
郭导刘师誉文苑。
相辉满座百家在，
光华高耸耀明轩。

# 樱花盛开访武大

那天在微信朋友圈中，看到了 7 张 20 世纪 30 年代初武大校园建筑的黑白照片，其展现出武大最早的牌坊、老图书馆、文学院、法学院、理学院与其下面的操场，还有宋卿体育馆（由民国大总统黎元洪捐款修建）等。

武大颜值很高。看着这些照片，不由得闪现出我们去武大观赏樱花的盛景。

早就听说武大的名气和校园的美丽。武大美，美就美在依山（珞珈山）傍水（东湖），还有三月中下旬盛开的樱花。从依山傍水这一角度，武汉大学又有点像厦门大学。

我们踏进武大校园，映入眼帘的是雕刻在巨石上的“自强弘毅，求是拓新”，

李四光雕塑

老图书馆

这是武汉大学的校训。其含义是：“继承和发扬中华民族自强不息的伟大精神，树立为国家的繁荣昌盛刻苦学习、积极奉献的伟大志向，以坚毅刚强的品格和科学严谨的治学态度，努力探求事物发展的客观规律，开创新局面，取得新成绩，办好社会主义的武汉大学，不断为国家做出新贡献。”

往左前方一路参观，可见到李四光雕塑。20 世纪 30 年代，这位中国著名的地质科学家就在此执教。由此径直向前右拐便是樱花大道。

樱花大道，花如潮，人如海，“樱雨”绵绵，落“樱”缤纷，樱花红狮山，杨柳绿东湖。校园内游人如织，摩肩接踵。

三月赏樱，唯美武大。在樱花大道，脑海中闪出赞美樱花的诗句——“最美不过樱花雨，缤纷浪漫逐人舞”，“乡情莫问天边月，自有樱花胜洛阳”，“芍药樱花两斗新”。观赏花期很短的樱花，犹如“你应该是一场梦，我应该是一阵风”（顾城《你和我》）。

樱花延伸至最亮丽的民国建筑群，狮子山的老图书馆。作为大学标志性建筑和精神象征的老图书馆，位于狮子山顶，是武大的制高点。她俯视前面的樱顶、

老斋舍

老斋舍。当年的老图书馆不仅有藏书库，有自习室，也有珞珈讲坛的主讲堂。自2013年武大120周年校庆之后，这里已成为武大的校史馆。而在其前下方的老斋舍，同样十分亮丽，由四幢宿舍组成，这四幢宿舍由三座罗马券拱门连为一体，入口处修建有多层百步石梯，抬头仰望，直感跌宕起伏，气势宏伟，别有洞天。在樱顶俯瞰樱花大道，每一片树叶都有不同的颜色，千种人有千种风情。从老斋舍伸出手来就可以触摸樱花，这是多么诗情又画意。

走过樱花大道，沿着操场行至人文路，那里有座武大早期著名的建筑——行政楼，其背靠珞珈山，俯视“九一二”大操场。站在大操场中心，远看行政楼的四角重檐攒尖顶与北面的理学院的主楼穹窿圆屋顶，只感两幢建筑隔着宽阔的操场遥相呼应，体现出“天圆地方”的设计理念，以及“轴线对称，主从有序，中央殿堂，四隅崇楼”的传统建筑风格。武大1928年定名，2000年与武汉水利学院、武汉测绘科技大学、湖北医科大学合并，组建成新的武汉大学。

武大环绕东湖水，坐拥珞珈山。

我们从湖滨路往东，穿出武大凌波门，便是东湖，我在湖边散步，春风拂面。然后再原路返回。夕阳西下，肚子开始咕咕叫。我决定在眼前的一家武大湖滨食堂用餐。走进食堂，我购买了一张临时充值饭卡，其用完后还可将余额如数退还。我点选了面条、西红柿和卤蛋等，在学生食堂用餐，体验武大校园美食。走出湖滨食堂，看到周围有多家小卖部，最耀眼的是校园纪念品商店，主要出售食品饮料日用品，还有武大手绘地图、明信片和小纪念品。我从中用心选购了一张武大手绘地图，也用心带走了武大的校园缩影。

天色开始渐暗，但痴迷名校，天黑得似乎又很慢。我匆匆走过了校园那片林中的李达雕塑、造型奇特的万林艺术博物馆、古风今韵的新图书馆和矗立着爱因斯坦雕塑的物理学院大楼。我在李达雕塑前拍照留影，沉思一会儿。因为我从小就知道，李达是中共一大代表，后来潜心执教，新中国成立后曾任武大校长，是著名的马克思主义哲学家。

我而后穿过造型独特的万林艺术博物馆，但来不及停留参观，便径直走近新图书馆。新图书馆有银灰色的水刷石墙体，有墨绿色的琉璃瓦屋顶，整体建筑造型在绿树丛中显得十分高雅宁静。

武大校园值得一看，其有着由内向外深层次的美。

武汉大学遥感技术学科排名世界前列。此外，理论经济学、马克思主义理论、

行政楼

法学、化学、地球物理学、生物学、矿业工程、口腔医学等学科也是该校的王牌学科。

说起武大，不能不说到恢复高考第一人查全性。历史为什么选择查全性？因为他当年实事求是、敢想敢讲、善抓机遇。1977 年 8 月，全国教育工作座谈会在北京举行。许多学者连夜赶写发言提纲，提出了自己的意见和建议。随着探讨的深入，很多教授都谈到了高校招生制度，其中最为突出的、引起人们思考的是当时武汉大学化学系的副教授——查全性。他在前面许多人发言的基础上，作了一个比较系统的发言。邓小平原打算从 1978 年恢复高考，查全性的一番慷慨陈词，让邓小平改变主意，提前一年（即 1977 年）恢复高考，27.3 万青年从此改变命运，其中有国务院总理李克强、最高人民法院院长周强和外交部部长王毅等。回忆这段历史，查全性说：“我只是说了几句真话。”这是永远的1977。

如今武大健在的“三老大家”有：历史文化学家冯天瑜、老校长刘道玉和教育家章开沅教授。他们禹寸陶分，思想不停。章开沅教授说得很有道理：“现在重视科技，但是科技决定不了文明前进的方向。机器与人，关键最后还是得人，人文科学当仁不让地要起来讲话。”是啊，“决定的因素是人不是物”。

我们从珞珈门，经过校门牌坊，沿自强大道，走入樱花大道，从湖滨路，至凌波门到达东湖，然后再由湖滨路原路折返，经人文路，途经行政楼，沿珞珈山路，经万林艺术博物馆和物理学院，走出了校门，这一圈兜下来，整整用了五个小时。

珞珈山下还有院士楼，我们已来不及造访。

武大校园内除珞珈山、狮子山外，还有半边山、鸟鱼岭，另有鉴心湖、月亮湖，真是风景这边甚好。国内没有一所大学能有如此云集的自然风光，是中国近代大学的佳作和典范。

参观武大，直感其依山傍水，民国建筑唯美。诚如武大校歌：“东湖之滨，珞珈山上，这是我们亲爱的学堂。百年沧桑，弘毅自强，根深叶茂育桃李，满园芬芳。”

# 走在美丽的时空中

## ——穿越厦门大学

早就听说厦门大学很美，美在风景如画，美在山海花园，外临白城海滩，内拥芙蓉湖水，中有情人谷峰；美在有许多我所了解的知名杰出校友，如陈景润、谢希德、卢嘉锡和林庚。

前两次到厦门，均想去厦大走走，但因时间不允而与其失之交臂。那年九月，全国总工会组织我们到厦门疗养一周，时间宽裕，为此我特地走访了厦大。

那天中午时分，我顶着当空的烈日，从集美驻地出发，穿越跨海大桥，来到

厦门大学

了厦门大学。从南校门进入思明校园本部，可见林荫道边的校园地图指示牌前，有几位学生在向参观者兜售校园地图明信片，并提供兼职导游服务，即骑车陪你游览校园风光，讲解校史，只要给一百元辛苦费就行。

何乐而不为，我当即一拍成交。

于是，我骑车跟随这位大三同学，一前一后在校园中骑行拍摄，走马观花。校园有些丘陵地带，好几处坡道很陡，只能下车慢慢推行。

在群贤楼群和陈嘉庚立像铜像前，我驻足参观，拍照留影；在图书馆里，我坐在宽敞的阅览室重拾读书氛围；在鲁迅立像雕塑前，吟诗“横眉冷对千夫指，俯首甘为孺子牛”；在海韵园区陈景润半身铜像前，想象起那个走路会撞电线杆的“书呆子”，曾是我们当年崇拜的明星，就像今天的歌星和球星那样闪亮；在芙蓉隧道，我骑车穿过这个长 1 千米、宽 5 米的防空洞，欣赏着隧道两侧那许许多多有创意的涂鸦，感到颇显时尚与艺术。芙蓉隧道，那是当年备战的产物，现在是大学直达海滩的慢车道，也是别有洞天的校园景观。

“一主四从”的建南楼群五大楼，依山傍海，弧形排开，张开双臂环抱着美丽的上弦场，恰似上弦月。建南楼群和下方体育场之间的落差，形成了富于曲线

芙蓉隧道

嘉庚楼群及主楼颂恩楼

的一排排石阶，站在石阶上，环视四周，眺望大海，甚感厦大的学术氛围浓厚。回望主体建筑——建南大会堂，风格更是古典和现代交相辉映，这里是举行全校重大校务活动的中心场所。站在建南大会堂，眼前的上弦场和远处的白城海滩，更是珠联璧合，美丽至极，风情浪漫。我感到，永恒如皓月，变幻如星空，柔情如海风，读书如享受。

午后，我们又来到校园的中心——芙蓉湖。

芙蓉湖，清秀，柔情，端庄，美丽。在我视野里，其时的芙蓉湖，正当吹皱一池秋水，游弋着一对黑天鹅。近赏波光粼粼的湖面，仍能清晰倒映着嘉庚楼群。那也是“一主四从”的建筑，即四幢白墙红顶的小楼，对称衬托着高耸云天的 21 层高的颂恩楼。近望远眺这一片建筑群，宏伟壮观，气势如虹。此外，一汪碧水，一湖秋波，似乎还写真了湖畔四周那一幢幢红墙绿瓦的嘉庚式楼宇，借着水色更显端庄灵气，流光迷人。尤其是国际会议交流中心，在湖水中，犹如一艘等待启航去乘风破浪的航船。芙蓉湖之于厦大，就像未名湖之于北大，剑河之于剑桥，马蹄湖之于南开一样，是厦大永远的风景。一年四季，尽显厦大勃发的生机。

思源谷

回想芙蓉湖畔有“三林”，林文庆、林语堂和林惠祥，那是厦大岁月的留痕。还有王亚南，他是中国第一部《资本论》全译本的作者之一，在20世纪30年代至40年代，就为学生讲授马克思主义政治经济学，公开宣传共产主义思想，这也是厦大曾有过的好时光。

时近傍晚，我眼前的芙蓉湖畔，草地上，竹林边，树荫下，若隐若现出许多莘莘学子，或漫步，或聊天，或思索，或用手机自拍。当然，在他们中间也混杂着一批旅游参观者。我手提相机，透过树林，迎着斜阳，捕捉写真。我见到垂柳下那位打着一把遮阳花伞、肩背书包的女大学生，竟是取镜框中一幅美丽的逆光照，湖水、身影、线条、手势，以及由此折射出的青春、活力与梦想，似乎可以被惟妙惟肖地表现出来。触景生情，叶佳修的那首“晚风将你的长发飘散，半掩去酡红的脸庞”，似乎旋即在耳边回荡。

在我眼中，芙蓉湖畔那些不同年龄、不同肤色、不同专业师生们的身影，与上弦场、群贤楼群、建南楼群、嘉庚楼群、陈嘉庚铜像、鲁迅雕塑、陈景润铜像及其那些永远活在时空中的大师们等，共同构成了厦门大学一道最亮丽的风景线。

2018年11月，借在厦门参加学术会议之际，我又来到了厦大，并特意游览了思源谷，原名情人谷，又叫厦大水库。这个水库恍若仙境，湖光山色，青林翠竹，两岸石壁，五色交辉。而厦大南校门外的白城沙滩，之于思源谷，更是海洋、天空，还有更宽广的心灵。

# 永远的哈军工

2019年1月8日，毕业于哈军工的中国工程院首届院士、陆军工程大学教授、防护工程专家钱七虎获得了中国科学界最高荣誉的国家最高科学技术奖。3月16日，央视《开讲啦》节目又播放了这位苏州昆山籍院士的演讲，主题是：“一切非凡都源于平凡，坚守平凡，才能成就非凡。”这使我突然想到自己还有一篇参观哈军工老校园的文章没写呢。

因为从小就知道东北有所哈军工，那是一所培养高级军官的军事院校，毕业出来就是军官，一般人是难以考上的。孩童时印在脑海中的那种记忆很难忘却。前几年，我听说同事那有滕叙兖著的《哈军工传》（上、中、下三卷），便马上向他借阅，读罢完璧归赵后，觉得不过瘾，于是又网购了这部著作，旨在便于经常翻阅。

哈军工的首任院长是陈赓大将，他是一位传奇的将才，在我小学时代，就读过20世纪50年代末60年代初出版的《红旗飘飘》丛书，有二十多集，书中有陈赓等很多红军将领的英勇故事和回忆。

找机会参观哈军工老校园，可谓心仪已久。有次到哈尔滨，原打算去哈军工，但因时间不允，与其失之交臂。

2018年9月，我又来到位于太阳岛附近的中华全国总工会哈尔滨劳模疗养基地集中学习一周，心想这正是去哈军工的良机。虽然那里离哈军工很远，打车不堵也要近50分钟。

凡事预则立。那天中午，我提前吃完午饭后，连忙叫了一辆出租车，讲好往返价格，就直奔哈军工。

值得一提的是，由于历史原因，哈军工1966年退出军队序列，1970年主体院系南迁长沙，改名为长沙工学院，1977年改建为国防科技大学。

哈军工的原址现为哈尔滨工程大学，坐落于哈尔滨南岗区南通大街，属地方

陈赓雕塑

性高校，其与哈尔滨工业大学、吉林大学、大连理工大学和东北大学一起，并称“东北五大名校”，又与北京航空航天大学、北京理工大学、哈尔滨工业大学、西北工业大学、南京航空航天大学、南京理工大学一起并称“国防七校”。其实，现在的哈尔滨工程大学，只是哈军工海军工程系发展而来，哈军工其他系科则进入了现在的国防科技大学、西北工业大学、南京理工大学等军事类院校。而由哈军工海军工程系发展而成的哈尔滨工程大学，在我国船舶工业、海军装备、海洋开发以及核能应用等领域内，占有独特的地位与优势。

穿过原哈军工简单又结实的黄色老校门，我首先让司机开车在哈尔滨工程大学内绕了数圈。然后，从原哈军工老办公大楼徒步游览校园。

我首先走近了建于20世纪50年代的院办公大楼，虽只有三四层高，还略显斑驳，但感到有历史沧桑感。大楼前方矗有毛主席身穿军大衣挥手致意的巨幅雕塑，领袖的眼神永远注视着前方。我打开手中的单反，找好拍摄角度，准备“咔嚓”。说时迟，那时快，远处的哨兵大声示意禁拍，原来这里现在是中国人民解放军黑龙江省军区的所在地，是军事管制区。

纵观世界著名大学，无论如何发展，校方均会想方设法保留一些有特色或有纪念意义的老建筑，旨在彰显凝固的艺术和厚重的历史，让她成为一道永恒的风景，哈军工也不例外。它是20世纪50年代初根据苏联五所军校的建制设计而成，当初有空军、海军、炮兵、装甲兵和工程兵五大工程系，每个系都是未来有关军兵种单独高等技术学院的基础和雏形，也就是说每个系均可发展单一的军事学院。

原哈军工 11、21、31、41 和 51 五座大楼，分别对应的是建校初期的五大院系：一系空军工程、二系炮兵工程、三系海军工程、四系装甲兵工程和五系工兵工程。这五大建筑，均是哈军工创建初期的历史建筑，仿中国传统建筑风格，混砖结构，由梁思成设计，建成于 1955 年，现在看来，她留住了哈尔滨的历史。想当初，这样的教学条件国内也是罕见的。

穿过原哈军工的文庙图书馆，我沿着学校大操场右转，走近西面的海军工程系大楼，在大楼前方屹立着身穿将军服的陈赓大将的巨幅雕像。陈赓雕像面对宽广的学校体育场，其时在夕阳照耀下，他仿佛注视着身穿迷彩服正在参加军训的新大学生们。

我在陈赓大将的雕塑前沉思起来。

陈赓大将的传奇经历在全世界可谓绝无仅有。带着这种特殊的经历，他要为强军再做贡献。为创建哈军工，他呕心沥血，废寝忘食。我所看到的这些历史性建筑及院系规划布局，无一不是他的杰作。从图纸到施工，从建院到发展，他身

原工程兵系大楼和现代教学楼

先士卒。可以说，哈军工是他在战场之外的又一个大胜仗。在他的领导下，1958 年，中国第一台电子管专用数字计算机在此诞生；1959 年又成立了计算机系，中国计算机事业的巨轮正是从哈军工扬帆启航的。

我沿大操场径直向前再右转，左手边是北面的原工程兵系大楼，经过该大楼往前 50 米左转继续向北，两幢高大的教学楼迎面而来，分别是原空军工程系和炮兵工程系大楼。其中，空军工程系旧址，是原哈军工的首席教学楼，颇具规模，现在是哈尔滨工程大学的办公楼和教学主楼，炮兵工程系大楼是当时校园内最高的大楼，登顶可以俯视整个校园。

我随后又来到了军事工程学院导弹工程系旧址，见此处还矗有一块石碑，上面刻有八个闪闪发光的红色大字——九天翱翔，魂系军工。她为我们的二炮部队（导弹部队）培养了大批急用人才。

最后，我来到哈尔滨工程大学新图书馆前，拍照留影。我问了几个在读大学生关于哈军工的历史，他们都直摇头，连忙说不太清楚。

历史怎能忘记中国这所名校？

原海军工程系大楼

所谓世界名校，在学术体系架构上有很大不同，可以说各具特色，并无普世标准。如何办成世界一流大学，一百多年前哈佛大学校长查尔斯·艾略特（Charles Eliot）（在任 40 年，即 1869 ~ 1909 年）就给出了答案：“在任何国家，大学都是敏锐反映本国历史和特性的一面可靠镜子。美国新型大学不是外国大学的摹本，而是植根于美国社会和政治传统而逐渐地、自然地结成的硕果；是美国接受优良教育阶层的高尚目的和崇高理想的表现；是富有开拓精神的，因而是世界无双的。”

哈军工也是一所有特色的军事院校。诚如解放军工程学院原院长施元龙少将一语中的：“哈军工本身就是一部传世之作，她不仅是一部特殊的军校大史，更浓缩了中国半个世纪以来的国防科技发展史，是一部可歌可泣的历史长卷，是一部中华民族的正气之歌。”

我走过原哈军工校园，犹如走在哈军工历史的天空下，走过陈赓大将艰苦而又辉煌的足迹。

手中的单反相机储存了 200 多张照片，记录了我的哈军工之行。

# 历史深处书声还在回响

## ——夜访西南联大旧址

一

2014 年 12 月，这是我第二次途经昆明。

这天由云南东川返回昆明，晚上 7 点才到达住地，按行程翌日上午坐航班离开昆明飞往上海虹桥。我看离睡觉还有几个小时，于是灵机一动，决定去云南师范大学转转。

恢复旧景的校园

西南联合大学纪念碑

为何要去云师大，其实也算是心仪已久。因为那里有当年国立西南联合大学的旧址，那一段已被淡忘、模糊的历史，这些年正渐渐浮出水面，露出冰山一角，即西南联大当年有许多博学大师，他们代表着那个年代中国知识界的学术、思想与精神。

不等晚饭结束，我急忙拦下了一辆出租车，从昆明北京路驻地佳华酒店出发直奔目的地云师大。车行 20 分钟后，我到达了云师大北校门，司机告诉我从这个边门进入校园，可以抄近路到达旧校址。

手表时针已经指向 21 点 32 分。我进入校园，穿过三个岔口左转数步，黑暗中便见屹立着的西联大的老校门，上面书有繁体字的“国立西南联合大学”，匾额异常醒目耀眼，给人以一种走进历史纵深的感觉。在老校门周围，有闻一多全身站立雕塑、梅贻琦半身雕塑、“一二・一”纪念雕塑和国立西南联合大学纪念亭，还有西南联大博物馆。可惜时间不对，参观不了博物馆。在黑夜中，我走到了闻一多雕塑前，注视着已被艺术化的其高大的身影，耸立在夜空中，没有灯光，难以摄影，唯有一阵沉默，但情不自禁还联想到了当年西南联大的学潮与闻一多的被刺案。那正是一个黎明前的黑暗。

从博物馆径直向北走，还可见到保存完好的当年的那一排学生教室，再往上走，就是“一二・一”惨案烈士纪念碑，上面还有近日敬献的花圈。

在烈士墓左边，还有引人注目的国立西南联合大学纪念碑。碑外座为圆拱形，凹凸式，白花岗石立面，座高约 5 米，宽 2.7 米，纪念碑以黑底白字镶嵌其中，纪念碑背面有西南联大从军抗日学生的名录。此碑立于抗战胜利后的 1946 年 5 月 4 日，即西南联大撤销后的北大、清华和南开三校北返前夕。纪念碑由西南联大文学院院长冯友兰先生撰文，闻一多篆额，罗庸书丹，因而被人称为现代的三绝碑。

透过一丝光线，我发现国立西南联合大学纪念碑上九个大字为篆体，正文为楷书，字体遒劲，意蕴深广，气势恢宏，黑底白字在长夜中似乎散发着明亮的光芒。我一边欣赏，一边读之：“……稽之往史，我民族若不能立足于中原，偏安江表，称曰南渡。南渡之人，未有能北返者；晋人南渡，其例一也；宋人南渡，其例二也；明人南渡，其例三也。风景不殊，晋人之深悲；还我河山，宋人之虚原。吾人为第四次南渡，乃能于不十年间，收恢复之全功。庾信不哀江南，杜甫喜收蓟北。此其可纪念者四也。”望着密密麻麻的碑文，让人不禁想起当年联大那一段惊心动魄的艰辛校史及其曾有的辉煌。西南联大用简陋的办学条件在极其困难的环境中造就了一代民族精英。

我知道，纪念碑作为西南联大的历史见证，半个多世纪以来，一直被北大、清华、南开三校和海内外的联大校友魂牵梦萦，特别是近几年来回忆性的文章也较多。不是联大校友的我，也曾浏览过岳南著的《南渡北归》三册书，那可是记录了抗战流亡西南时期的中国这三所顶尖大学的历史沧桑——联大办校、学术追求、思想变化及其那一代知识分子不同的人生遭际，此书还从不同角度还原了那个时代西南联大一些历史事件的真相。其中，闻一多、吴晗那一代知识分子的铮铮铁骨，坚毅精神，令人感动、感慨。纵览《南渡北归》，似乎也让人相信，这些大师远去便再无大师。

我以为，阅读西南联大校史及其《南渡北归》，就是阅读上世纪中国顶尖一批博学大师群体命运剧烈变迁的史诗；而参观西南联大旧址，就是翻开这部史诗的扉页。难道不是这样吗？

## 二

夜访西南联大旧址，很不过瘾。于是，时隔两年，在去云南考察药材市场借在昆明中转的机会，我又一次来到了云南师范大学。这天下午，春暖花开，阳光明媚。我走进了西南联大旧址，把那天夜幕下的西南联大旧址中的校门、教室、宿舍、雕塑及纪念碑看了个够，弥补了上次留有的遗憾，但满足中又留下了新遗憾，因为未能来得及去西南联大博物馆参观。

生活就是这样，一路向前走去，一路留有遗憾，世上没有不留遗憾的事。

# 走近抗战西迁湄潭的浙大旧址

提起遵义，我们自然会想到在中国共产党和中国工农红军生死存亡的危急关头，在遵义召开的那次具有伟大转折意义的历史性会议。如今，以遵义会址为中心的许多革命遗址和红军战斗足迹，现已开辟为红色旅游景点，以供世人缅怀与瞻仰。

值得一提的是，遵义市还有一个重要的全国文物保护单位，一般游人不会走到，那就是抗战时期西迁遵义湄潭县的浙江大学旧址湄潭文庙。

2018 年 5 月 ~ 6 月间，我曾两度去遵义，且两次走近原浙江大学西迁旧址——湄潭文庙。

湄潭文庙内景

湄潭文庙浙大西迁原校址

西迁办学纪念碑

第一次下着淅淅小雨，第二次阳光明媚。

湄潭地处遵义东北大娄山南麓，乌江北岸，距遵义约 70 公里。位于湄潭浙大西迁广场的文庙，四周有砖墙围住，其始建于明代 1620 年，坐东向西，平面呈竖长方形，占地 1600 平方米，整组红棕色建筑因坡就势，顺后城坡山势次第升高，层层叠上，将大成门、南北庑、钟鼓楼、大成殿、崇圣祠等殿宇、楼阁，沿中轴线分别建于五级平台上。在文庙东南侧，立有一块小方碑，上面刻有全国重点文物保护单位湄潭浙江大学旧址等字样。碑字虽小，但却能显示出历史沧桑中的熠熠生辉。

湄潭文庙是当年浙大行政办公室、图书馆、公共课教室、部分教师和留学生宿舍的一部分，现已作为浙江大学西迁历史陈列馆。

如今的浙大西迁历史陈列馆，分七个部分六大展馆，即分别为前言和西迁历程、深情厚谊、艰难办学、奔赴国难、东方剑桥、深远影响和星火传承展馆。这些展馆通过图片、实物、雕塑、视频等陈列布展的方式，全面展示了浙大西迁历史及其在此坚持办学七年的历程。其中，竺可桢在浪里游泳的黑白照片、苏步青一家在此生活的雕塑，给我留下了很深的印象。

遵义湄潭还有着“茶城”的美誉，古有南明文化－傩文化，今有红军长征文化、浙大西迁文化、茶文化、气象文化和地方民族文化。特别是竺可桢、苏步青、王淦昌、李政道和谈家桢等 50 多位老师（后来均先后成为两院院士），在此埋头教学，艰苦生活，他们的求是学风，他们的奋斗精神，影响了一代又一代的中华儿女。浙大在遵义湄潭办学七年，对当地的文化教育、农业生产、人才培养等方面做出了重要的贡献；浙大师生与遵义湄潭人民患难与共，相濡以沫，共度时艰，结下了血浓于水的深情厚谊。

说到浙大的谈家桢，我的博士生导师施杞老师当年去看望谈家桢院士的那张照片，我记忆犹新。两位大师精神饱满，坐在沙发上谈笑风生，特别是谈家桢院士鹤发童颜，笑容可掬影像，弥足珍贵。还有，2008 年 4 月初，按照事先约定，我带上明前洞庭碧螺春，专程从苏州去上海拜访施老师。按响老师的门铃后，师母热情地将我迎进屋内，倒茶让座。我忙问，施老师呢？她说，他今天一早就出去了。我一时很纳闷，不是前一天电话约好了吗？我脸上很快掠过了一丝失之交臂的遗憾。看到我有些失望的表情，师母马上让我给他打个电话。电话中施老师告诉我，他现在正在看望谈家桢夫人。原本准备下午去的，但昨晚谈夫人来电，说明天下午市领导要来看望她，为此施老师就将原计划提前到上午了。

施杞老师如此景仰谈家桢，是景仰他的治学严谨和创业精神。1937 年，竺可桢校长聘谈家桢为生物系教授。抗日战争爆发后浙江大学辗转内迁，生物系最后也跟着到了湄潭一个破旧不堪的唐家祠堂里。但在这以后的六年时间中，谈家桢在研究上取得了重要的成就，发表了一些代表性论文、培养了第一代研究生。

我对谈家桢为什么印象深刻？因为他早年毕业于苏州东吴大学，是上海市人大常委会原副主任，著名遗传学家。

西迁办学是浙江大学发展史上一个重要的时刻。遵义湄潭是了解浙江大学西迁历史的一个重要窗口。根据展览介绍，抗战爆发后，杭州告急，竺可桢校长以其惊人的胆略和魄力，毅然率校西迁。一迁浙江西天、建德；二迁江西吉安、泰和；三迁广西宜山；四迁贵州遵义、湄潭，途经六省，转战 2600 公里，于 1940 年初抵达遵义，并在遵义、湄潭、永兴三地坚持办学 7 年。从 1937 年 9 月至 1940 年 2 月，浙大师生几乎踏着红军长征的线路，最终选择了遵义、湄潭为其落脚点，这一抉择使浙大得以在相对安全、安静的黔北山区，赢得了 7 年宝贵的发展时间。

英国科学家李约瑟到湄潭实地考察后，把浙江大学赞誉为东方的剑桥。

在遵义湄潭，我感受到浙大这段往事非同寻常的分量。这是浙大抗战时期的一个缩影，这是一段苦难中的辉煌，这是一段艰辛中的创举。

# 留恋过去好时光

## ——重访零陵路原上海中医药大学老校园

一

上海市的零陵路和宛平南路地段，处在徐家汇闹市区。

当年我在上海中医学院读硕士研究生时，在零陵路与宛平南路的十字路口，即龙华医院周围，不仅没有高楼，而且在 44 路站头一边，还有着一大块绿油油的蔬菜地和篱笆墙，俨然是城市中的“绿肺”，给人的视野平添了一份闹中取静

烟雨中的上海中医药大学老校园青翠欲滴

的野趣。20 年时光，弹指一挥间，今非昔比，这里旧貌已变新颜，竟成了密密麻麻的“钢筋水泥森林”。

地处上海零陵路 530 号的上海中医药大学（原上海中医学院），昔日上海市的花园单位，其校园之美，堪称“静念园林好，人间良可辞”。在这座花园式的校园中，我前后整整生活、学习了 6 年，即 2000 多个日子。在这里，我度过了我人生中最美好的青年时代；在这里，有我心中永远抹之不去的浓浓记忆。

但自从上海中医药大学整体搬迁至浦东张江新校区后，这里不知什么原因，转眼间竟空荒了七八年，仿佛没有了主人而被遗弃在一角。对此，不免有一种伤感在心头萦绕。

魂牵梦萦零陵路。在“多少楼台烟雨中”的季节，我又走进了这熟悉的校园，不过那寂寥、荒残的景色却令我难以相信，这就是当年的母校。因为所见之处，已是杂草丛生，甚者犹如高人一般，似乎断了炊烟很久。但那有了年代感而又十分熟悉的一草一木、一砖一石，倒是仍很亲切，似乎张开着双臂，在拥抱着我的到来，甚而翻开了我生命中充满激情与活力的那一段诗章。我寻找着其时留下的那几只脚印。

此时此刻对校园的情怀，还可以借用一首著名的诗来表达，那就是：“你无论走得多么远也不会走出我的心，黄昏时刻的树影拖得再长也离不开树根”（见《沙恭达罗》）。

其实，校园本身就是一首美丽的诗。

## 二

“步步寻往迹，有处特依依。”

我沿着熟悉的道路，走过了教学楼、食堂、国针班、练功房、李时珍坐像、操场、假山、亭阁、浴室、理发店、收发室、图书馆、留学生楼以及那有了历史感的由一块块红砖砌成的老宿舍楼。

梦萦红楼池塘边。这两幢红砖瓦样的三层老宿舍楼，眼下是宁静无声，青藤爬满墙面，遮窗掩屋，尽染绿色，犹如田园风光，没了往日的“人气”——欢笑声和琅琅读书声，而旁边的小池塘和小亭子也是无声无息，漫步晨读的身影已是昨日的风景。

图书馆前的那张圆形石桌以及围坐周围的四个小石凳，被落叶覆盖着，很多年没人光顾了，沾满灰尘，还带着泥土，那不是历史的尘埃？李时珍雕塑坐落于图书馆与针推系那幢阶梯教室楼之间，其北靠一棵巨大的塔松，饱经风霜的这尊雕塑，依然远远注视着南面的大操场。

李时珍雕塑也是校园内亮丽的一道风景线。我们曾无数次经过和仰望，用现在的话来说就是牢记学医初心。李时珍雕塑前也很热闹，开学典礼、毕业典礼、学术活动或来客参观，一般总要以李时珍雕塑为背景按下快门，拍照留影。

1986 年 7 月，全国第二届研究生学术研讨会在我们上海中医学院举行。我作为会务组人员忙碌了近一周，学到不少，这也是我第一次参加全国性的学术活动。当时赤日炎炎，酷暑难耐。我汗流浃背，奔波在会场内外。记得那天，我渴得不得了，就自掏腰包，很奢侈地买了一瓶正广和汽水。现在想来真有些好笑。

宿舍楼，1985 年至 1988 年，当年在宿舍——食堂——课堂“三点一线”的校园生活中，是我们学习和生活的重中之重。我们的宿舍在一楼，地势偏低，每逢三、六月份的江南雨季，地上非常潮湿，时常处于“烟雨”中。为此，我们对每人一张的上下铺的功用，来了个换位，下铺用作座椅和堆物，而上铺则当作床铺用来睡觉。

当年四位同窗住在一起，来自天南海北，每天是有说有笑，有争有吵，但更多的还是憧憬理想，挑灯夜读，迎接黎明，我们度过一个又一个不眠之夜。有一次，我们宿舍围满了一屋子人，七嘴八舌地在大谈“二战”著名的几场战役。其时，为了辨明希特勒进攻苏联那个“巴巴罗萨计划”的进攻路线，大家你一言，我一语，一时还争得面红耳赤，互不相让，好像自己就是历史的见证者和当年战役的指挥者一般。

晚饭前后在宿舍中收读当天报刊和个人信件，也是每天校园生活中的一个期盼和乐趣。尽管苏州、上海相距很近，但区区百里之路的来往信件，也有一种“家书抵万金”的感觉。记得爸妈在信中关照最多的一句话是：用心读书，当心身体，吃不要省，有空常回家。还有投了稿件给杂志社后，每天等待着有无录用的消息。记得第一篇论文是发表在《辽宁中医》杂志上，当时拿到杂志社寄来的样稿时，还让我激动了好一阵子，因为论文终于发表了，毕竟从来没见过自己手写的东西能变成铅字，当时一种成就感油然在心中升起。我行！

## 三

图书馆一楼的阅览室，每天晚上，灯火通明，我在专业书刊阅读之余，常要到此拿上几本社科类、生活类的杂志轻松闲读，并会浏览一下当天的各大报纸，以了解国内外重大新闻。每次晚上从苏州回到学校宿舍，一把行李放下后，总要迫不及待赶到这里翻阅一下当天的主要报刊。

图书馆二楼作为专业期刊与杂志的阅览室，是我去得最多的地方。经常到那一坐就是很长时间，查找资料，翻阅文献，做大量的文摘卡片，忙得不亦乐乎。我所发表的一些医学论文，很多第一资料是在此构思形成的。这里既培养了我科研的思考能力，也提高了我医学论文的写作能力。在这里也练就了我耐得住寂寞的静心，恍惚如世外桃源一样。

记得当时图书馆复印室的管理员只有一人，每天复印任务很多，常常当天来不及完成，有时需要排队等候，甚至隔上两三天才能取到。任务多时，复印机常常连续工作到发烫，有时不得不歇机。我每次去那复印，总是先寒暄，叫声老师。慢慢熟悉后，他感到我待人接物很有礼貌，特别是很尊重他，于是一直给我现在所说的 VIP 待遇——立等可取，有时当着其他人不便这样做的时候，就向我使个眼色，意思是等一会儿就可来拿，甚至周日为我加班。那段时间，他给了我很多便利，原因只有一个，我很尊重他。是的，尊重别人也可为自己带来好处，现在我后悔对他未有任何感谢之举，哪怕递上一支烟。

## 四

民以食为天。学校的食堂有一楼和二楼两个层面，条件比较差，更要命的是，其秩序差到令人难以相信，到了开饭时刻，打饭的学生常常蜂拥而至，乱成一团，从来不讲排队，全凭气力解决先后，哪像有教养的大学生？至少在我读研的阶段，对这一现象，当时学校有关部门好像熟视无睹，从来没有拿出好的办法，任其自然发展。

在食堂二楼，除了餐饮之外，还经常用于全校大会的报告堂和文艺活动的剧场，因而，它还是学校的政治舞台和人文舞台。

记得 1986 年 12 月，著名导演谢晋来到我们学校，并在此进行了中国电影的

暗淡了拳术腿功——上海中医学院陵零路老校园武术雕塑

主题演讲。谢晋的演讲，很精彩，很实在，很美丽，使与会者了解了中国电影事业波澜壮阔的发展历程，并从中得到了很大的教育和鼓舞。

给我印象最深的是，还有一年，由上海市监狱的青年犯人组成的一支文艺宣传队，在食堂二楼进行了一次别开生面的演出。演出中，有位歌手模仿张行唱了一首在当时很流行的《不要向失败低头》，得到了全场热烈的掌声。演出结束后，我们又代表学校团委和参加演出的青年犯人谈心交流，沟通思想。我们动之以情，晓之以理，帮助他们提高认识，改变观念，认识错误，重新做人，争取宽大处理，早日回归社会。是啊，不要陷进失败，不要向失败低头，前事不忘，后事之师。那一天，我从中受到了很好的警示教育，并一直铭记在心头。

有一次，曹鹏率上海乐团在食堂二楼，为我们全校师生送上了一台精彩的交响音乐会。当时在条件简易、音响效果极差的环境中，仍座无虚席，连走道上也站满了人。小提琴独奏《梁祝》开始拉响，那时而旖旎轻快、时而哀怨凄凉、时而悲愤欲绝的音符，从演奏家俞丽拿的手指尖中流淌了出来。可歌可泣的旋律直达在场每一位师生的心坎，令人如痴如醉。每当演奏进入细腻之处，轻若游丝，特别是几处“泛音”的表演，现场静得仿佛连人们的呼吸、心跳声都能听到一般，甚至连根针掉在地上也都能听见一样，真是宁静如水，清澈见底……散场后，我在簇拥的人群中，还分别请这两位音乐大师签名留念。

食堂二楼，还要举办一年一度的全校文艺汇演。而其中的研究生文艺专场演出，总有一些精彩纷呈、充满活力、自编自演的节目上台亮相，因为这代表了全校最高的艺术水准。有一次，范海鹰、周涛、翁志伟和曹茜四人表演的西班牙斗牛士舞，折射着斗牛士的风格，竟然有点以假乱真，凭那“假作真时真亦假”的表演技巧，惹得全场为之欢腾互动，掌声四起。

## 五

食堂一楼西侧工会的“活动之家”，有件事在我心中至今难以忘记。1993 年 9 月 23 日晚，我们全体博士研究生聚集在此，准备见证历史，见证沸腾，每一位同学脸上都洋溢着幸福和自豪，在等待 2000 年奥运会举办权“花”落北京。当时全国上下也是翘首企盼，可谓众望所归，人心所向，但北京最终功亏一篑，以两票之差惜败于悉尼，抱憾蒙特卡罗，痛失主办权。

是夜，中国不眠，校园不眠，我们不眠。

1996 年 7 月 1 日，我们的博士生毕业典礼在在工会的“活动之家”举行。毕业典礼由党委副书记、副校长谢建群主持。我们身穿博士服头戴博士帽，接受施杞校长、陆德铭院长（上海中医药研究院）为我们颁发毕业证书和学位证书，我们放飞梦想的时刻到了……

## 六

上海是中国共产党的诞生地，是一个国际大都会。这里有着许许多多的精神文化生活在等待着充实着我们。

1987 年我们上海中医学院声乐参赛队，在上海交大参加了上海市大学生的歌咏演唱比赛，我作为校研究生队参赛选手的乐队成员，滥竽充数了一下。比赛中，复旦、交大显示了超强的实力，选手们对歌曲的把握技高一筹。其时，自选最多的歌曲是《长江之歌》和《梨花又开放》。我尽管无功而返，但也从参赛中，增长了不少见识。其中，我从交大一位参赛歌手那得知，《长江之歌》的词作者是胡宏伟，而且，还竟然只是一名极普通的部队文艺工作者。后来，我再按“书”索骥，了解了《长江之歌》产生的背景。胡宏伟为何在成千上万首作品中脱颖而出，技压群芳甚至比过专业作家？就在于他拟人化的歌词，把长江写活了，写成了有一种江水在韵动的感觉。既有水在流淌的动感和声响，但更有历史变迁的动感和声响。

1987 年，上海举办了苏联电影周。我观看了市面上还没正式开始放映的《这里的黎明静悄悄》《第四十一个》等苏联优秀影片。这两部电影都有爱情的特写。其中，《这里的黎明静悄悄》，表现了战争和女性之间的冲突，刻画了一群红军女战士的英勇形象。但电影中有二十多秒表现女战士们沐浴的场景——全裸出镜，着实让人感觉到战争之余竟有如此美丽的情调。然而就是这独特的一笔，在当初的苏联，竟有人指出这是黄色的镜头。为了这部电影能否上映发生了不小的争执，官司一直打到当时的苏联共产党中央委员会总书记勃列日涅夫那，最后总书记认为，两个多小时的电影，只出现二十多秒的艺术特写，在出镜的时间上，也到了几乎可以忽略不计的程度。没有不妥，总书记大笔一挥，批示公映，了却了争端。实际上，我们在观看的过程中，也为红军女战士热爱生活的美好情调所感动。战争不会让女人走开，战争也不会完全带走美丽。从艺术的角度，我开始懂得生活中不应该去做那些亵渎美摧残美的事情。据说在中国改拍这本电视剧时，也受到如何处理这场戏的困扰。后来导演根据国情的不同，以露背的场景一带而过。

## 七

国针班共有五层大楼，是上海中医药大学一个重要的学术和活动中心。而国针班的顶层五楼整层楼，就是研修生部。研修生部，有两个职能，分别管理研究生教育和教师进修班进修生的教育。除了行政办公室之外，五楼有南北计七、八间教室，这是我们研究生和进修生上大课、上基础理论课的教室，也是我们进行班会班务活动的集中地方。我在上中医所接受的研究生教育，大部分都是在这里进行的。

当然最难忘的是，1986 年 11 月 11 日，我在 502 教室，研究生支部大会接受了我的入党申请，这一天我光荣地加入了中国共产党。作为 85 级研究生（导师制）团支部书记的我，从此有了新的人生目标和奋斗方向。

## 八

练功房，在校体育馆建成之前，替代着其这一功能，这里还是学校的武术训练基地。从这里走出的上中医学子，多次获得了全国高校武术比赛的大奖。我们研究生忘年交的联欢会和舞会常在此举行，其时刚刚流传而富有伦巴节奏的《万水千山总是情》，曾为我们带来欢乐的情调。一时间我也加入到了扭胯动腰的奔放之中。

练功房上面的阶梯教室，是年级上大课的地方。当年，上海戏曲学院有位老师来此向我校大学生讲述“舞台的灯光与设计”。其中，讲到了如何拍摄九寨沟的一张风景照片。当时摄影者要准备拍摄一张瀑布照，但瀑布下的风景区域内，没有一个人影点缀。而作为画面的落差对比和动静对比，需要有一个人影进入其中，为此他苦苦静候大半天，守株待“人”。终于在黄昏时分等到了一个老农样的人影，进入他的镜头之内，一张满意的得奖作品由此诞生了……

那时的校园课外生活也很丰富。如我们在读研一期间，还定期到浦东乡下勤工俭学。每逢周日，我们就在班长的组织下，起个大早，先坐车到徐家汇，然后换车坐到龙吴路上的摆渡口，再坐上渡轮横渡黄浦江到浦东，接着还要再坐当地的农村公共汽车，到达一个个乡村。一天下来，既为农村送医送药，同时也为自己挣了一点儿零花钱。一年下来，我们在浦东那一角的村村镇镇，留下了难忘的足迹。回想起来，那足迹所到之处，或许现在已经变成了一幢幢高楼大厦、一条条宽广大道。

如果有人问起我一生中最幸福的时刻是什么，很简单，1985 年 6 月那天，拿到上海中医学院硕士研究生录取通知书的那一刻，是我一生中最高兴的时刻。因为当时研究生还不像现在的批量招生，人数是寥寥无几，屈指可数，而能上研究生，就有一种自豪感和荣耀感，当然这也是虚荣心使然。

上中医的老校区，给了我们学识和人文的熏染。我们在她的怀抱里，日新其学，常修其德，精进不止，度过了生命中最为美好的青春年华。

# 中共中央党校见闻拾零

这次到了北京，下决心要去中共中央党校（国家行政学院）走一下。于是，我拨通了我同学武警总医院彭宝淦教授的电话，电话那头一口答应，说马上联系中共中央党校的一位唐爱军教授安排我的参观日期。

那天上午到达党校北校园的南大门，唐教授安排的李莉老师已在门口等候。在门卫室办好参观手续后，我走进了心仪已久的中共中央党校。

走进中共中央党校南大门，首先映入眼帘的，是正中一座耀眼的花岗岩石校名卧碑，上面刻有江泽民同志题写的校名——中共中央党校，这六个鎏金大字庄严、厚重，这是党内最高学府的象征。

记得 2010 年深秋傍晚，我路过中共中央党校时，当时的这座校名卧碑，是在校门外的大路边，怀着崇敬与向往之心，我身着黑色皮夹克在这留下了一张身影。虽然夜幕降临，但横卧的巨石上的“中共中央党校”，仍闪烁着熠熠的光辉，照亮了我的身影。

现在校名卧碑已移至校门内正前方，时值春天，在红黄鲜花的衬托下，鎏金的校名与高大的主楼，互为映衬，形成了中共中央党校的地标。七层高的主楼由蘑菇状的巨石垒成底座，遒劲厚实有力，两侧辅楼橘黄色的墙体散发着延安窑洞的气息，楼前的旗杆上，高高飘扬着一面鲜艳的五星红旗。

中共中央党校，始建于 1933 年 3 月 13 日当时的中央苏区，是轮训和培训中国共产党高中级领导干部和马克思主义理论干部的最高学府，是中国共产党中央直属的重要部门，是学习、研究、宣传马列主义、毛泽东思想和中国特色社会主义理论体系的重要阵地和干部加强党性锻炼的熔炉，是党的哲学社会科学研究机构。

中共中央党校地处北京海淀区，毗邻颐和园。参观完中共中央党校，脑海中留有这三类景观，一是体现党的历史征程的人文景观，二是缩影民族风格的园林

教学楼

景观，三是反映改革开放时代精神的现代景观。

在主楼北侧与综合楼之间的中轴线上，依次矗有马恩雕像、刻有毛体的“实事求是”校训的巨大碑石（碑石另一面刻有“为人民服务”）、老校长毛泽东雕像、大礼堂、邓小平雕像、大型红色组雕《旗帜》和综合楼等。“实事求是”，是毛泽东 1943 年为党校题写的校训，是党校成立 80 多年来办学的根本方向。

“实事求是”，是中国共产党人的灵魂与精髓。从某种意义而言，中共中央党校就是“马克思列宁主义、毛泽东思想、邓小平理论、‘三个代表’重要思想和科学发展观、习近平新时代中国特色社会主义理论体系”的红色学府，在这个红色学府中，可以不忘初心，牢记使命，朝气蓬勃，吐故纳新。

我大步流星行走在校园路上，经过中共中央党校主楼、陈列馆、会议楼、体育馆、中西合璧的省部级学员楼、俄罗斯风格的地厅级学员楼、大礼堂、综合教育楼和会议楼等。校园路上，有广场、大道、蹊径、长廊、石级、小桥、园亭、轩榭、假山、牌楼、湖泊、古树。中共中央党校校园各条道路可谓沿路万千景，别有情趣，这让人“步行归来时，身心俱轻松”。

邓小平雕塑

我当年曾参观过钓鱼台国宾馆，直感中共中央党校的这些自然景观与其相比，毫不逊色。中共中央党校的自然景观，犹如“结庐在人境，而无车马喧”。景静让人心静，无疑是个读书学习、思考励志的好地方。

在参观中，我感到党校既有一批历史人文雕塑（如党的一大 13 位代表群雕），也有园林湖泊景观（如掠燕湖），还有植物花草树林（如白杨树、银杏树），更有一群当年的苏式建筑。我用手一一触摸着党的一大那 13 位代表的群雕，感受到我们党史的波澜壮阔，风云变幻和沧桑曲折。除毛泽东外，董必武和李达等叱咤党史的风云人物，也是我比较熟悉的。是啊，岁月总带

老校长雕塑

不走那一串串熟悉的姓名。历史不会暗淡，人物难以远去。

掠燕湖之于中央党校，如同未名湖之于北京大学，是校园的最重要景点之一。矗立于湖边的“弘佑天民”牌坊是明代作品，半个世纪前就从城中移来扎根于此。关于掠燕湖，就像未名湖一样，有着许许多多的动人故事、赞美的诗篇和如画的图片。其中，有“风乍起，吹皱一池水”的春景，也有让湖面“银装素裹”的冬雪。

掠燕湖边，有红船纪念馆，在其一侧停有一艘纪念“党的一大”召开的红船，这是根据嘉兴那艘一大红船的相同比例量身定做的，2015 年由嘉兴市委赠送。站在红船边，我回想着当年的 13 名中国共产党创始者，曾驾驶着这艘红船乘风破浪，去开天辟地。其作始也简，其将毕也必巨。在我眼中，红船如今仍在扬帆远航，象征着中国共产党的历史天空和不忘初心。

静观掠燕湖，水在流动着。但水无定势，水中的云彩更有变幻，这湖面景观也可以表现出深层次的人文哲理，甚至是历史的天空。此时，我看到了掠燕湖面上有一对野鸭游弋过来，于是我举起了相机对准了涟漪的湖面与野鸭。

“为人民服务”碑石

掠燕湖边的牌坊

综合楼广场前的大型红色组雕《旗帜》，以鲜明的艺术造型语言——五十六个民族高举着党旗，其刻画了工人、农民、知识分子、干部、解放军指战员、新社会阶层等中国特色社会主义建设者，紧密团结在以习近平同志为核心的党中央周围，在习近平新时代中国特色社会主义伟大旗帜指引下，众志成城，坚定豪迈地为实现中华民族伟大复兴的中国梦努力奋斗的昂扬精神风貌，展现了全党全军全国各族人民对习近平新时代中国特色社会主义的道路自信、理论自信、制度自信和文化自信。我望着红色组雕《旗帜》，不知不觉吕其明的大型管弦乐《红旗颂》在我心中奏响，中国共产党党史在我心头翻阅……

虽没有机会在中共中央党校学习，但我参观之中还是不断在想，联系到要努力实现伟大的“中国梦”，那些学员们若在中共中央党校静心充电学习后，应该更加

大型组雕《旗帜》

懂得“为什么学习，为谁学习，学习什么，怎么学习”，从而更加坚定四个自信，去为实现中国梦而添砖加瓦，努力奋斗。

最后我来到中共中央党校书店，静心浏览书目，赞美中共中央党校及学习有感的诗文集中，有七律、七绝、五绝、小赋等，道出了“举国精英由此出，江山万代固金汤”。党校有景，拍摄取之；书中有景，好就买走。我随手翻阅着李宜航著的《中央党校学习笔记》（羊城晚报出版社）。发现作者在书中畅谈自己在中共中央党校学习一年的体会，可谓“门外沧浪水，胸中懵懂山”。李宜航为了认真学习，以致连中共中央党校周围“三山五园”一处都没去游过。我从中看到了中共中央党校学员们是如何珍惜在校的学习机会，那是分秒必争，只争朝夕。我随即买下了此书，以激励自己好好读书。另外，还挑选了周文彰的《诗意校园》、王渔的《回忆中央党校》和牛卫国的《校园照片集》等，还有刻有“中共中央党校”镰刀斧头的笔筒，这又丰富了我寒舍的书藏。

走出党校书店，正好遇上授课刚结束的唐教授，于是我和唐教授、李老师三人一起在校园内合了影，留下了美好的记忆。后来，唐教授从微信给我发来了山东团省委书记刘天东的配乐散文诗《掠燕湖的依恋》，亲切动人，读了让我这个局外人也有些感同身受。

2019 年的初春
乍暖还寒
怀着好奇和欣喜
带着忐忑和不安
我们从塞北出发
我们从江南赶来
相聚在掠燕湖畔

从此
寂静的校园
多了一群活泼的身影
我们也有了一个新的名字
中青班学员

那时候
玉兰花悄悄绽放
掠燕湖水光潋滟
……
但我还是希望
在你的风景里
能永远定格掠燕湖的杨柳
在你的回忆里
能永远记载我对你的思念

掠燕湖啊
我不舍的依恋

我与中共中央党校相逢，相逢是一首歌。作为一名匆匆参观过客，也有“美丽的校园我的家”。中共中央党校有很多胜景，是美丽校园，是诗韵校园，是人文校园，是干部校园，美不胜收，百看不厌，我与掠燕湖美美与共。但最使我难忘的，是整个参观之中一步一片清静。那清静，除了校园的清静和掠燕湖的清静之外，还有我触景生情的心灵清静。

# 中央美术学院

亦同学亦好友的晓声，自幼爱好美术，有童子功基础。他去年从领导岗位上退休后，旋即考入中央美术学院成人教育学院集中系统学习一年，至今时间过半，成绩很大，收获颇丰。他华丽转身，过着有追求的退休生活，融入了艺术世界中。

这次去北京开会，我特地抽时间去看望他，同时走访了这座中国著名的美术学院。

中央美术学院的前身，是国立北平艺术专科学校，可以追溯至 1918 年蔡元培先生倡导成立的国立北京美术学校，美术教育家郑锦担任第一任校长。这是中国第一所国立美术教育学府。

中央美术学院校门

校史馆

跨进中央美术学院，老远就能见到校园最高建筑塔楼及其上面的大钟，而纪念 100 周年校庆的红色巨型宣传广告，仍然矗立在塔楼一侧，耀眼夺目。

中央美术学院教学楼间，矗有很多中外美术名师大家的不同雕塑。我知道徐悲鸿也曾担任过中央美术学院院长。在一处绿茵草坪上，有一座徐悲鸿雕塑，其旁有块一巨型卧石，上面刻有徐悲鸿先生题写的校训："尽精微，致广大"。其出自古代的《中庸》。校训明确了教与学的"精与微"、格与局的"广与大"。在校史馆前，有一尊蔡元培的雕塑。

中央美术学院整个校园的主要建筑特点，呈灰砖色院落式布局，井然有序，色调有些像北京的四合院。中央美术学院放眼望去，就是这种灰砖色的建筑，而并非我原先想象中的五彩缤纷，灰砖色可以说是校园的主色调。因此，我拍摄的校园风光照，加上阴天，光线不好，显得更加沉闷。

我读到过中国美术教育家刘海粟妙用明清时期的两副对联，他略做修改后，形成了他自己特别欣赏这副的对联——宠辱不惊，看庭前花开花落；去留无意，望天上云卷云舒。从刘海粟的这副对联中，可以看出，他心静如水，恬淡虚无，这是一种大境界，一旦投入到创作中，那无疑又会是一幅用心耕耘的好作品。可惜那天，在中央美术学院的天空没有一朵云彩。否则，可以情景交融，体会一番他的精神世界。我想，有时参观一所名校，就是为了创造一种记忆。

中央美术学院的亮点是新美术馆，建于 2008 年 3 月，是中国最具现代化标准的美术展览馆之一。美术馆建筑呈微微扭转的三维曲面体，天然岩板幕墙，配以最现代性的雕塑建筑，入口处有巨大的共享空间，中间没有一根立柱，共有四层，由日本建筑师矶崎新设计。新美术馆除展厅外，还有配套建筑报告厅、咖啡厅和美术书店等。我对美术真是一窍不通，但在晓声同学的陪同讲解下，犹如刘姥姥进大观园，还是兴致勃勃参观了近两个小时。当然，那些展品，让我十分心动，心动让我手动，于是我不停地拍摄起来。有的记忆在我的手机中，有的储存在我的相机中，回家后又统统导入我的电脑中，创建一个新的文件夹——中央美术学院校园风光。

校园一角

美术馆中的“人的瞳孔”的展示

碰巧，我近来读过《文艺报》的一篇文章，《别矣匆匆休洒泪——写给恩师薄松年先生》。中央美术学院的薄松年，是我国著名的美术史家、美术教育家。曾主编《中国美术史教程》《中国绘画史》。参观中央美术学院，让我开始对有关美术的文章有所关注。

中央美院 2019 届本科毕业作品展共展出 893 名本科毕业生两千余件作品，在媒介、形态和艺术语言上都有了新的超越与突破。

值得一提的是，晓声同学的苏州园林风景《通幽》，是他们全班近百幅参选作品中脱颖而出获选 的 8 幅作品之一。我用短信祝贺他，“人画合一，你的作品有情感、有思想、有孩提时代和热爱生活的记忆”。

我通过电视台还看到，在纪念中华人民共和国成 70 周年之际，中央美院在新美术馆举办了名为“大美之艺”的作品展览。数百幅作品中，有董希文的油画《开国大典》，这让我感受到了经典力量与时代精神，并与其进行了一次历史的对话。

# 宁静的上音

汾阳路全长只有 800 多米，两旁尽是高大粗壮的法国梧桐。梧桐掩映着有着音乐家摇篮美誉的上海音乐学院，校园散发着音符，又摇曳着那些枝枝杈杈的树叶。

20 世纪 80 年代，我曾在上海读书 6 年，无数次路过汾阳路上的上海音乐学院，但从未走进校园。校园周围的西式建筑，典雅迷人，别致优美。

时过境迁，我终于走进了这所灵动、典雅、闹中取静的美丽的校园。

我从瑞金医院参加完学术活动后，正好下午三点多，离晚饭还有点时间，于是决定去上海音乐学院看一看。

贺绿汀雕塑

走进校园内的一条绿荫小道，林中有蔡元培先生的雕塑。1927 年，由蔡元培和萧友梅创办。校园建筑多为三四十年代的老洋房，充满着西式艺术风情。

上海音乐学院有诸多音乐大师。其中，贺绿汀、周小燕、何占豪、陈钢这几人我从书本中了解得最多，他们的作品有些能够耳熟能详。

我走近教学大楼大厅前的贺绿汀半身巨幅雕塑，仰望着这位乐坛巨人。贺绿汀早在抗日战争时期，就在煤油灯下创作出了不朽的抗战名歌《游击队之歌》，并在八路军一次高级干部会议上指挥演唱这首歌，一鸣惊人。从此，《游

萧友梅雕塑

校园风光

击队之歌》传遍大江南北，长城内外，鼓舞着抗日军民奋勇杀敌。记得 20 世纪 80 年代初，加拿大铜管室内乐团来苏州演出，返场演出中特意演奏了我们家喻户晓的《游击队之歌》。

周小燕，有着“最美夜莺”“中国之莺”美誉，更是我喜欢的花腔女高音歌唱家，在老百姓中也是喜闻乐见，现任上海音乐学院院长廖昌永就是她的学生。

上海音乐学院校园很宁静，我竖起耳朵，似乎也听不到歌声与琴声。

值得一提的是，当年我就读的上海中医学院，原零陵路老校园，现已成为上海音乐学院的分校。目前正在大兴土木，建设教学楼和宿舍楼。我当年就读六年的地方，旧貌换新颜，变成了上海音乐学院其中一个校区，即将修葺一新并投入使用，真是可贺可喜。我深信，上海音乐学院在根深叶茂的历史悠久的上海中医学院土壤上，一定会绽放出更加灿烂的音乐花朵。

还收不住笔。要说一下，在上海音乐学院 2019 届的毕业典礼上，院长廖昌永把音乐作为毕业礼物，送给 677 名毕业同学三首歌——《我和我的祖国》、《美丽的家园》（2019 年世界园博会主题歌）和《不说再见》。

这是一种中国音乐艺术的精神。

# 夕阳西下访兰大

记得2003年随市委组织部去西部考察调研，因行程安排上的时间紧张，只在兰州待两个小时（下了飞机，从机场直奔火车站），与火车站近在咫尺的兰州大学失之交臂。

时隔八年，2011年这次一到兰州开会，在驻地酒店报到后不久，就迫不及待先叫了辆的士直奔兰大。于是我踏着夕阳，走近了兰大老校区。

我在校园里走马观花，摄下了许多校园风光的镜头——老校长江隆基雕像、积石堂、毓秀湖等。

兰大校门

兰州大学老校长江隆基雕塑

兰州大学积石堂

兰州大学毓秀湖

我早就认识兰州大学，少时给我的印象就是，它是西部一所名校，学部委员（现称院士）多，重点学科多，在全国影响力也很大。兰州大学在 20 世纪 50 年代，化工与物理实力就超强，因为苏联援助的这些项目比较多，特别是在基础研究领域。但随着改革开放的力度不断加大后，由于地理位置、经济条件和出国流失，再加上师资力量的削弱，目前学校在各个方面早已今非昔比。

当然，兰大还面临着一个学术发展的严重挑战，那就是教师团队的流失。曾如浙大副书记郑强教授的感叹，他为兰大打抱不平，其中就提到了浙江大学化学系一些骨干教授就是从兰大引进的，而像清华也曾向兰大招募优质师资。然而，瘦死的骆驼比马大，依靠国家重点拨款和 211、985、双一流名校，目前基本能稳住下滑的阵脚。当下还吸引着许多海归学者前来加盟。

最近据 2019 年 6 月 27 日每日甘肃网讯（兰州晨报首席记者武永明）：包括哈佛大学、麻省理工学院、斯坦福大学、牛津大学、加州理工学院在内的世界一流大学的终身正教授有多少来自中国？答案是 75 人，其中 2 人来自兰州大学，分别是麻省理工学院电子工程系教授——兰州大学 1981 届物理系本科毕业生胡青、斯坦福大学教授——兰州大学 1986 届生物学本科毕业生王志勇。

我曾在《光明日报》读到兰州大学副校长、中国工程院院士、全国政协常委王锐，他扎根西部、科研报国创一流的感人事迹。早在 20 世纪 90 年代初，王锐刚从国外回到母校兰州大学时，条件十分简陋，只有一间十几平方米的小平房做实验室。实验室不够用，他就带人找来钢筋、铁管和砖头，在后面的空地上搭出一间简易实验室，正是凭着对科学研究的一腔热忱和永不言弃的奋斗精神，他率领团队一步步做出了令人刮目相看的科研业绩。日复一日，年复一年，王锐在西部高原默默坚守，硬是在冷板凳上创造出一流的科研成果，作为第一完成人荣获国家自然科学奖二等奖、国家技术发明奖二等奖。成果被《自然》杂志引用作为亮点报道。

现任校长严纯华强调，兰州大学过去几年失去了很多，但世上从无后悔药，现在只能在发展过程中反思学习。兰州大学的强项是化学，仍是国内的一面旗帜，它愿做兰州大学发展的催化剂。

踏着夕阳访兰大，青山依旧在。是啊，凡是过往，皆为序章。

如今兰州大学的创新与发展，正是她新的主旋律，正在又一次崛起。

# 久违了，那些历史老建筑
## ——重访上海交通大学徐汇校园

1985 年 9 月至 1988 年 6 月，我在上海中医药大学读研，我吉林的堂弟正好在上海交通大学读本科，两个学校均在徐汇区，相隔大概 3、4 站公交的距离，骑自行车顶多 20 分钟。因此，我们兄弟俩三年间经常来往。其间，我去交大多一点，因为那毕竟是综合性名校，新闻多，海报多，讲座多，各种各样的大学生活动多，而且食堂比我校多得多，办得也较好。特别是在交大校园中，还遗存着不少中西合璧的近代建筑。

老校门

老图书馆

记得骑车拐过徐家汇进入华山路不久，便可走近交通大学老校门东门。

交大的前身是当初的南洋公学，其“中学为体、西学为用”的办学思想，在校园的建筑上表现得惟妙惟肖，发挥得淋漓尽致。

交大的东门，犹如京城宫殿门，朱门碧瓦，蛟龙盘踞，四角飞檐，门口右方挂着白底黑字的“交通大学”校名铭牌，一对高大的石狮子雄踞在校门左右，两座汉白玉的桥头灯柱悄然肃立，桥栏杆上镌刻有“校门桥”。从喧哗的徐家汇来到这里，周边立刻变得十分宁静。

走进校门，首先看到的是学校办学初期留存下来的一些石质的物件，南洋公学界碑和石碾。

向东数十步右拐便是老图书馆，为三层楼红洋房，既有科林斯柱式的风格，也有巴洛克式的细部雕刻、山花及对比的色彩。这座老图书馆是上海图书馆界高雅文化的象征与标志。

当时，我特别喜欢中央绿地四周的建筑群——体育馆、中院、新上院、包兆龙图书馆和执信西斋，以及中央绿地正中的毛泽东雕塑。包兆龙图书馆在 80 年代非常醒目，为当时新建的现代大型图书馆，现在却变成交大的安泰经济与管理学院。我走近包兆龙图书馆，那种莘莘学子趋之若鹜的气息荡然无存，而让我去回忆想象。

中央绿地西北侧，有三层砖木结构的中院，为外廊式西式建筑风格，是交大校园内现存最早的建筑，具有百年悠久历史。

新中院位于中院以北，也有九十多年的悠久历史，二层楼高，青砖墙面，红砖腰线，外围有贯通四周的走廊。

新上院是中央绿地北侧的一栋五层教学楼， 1954 年在原上院基础上改建而成，立面多以民族纹饰装饰，既有中国古典风格，又有苏联韵味。

中央绿地西侧，有三层高的交大体育馆，建成于 1925 年，为全国高校建立最早的体育馆之一。紧挨其后的是三层高的容闳堂，1933 年建成，以赭红色为主色调，门额上的“总办公厅”四字为胡汉民所题写。这里曾是学校的行政楼。

“饮水思源”为一座铸有交通大学校徽的纪念碑，位于执信西斋前的喷水池中央。纪念碑上方铸有 80 齿的交通大学校徽。执信西斋始建于 1929 年，初名西新宿舍，为纪念国民革命先驱朱执信而定名为执信西斋。

纪念碑为不锈钢环所围绕，周围有花岗岩台阶，象征交通大学学生扎实的基

饮水思源为一座铸有交通大学校徽的纪念碑，位于执信西斋前的喷水池中央

础知识；台阶上有浮雕，象征交通大学所经历的百年沧桑。碑北面有一喷水池，池中由广西白大理石底座托起了五个印度红花岗岩石球，中间主球可以转动，象征交通大学永恒的生命力。北面红色花岗岩上还刻有百年校庆志和校友捐赠名录。校内许多活动在此纪念碑前举行。

20 世纪 80 年代那几年，经常出入交大的我，也通过交大这所名校，了解到中国大地在改革大浪中所发生的诸多变化。现在想来还留有难忘的印象。

堂弟的宿舍是八人一室，他们来自东南西北，晚饭后很热闹，大家你一言我一语，七嘴八舌，天南地北，意犹未尽。这是大学生最惬意的时光之一。我们谈政治、讲理想、论学习、忧国家、思未来。现在想来，也非常留恋。

每当唱起《长江之歌》，总会不由得想起 1987 年深秋在上海交通大学大礼堂举行的上海市大学生流行歌曲通俗歌曲大奖赛。那场大奖赛，云集了全上海市大学生研究生的优秀业余歌手。比赛曲目分指定和自选。其中，自选曲目最多的是《长江之歌》。那阵子，《长江之歌》风靡上海各大学校园，以至于在宿舍中，在食堂里，在小路上，都能听到这首歌的余音。交大让我记住了一个响亮的名字——胡宏伟。因为在那一刻，我才知道《长江之歌》词作者是胡宏伟，他在八千多首征集的歌词中脱颖而出，技压群芳，他用拟人化的手笔，拟人化的歌词，把长江写得很活——既有奔流不息的动感和声响，但更有历史变迁的动感和穿越。

上海交大徐汇校区早已没了昔日的辉煌，物是人非，门可罗雀。因为它如今有着很多校区，新建的主校区已搬迁到了闵行区，学校的主要功能不在这里。因此，老校园及其那些历史建筑已被边缘化了，其实这是百年老校的厚重积淀，若是不忘初心，应该永远不能让它被边缘化。国外好多名校非常重视保护校园内有文脉的历史人文建筑或雕塑，让它成为学校的旗帜和灯塔。一所大学的精神传统，一定是毕其发展历史而历久弥新。

目前其四大王牌专业仍旧享誉世界——船舶与海洋工程专业、机械工程专业、电气工程与自动化专业和口腔医学专业。而口腔医学专业则是合并上海第二医科大学后新增的优势学科，并非其原有的特长专业。而船舶与海洋工程学科，早就蜚声海内外，可以与世界顶级高校相抗衡。

交大徐汇校区的建筑及其历史，也是一部奔流不息的史诗。

# 荡漾康河秋波

## ——阅读剑桥

近日，好友用手机发给我当今朗诵率最高的 16 首现代诗全文。其中，徐志摩的《再别康桥》名列首位，这又让我重温一年前参观剑桥大学留下的美好记忆。

记得深秋的那个上午，乌云密布，空中时而飘逸着一点点雨滴。

观光巴士停留在剑桥大学米尔港附近的一处草坪旁，我们踏着还有些积水的地面，开始了剑桥大学一天的参观漫游。

剑桥大学，是世界十大学府之一，盛产世界一流科学家，截至 2019 年 10 月仅诺贝尔奖就拿了 120 个，有 35 个学院，主要分布在剑河东西两岸。而剑河西岸绿色成片的田园风光，这道独特的风景线，更让一个初访者浓浓地感受到融入大自然的美妙无比与心旷神怡。

荡漾剑桥大学那富有诗意的女王学院内的数学桥

英国剑桥大学第八代苹果树——人们用来纪念发现万有引力的伟大的科学家牛顿

我们穿过一座小桥、咖啡店和临街橱窗中还陈有一口古钟的丁字形路口，走近了名校。沿着国王路、三一路和琼斯路，一路由南向北，左手边是接踵而至的各个学院，右手边是各式古董店、礼品店和咖啡屋等。我们先后参观了王后学院、圣凯瑟琳学院、国王学院、克莱尔学院、圣约翰学院及圣玛丽教堂。

中午又来到了久负盛名的三一学院。穿过标有醒目院徽的三一学院巨门(Great Gate)，进入校园中央，最让我注目的是宽敞的绿茵草坪，还有那座被紫花绿藤掩映得色彩斑斓的两层小楼——院长楼以及草坪中央的巨庭、钟楼、雷恩图书馆等。要知道，三一学院是剑桥大学中规模最大、财力最雄厚、名声最响亮的学院之一，目前拥有大约600多名大学生，300多名研究生和180多名教授，其更辉煌的是不仅从这里走出了近80名诺贝尔奖得主、6位英国首相，而且还和一位影响世界历史进程的牛顿紧密地联系在一起。此外，也贡献出达尔文、培根、凯恩斯、罗素等大家。

代表剑桥历史的三一学院是由英国国王亨利八世于1546年所建，其前身是1324年建立的迈克尔学院以及1317年建立的国王学堂。校园内有全剑桥大学最优美的楼台榭阁与庭院回廊，有古雅纯朴、紫藤缭绕的雷恩（Wren）图书馆，还依然保留着中世纪国王学院所使用的钟楼，为学院定点准确报时。让我驻足久久不肯离开的地方是，学院教堂前厅矗有成功成名的一些优秀毕业生的全身玉石雕像，其中有万有引力的发现者牛顿、知识就是力量的倡导者培根等。剑桥培育了牛顿，而牛顿更使剑桥的光芒四射。在三一学院，我似乎仍能感受到牛顿无处不在的影子，特别是苹果树的故事随风而来——苹果为什么会掉在地上？苹果落到了在树下思索的牛顿，苹果掉出了万有引力定律？发现者为什么是牛顿而不是其他人？时至今日仍引人深思，这让我又回想到当年求知欲很强的中学时代的物理课上，老师对万有引力定律的趣味生动讲解历历在目，记忆犹新；基于此，在三一学院，我还四处寻找让牛顿发现万有引力定律的那棵苹果树……

剑桥大学，对我们中国人最具吸引力的恐怕要数徐志摩诗中的那座康桥。康桥，一说是泛指剑河上所有的桥，意即架在剑河上的桥。从圣约翰学院西北方向沿着剑河（River Cam）向南迂回，有叹息桥（圣约翰学院）、三一桥、格蕾桥、国王桥和数学桥等好多小桥，其千姿百态，优雅别致，如雨后彩虹。其中，数学桥（位于皇后学院），可谓是一座全木结构的桥，建造中没有使用一只钉子。另一说是特指徐志摩诗中的那座康桥，即国王学院中的那一座石桥——国王桥，因为据说桥旁草地上还矗有一块可引以为证的石头，上面刻有徐志摩的《再别康桥》。我再三追问向导，他也认为这座三孔式石桥就是诗中的那座康桥。

英国剑桥大学剑河康桥夏景

我站在格蕾桥上，南望那座三孔石桥，其时正好从桥洞下划来一艘小船，向我驶近。剑河的秋波，随着清风徐来，水面微兴，其荡漾着小船，荡漾着撑篙者的身影，也荡漾着我的心。“轻轻的我走了，正如我轻轻的来；我轻轻的招手，作别西天的云彩。那河畔的金柳，是夕阳中的新娘；波光里的艳影，在我的心头荡漾……撑一支长篙，向青草更青处漫溯；满载一船星辉，在星辉斑斓里放歌。”知道徐志摩神来之笔的这首诗，还是八十年代初，我上了中国语言文学自修大学后才补读一点皮毛。及至交了一些文学圈子的朋友，特别是看到犬子在语文课本中学到这首诗后，才使我对其有了更深的感悟。而如今能身临其境吟诗《再别康桥》，心中的激情当然是难以形容的。

剑桥大学的秋景美丽动人，深红浅黄，五彩缤纷，景物尽染，金灿灿的落英，铺满大地，令人情不自禁吟咏“一年好景君须记，最是橙黄橘绿时”“停车坐爱枫林晚，霜叶红于二月花”。在橙黄橘绿，霜红满天的映衬下，剑桥、剑河、小船、草坪、田园、钟楼、教堂、书店、酒吧、窄街、烟囱、博物馆、石砖墙、石子路、哥特式建筑及其四方院，更是显得美轮美奂，古朴厚雅，中世纪大学的历史烟云、时空斑驳在此一览无遗。参观之中，让我这个教育圈子的门外汉也隐约感受到，有着八百年历史的剑桥大学，始终散发着一种传统与现代争辉的学术气息，跳跃着以自然科学独领风骚的时代脉搏。

蜿蜒南北而流的剑河，两岸风光迥异。剑河东侧，建筑古典，街景凝重，人文荟萃，尽显历史沧桑，剑河西边，绿树成荫，草坪如毯，景色如画，凸现自然风光，而横卧在剑河上的一座座康桥，又似一道道彩带，将上述自然景观与人史文物有机地联系在一起，并使不少学院的楼宇拱廊，在深秋的色彩中，更有层次，

剑桥大学的塔楼

更为艳丽，更加缤纷。这也使我在剑桥大学度过了迷人醉景的一天。

行文至此，不得不说一下我参观名牌大学的一般流程是，事前做好功课；跟着向导听讲解，不时根据功课疑点进行提问；走马观花看风景，努力做到有照为证，甚至用手机短信做些记录，同样给力；购买一张校园地图；回来后再将所见所闻及时整理，感慨一番，也算是过了一把读名校的瘾。当然，参观剑桥更是有备而来，因为心仪已久。那本由余工作画、赵鑫珊作文的《手绘剑桥大学建筑》更令人可以细细欣赏剑桥建筑之美。

剑桥大学将思想和表达的自由，明文列为学校的核心价值观，而不使它受外来的政治和经济的影响。在此基础上，剑桥大学还有个非常有名的下午茶制度，即学校每天用两个小时，常常会安排不同学科的权威人士或教授一起在学校咖啡店或茶馆共进茶点，这种自由探讨学术得以让不同知识的组合碰撞，随时会产生出大量的边缘的学术理念，难怪有人说剑桥诺贝尔奖的思路是喝咖啡喝出来的。

是啊，没有任务观点的学术自由，最终定会完成出色的任务，这是清晰的哲理。我想若没有学术的自由，也难以走出生物进化论的奠基人达尔文、近代人口问题研究的先驱马尔萨斯、英国影响最大的哲学家罗素等。但更应该看到的是，剑桥大学并不仅仅在于其有各个领域的大师、一流的实验室、图书馆和博物馆等，而更在于有学术和思想的自由，因为这是培育科学巨人的肥沃土壤，这是造就杰出人才的空气养分。“问渠那得清如许，为有源头活水来。”在我这名初访者的眼中，做个不十分恰当的比喻，学术和思想表达的自由，就是那“天光云影共徘徊”的“半亩方塘”。

走在剑桥校园，我想到有人曾说过，构成一流大学的要素有：一流的学术大师、一流的教学科研设施、一流的学术成果、一流的学生及其学风。剑桥虽然也没有围墙，但只要置身校园，你立即就会被浓郁的学术氛围、严谨的读书风气所吸引。记得曾读到一文，说的是中央电视台《世界著名大学》摄制组在哈佛大学采访时，拍摄到凌晨四点多时，见到图书馆仍灯火通明，不少同学还在聚精会神，挑灯苦读。这种读书风尚令人无限向往。在时下，要充分意识到读书治学的长期性和艰苦性。北师大老校长陈垣有句名言“读书并没有什么秘诀，如果说有秘诀的话，那就可以说是要有决心，有恒心，刻苦钻研，循序渐进。”

“我挥一挥衣袖，不带走一片云彩。”

我从庄园式的剑桥大学的绿荫中渐行渐远，剑河的秋波为我轻轻地荡漾，宁静是今天的康桥；我似乎也是轻轻地来，悄悄地来；轻轻地走，悄悄地走。因为我是一个无名之辈，一个不速之客。

# 乍见牛津大学

牛津大学和牛津城融为一体。牛津大学分布在 60 平方公里牛津城中的东南西北。

这天，我不知道究竟是从哪个方向进入牛津大学的。因为牛津大学没有大门，没有围墙，没有一块正式招牌。好像是布莱克韦尔书店（Blackwell）最先进入我的视野。

牛津大学没有什么新建筑。但有着许许多多年代已久的哥特式建筑。那些风情万种的建筑，显得古雅、宁静和纯朴，甚至有点斑驳破“旧”。触摸那斑驳的墙壁，等于在触摸牛津的历史。“旧”，正是牛津大学带给人们的一种风格和意韵。

在向导的带领下，我们穿梭在牛津大学各个学院之间。

英国牛津大学

牛津大学由 38 个相对独立的自治学院组成。每个学院多为一座中世纪的四方院，即用哥特式楼群围起一片庭院，方方正正，草坪环绕，外围还有回廊环绕。漫步在回廊那年久磨损的石板上，可以感觉到每一座建筑都有着它辉煌的历史和神话般的故事。每个学院之间仅为一街之隔，或只需穿过一幢建筑，抑或走过一条小路，就可能到了另外一个学院。

星罗棋布、密密麻麻的四方院组成了牛津大学和牛津城。那些中世纪的建筑就是在这四周环绕的重翠浓绿之中，时隐时现，似乎在翻腾着将近八个世纪的历史烟雾。

“穿过牛津城，犹如进入历史”。800 多年前，大学在欧洲首先诞生，不过当时只是作为讲学者行会而成立的。历经数百年的“遗传与进化”，今天的大学已经成为对社会政治、经济具有深刻广泛影响的教育机构、科研机构和人们的精神家园。

我们先后走过了 Christ Church、Radcliffe Camera、University College、Trinity College、Merton College 和 Bodleian Library 等。Merton College 是最古老的学院，博德利图书馆是牛津大学的标志性建筑，也是英国最古老的大学图书馆，于 1602 年正式开放，早于 1638 年开放的哈佛怀德纳图书馆，当时的藏书量仅 2500 册，可已经是天文数字了。

我们在基督教堂内的回廊中徘徊漫步。走出这座教堂，我回首细观，其华丽、耀眼的彩拼玻璃令人着迷，而高高的尖顶上那精心描绘的花纹，像一层层波浪，给人以一种乘风破浪的永恒动感。

博德利图书馆是大学的标志性建筑

听说牛津大学有些学院还保持着过去修道院的风格。我们经过了一座由旧教堂厅堂改建而成的餐厅。餐厅中设有一般座位和高桌座位，后者属上座，只有资深学者教授方能登堂。英国社会传统阶层的划分和旧规矩，在此也可见到其残存的遗迹。尽管时光流逝，历史推陈出新，但传统依旧留存。这或许是牛津大学与众不同的文脉和底蕴。

牛津是中古时期泰晤士河上的一个重要渡口。津者，渡口之意也。其时我还自作聪明地猜测牛津的意思，可能就是牛走在浅滩上涉水渡河，象征着老黄牛脚踏实地，一步一个脚印。望文生义，OXFORD，不就是OX走在FORD上吗？其实，关于牛津，当地有传说这里曾是古代牛群涉水而过的地方。

牛津大学到处都是哥特式的尖塔建筑，塔楼不高，大多在三五层左右。校园中的道路并不宽，有水泥路，也有石子路。走在牛津大学的校园内，犹如信步漫游在一座有着悠久历史的城镇中。但这里却又有着城镇所没有的碧绿，那绿茵茵的一片片草坪。其时，我耳边再一次回响起清华大学原校长梅贻琦先生的那句名言："所谓大学者，非谓有大楼之谓也，有大师之谓也。"的确，牛津大学不仅有一批大师，同时她也培养和造就了一批批精英和大师。青出于蓝胜于蓝，两者相互激励并不断形成良性循环。牛津大学是政治家、思想家的摇篮，这和北京大学几乎是同功一体。毋庸讳言，牛津大学与国王、首相和诺贝尔奖获得者可以说是齐名，因为从这里走出了许多推动历史和科技发展的佼佼者。我知道，有5位国王、28位英国首相、72位诺贝尔奖获得者包括美国前总统克林顿均毕业于这所大学。还有牛津毕业的著名诗人雪莱，那句"冬天到了，春天还会远吗"，其不仅令人从困难看到了希望，从昨天看到了今天，而且还从今天期盼着美好的明天。

在我的眼中，那些大学创建者似乎从牛津建校一开始，就将科学和人文视如鸟之双翼，其薪火相传，一代又一代地努力做到使之比翼齐飞。800多年来，牛津大学除了在文史哲、法律、经济等人文社会学科方面始终保持世界性的优势之外，其在科学技术、高新技术等自然学科方面也占领着学科的前沿位置。近年来，牛津大学还在学科设置和教学科研方面充分体现了当今信息时代学术领域多角度、跨学科、资源共享的潮流和特征。其时，我联想到了一句深富哲理、让人颇受启迪的话语：一个国家、一个民族，如果没有现代科学，没有先进技术，一打就垮；如果没有优秀文化传统，没有民族精神，则不打自垮。

在人们眼中，大师是一所大学的标志，一所大学的学术水平、社会声望主要由这些代表大学办学思想的大师们来支撑。牛津大学的办学特色在于，课堂授课教育和导师制教育的相互结合、多学科的交叉渗透、频繁的各类讲座和师生们海阔天空的讨论。特别是通过导师制教育来注重学生学习规律，调动学生学习热情，并促使学生对所学科目散发创造性思维，这是牛津大学教学中最耀眼的闪光点。此外，牛津人擅长雄辩并容易出政治家，与其传统上的那种天南地北、漫无边际的讨论争论不无关系。

牛津大学还有“三多”的独特风景，即书店多、图书馆多和博物馆多。其中，书店和图书馆各在100家以上，其为牛津大学营造了一股浓浓的学术氛围与文化气息。但这对一个临时参观者来说，又是一个极为遗憾的事情，因为在短时间内，很多地方不能随心所欲地去走去看，哪怕是走马看花、“到此一游”。当然，在短时间内对一所名牌大学要做深度走访，极不现实，但想做点表面文章，如走遍校园，又欲“看”不全，甚至连冰山一角都不及。想不虚此行，但到头来却还是有点虚此一行。仅此遗憾，足以成为下次再访的动力。

只怪牛津大学实在太大了，其俨然像一个“大学城”。大学就是城市，城市又是大学。在大学中心地区，还有许多设有红绿灯的十字路口。这一带，除了川流不息的汽车之外，自行车也常常在人们身边飞驰而过……

牛津大学有时一日可见四季气候，刮风，下雨，飘雪，甚至阳光灿烂，有点儿像澳大利亚的墨尔本。不过，那天我只经历了一日三季的变化，因为没有遇到下雪。

时间在参观中一分一秒地流过。

不知不觉，一层橘红般的薄纱轻轻地弥漫在天际。其时，我们像风一般地匆匆飘离了牛津大学。但第一印象也随即而来：牛津大学处处给人以一种历史的纵深、人文的积淀和现代科技的时尚，它是我迄今为止参观过的一所最“破旧”的世界名牌大学。

原载于《苏州日报》，2012年2月15日

# 华沙大学，你的旋律很忧伤

2017 年 11 月下旬那天下午，华沙天气阴冷，不时飘起一阵细雨，而转眼间，残阳又慢慢从云雾中露出脸，它照耀在华沙大学的主校园，使树枝与楼群也染上了一抹淡淡的金黄色。

华沙大学校区很多，分散在老城和新城多处。建于 1816 年的华沙大学有三个校区，可以称得上是波兰的“北大”或“哈佛”。

我们一行人抵达华沙机场后，经 30 分钟车程，便走近华沙大学主校区，其坐落于华沙老城克拉科夫大街的南端。主校区乳白色的校门，看上去很小，一个大门连着两个小门，没有什么气派，但非常有艺术有个性。两侧乳白色的宽厚门

华沙大学校门

柱，镶嵌着拱形弧线，上端三棱形状，其尖顶各伸出一个细长的 β 型柱，高悬着一盏小白炽灯。用手触摸凹凸状的宽厚门柱，细看有多种花纹图案以及名人雕塑。校门为黑色铁艺大门，门檐上对称的五线谱的曲线图案，有波澜起伏、周而复始之韵味，也烘托着校徽——金色的头戴皇冠的波兰鹰。而门檐上嵌挂着金色的 UNIWERSYTET（大学），却并不醒目，不是细看，则难以发现。主校门两侧还各有一个小门柱，由此形成两个小边门，供行人进出。

细看校徽上那头戴皇冠的波兰鹰，在其周围还有五颗小星，据说分别寓意着神学、法学、医学、哲学及自由艺术，这也是华沙大学的办学宗旨。从中医学的发展史来看，医学与哲学在早期确是相通。无论中西医学，均还蕴含着哲理，甚至艺术。我思索着华沙大学办学的这些精神与思想，但存有一丝疑问，那里面为什么偏偏就没有科学的含义？是因为近代科学起步晚？

走进华沙大学，首先看到一座三层高的浅黄色建筑，半弧形的拱门，外墙哥特式的浮雕，屋顶有个小时钟和三个小浮雕，那是老图书馆。残阳的余晖洒落在它的墙面上，更显得熠熠生辉。我们入内参观校史纪念馆，静静浏览，那些图文，诉说着华沙二战中灰飞烟灭的故事。在居里夫人展厅前，我驻足细观，墙面上挂有居里夫妇合影照、居里夫妇大家族的全家福。尽管是陈旧照片的影印版，但清晰度很高，原汁原味凸现出百余年前居里夫人的音容笑貌。那好多张照片，让人感到居里夫人漂亮文静，眼神充满着聪颖和睿智。我们从小就从课本上结识了居里夫人，她为人类科学及医学所做的巨大贡献，已深深地刻在我们的脑海里。

若要仰望科学的历史天空，居里夫人定是一颗璀璨的明珠，而且永远不会划空而过。全世界都已记住她的名字，并一直在享受着她的科学发现。我们不能忘记居里夫人的那段名言：如果能追随理想而生活，本着正直自由的精神、勇往直前的毅力、诚实不自欺的思想而行，则定能臻于至美至善的境地。

居里夫人，波兰的骄傲，女性的骄傲，一个伟大的物理学家和化学家，一个充满艰辛的巨人。波兰是一个伟大的国家，但历史上这个国家屡经战火硝烟，生灵涂炭，民族多灾多难，遭受帝国列强瓜分，国家版图也是一改再改。“二战”期间，华沙城市满目疮痍，校园也被用作德国军营，许多建筑物被毁坏，但因战前华沙大学建筑系的师生，曾把华沙古城的主要街区、重要建筑都做了测绘记录。战争爆发后，他们便把这些图纸藏到山洞里，从而得以在战后依照原样重建如初。华沙大学为战后老城重建可谓做出了巨大的贡献。

去华沙大学之前，我还是做了点功课：华沙大学现拥有 20 多个二级学院、30 多个教学科研中心，是一所涵盖了自然科学、社会科学、人文科学等的综合性研究型大学，其行走在全球信息科学的前沿地带，开创了世界两大顶级的考古学派，共诞生过 7 个诺贝尔奖获得者，培养了世界钢琴演奏家肖邦、波兰的多位总统，还有两位以色列前总理等政要。

在老城华沙大学主校区周围，还有圣十字教堂、国家科学院及其哥白尼雕像、大学图书馆以及总统府等。

华沙大学校门左边那幢三层白色建筑外墙上，有一块长方形的黑色凸面小纪念碑雕塑，左侧是肖邦的头像，右侧是用波兰文和英文注解：FRYDERYK CHOPIN（弗里德里克·肖邦），1817—1827 年，学习并生活在华沙大学校园内。

沿着鹅卵石的大道向前，在丁字路口便可见到三层楼高的波兰国家科学院，在其广场上矗立着哥白尼的坐位雕像，他手持地球仪，眼神注视着远方，雕像左侧不远处还有一个现代艺术的金色雕塑，雕刻着围绕太阳系的九大行星，犹如卢浮宫前那座玻璃金字塔一般。当年哥白尼的“日心说”，开创了现代天文学，拉开了人类对宇宙的革命性的认识。哥白尼雕像左侧隔街相望的那幢很长的四层高的巴洛克式建筑，也是大学老图书馆之一，斑驳的外墙，锈迹的铁窗，看上去已有了些年代，可能是战后修旧如旧。

与老图书馆形成鲜明对比的是，华沙大学还有一座新图书馆，在维辛瓦河边，建于 1999 年，面目焕然一新，整体给人的第一印象是玻璃屋顶、花园楼堂和绿色墙面。在图书馆的屋顶和后院建有大花园，潺潺流水的小溪和阶梯式的小瀑布，将屋顶花园和后花园由空中与地面连为一体，成为名副其实的森林中的图书馆，当真是独一无二，美不胜收。这座图书馆入口处最上方的玻璃上，嵌有一本打开着的青铜书，正门上方刻着拉丁文“HINCOMNIA”（一切从这里开始），而 8 块矗立着的大青铜板作为图书馆的正面墙体，上面用文字记载着代表人类智慧的科学、文化、艺术典籍，还有数学、化学公式和乐谱等，更是引人注目。进入馆内第一眼可见楼梯旁那 4 根圆柱巍然耸立，上面分别刻有 4 位波兰杰出哲学家的雕像，其栩栩如生，发人深省。

华沙大学主校区正门，与对面的华沙美术学院隔街相望，这是世界八大美术学院之一，原属华沙大学，后又独立出来。我踏在华沙美术学院由金黄色落叶铺就的草坪上，犹感足下生辉，色彩斑斓。生辉的更是它的艺术气息，也是它的浓

波兰国家科学院前的哥白尼雕像，他手持地球仪，雕像左边有一个金色雕塑，雕刻着围绕太阳系的九大行星

华沙大学老图书馆

墨重彩。那幢巴洛克风格的红砖大楼，在楼前草坪上那一叶叶金黄色树叶的点缀下，更显优雅学府的底蕴古老。傍晚时分，校园更是宁静冷落，看不到有几个师生。我走在校园的小路上，欣赏着各式各样的校园建筑，手中的单反相机也设置在连拍状态，不断拍摄着四周风光。

华沙大学主校门，左斜对着圣十字教堂，这是一座天主教堂，也是华沙最著名的巴洛克教堂之一。教堂前背负十字架者的塑像与哥白尼塑像恰好遥相对望。我们静静走进圣十字教堂内，寻找安放肖邦心脏的地方。教堂后左边有一带浮雕的白色廊柱，其上方有一圆形凹面，雕有肖邦半身像，像顶有个小十字架，浮雕下面的方框里面就是肖邦心脏安放之处，CHOPINWI HERE RESTS THE HEART OF PREDERICK CHOPIN 几个大字非常醒目。肖邦浮雕两侧还各有一个孩童全身小浮雕，他俩的眼神在仰视着肖邦，我想这个艺术造型似乎体现着前有古人，后有来者。

肖邦一生留下了很多著名的钢琴曲，人听人爱。我最喜欢他的《军队波兰舞曲》《英雄波兰舞曲》，我还下载到一部专听音乐的手机中，每当出差乘车、候机的时刻，我就拿出来播放欣赏，它总会让人一时物我两忘，忘了等待，忘了疲劳。如果说小提琴是音乐之王，钢琴便是音乐之家。如今我们中国钢琴琴童遍地开花，考级达标者不胜枚举。其中，郎朗更是脱颖而出，一举成名，成为世界钢琴大师。我想肖邦也是他们的伟大导师。因为肖邦不仅是波兰的，也是全人类的。

夜幕降临，华灯初上，华沙大学及其圣十字教堂渐行渐远。但华沙大学依然浮现在眼前，校门口那几盏白炽灯仍在闪闪发亮，它照耀着大学的校园，也照耀着街上的行人和游客。特别是肖邦那颗伟大的心脏，仿佛依然在铿锵有力地在跳动着，它节奏性很强的心音，似乎更伴有《军队波兰舞曲》《英雄波兰舞曲》的旋律在奏响，它无论如何不会被当代的喧杂所淹没。

一个曾经在科学、天文学、艺术音乐等方面引领世界的国度，如今也面临着人才的严重流失。陪同的向导告诉我，波兰很多青年人都跑到英法德奥工作了。试问，难道科学与艺术的精神世界，最终还是战胜不了物质世界？我想，答案肯定不是这样。

参观华沙大学，对我来说，无疑是一次仿佛连呼吸、脚步都很沉重的心路旅行。因为这所大学有燃烧的历史与美丽的创伤。

# 顶着烈日访哥大

作为美国常青藤大学的哥伦比亚大学，是培养美国政治、经济和科技领袖人物的摇篮，曾造就了 4 位美国总统。除罗斯福之外，还有前总统奥巴马，而当年作为哥大校长的艾森豪威尔也是从这里走进白宫的。

哥伦比亚大学是我走访的第一所美国大学。

那年我到纽约妻弟家停留，正时值酷暑。天气热得我汗流浃背，一点也不想外出去看看这个帝国大都会的西洋镜。但一听说要去参观哥伦比亚大学，我马上就来了劲头。

中午时分我们到达哥伦比亚大学正门口。两尊遒劲挺拔的希腊雕塑首先映入

美国哥伦比亚大学地标建筑——洛厄图书馆

我的视野，其巍然屹立在大门的两侧，仿佛在守护着哥大的教育宗旨——科学和艺术的完美统一。

进入校园，我们来到了哥大的中心广场。

这个校园广场，美丽典雅，五彩缤纷。其东侧，矗立着宏伟的希腊庭柱式的洛厄行政大楼；其西边，屹立着宫殿一般的巴特勒图书馆。

走近了可以发现在其高高的屋檐下方，镌刻着柏拉图、亚里士多德、西塞罗、荷马、狄摩西尼斯等8位世界级大师的名字，他们分别是古希腊和古罗马的思想家、哲学家、诗人与作家，对人类的进程、世界的发展都极具影响力。科学和艺术的殿堂，在此也可窥豹一斑。为何要将这些名人与哥大联系在一起，并视作自己的财富，真是耐人寻味。答案任你猜想，但至少有一点很明确，科学、思想和艺术是无国界的。

哥大著名的“校友”雕像迎面向我“走”来，其坐落在巴特勒图书馆正面的石阶上。拾级而上，绕其“校友”雕像一周，细细琢磨，它那张开双臂的“V”字形造型，仿佛既代表着胜利，又象征着在欢迎五湖四海的宾朋，同时还无声地

哥伦比亚大学巴特勒图书馆。在其高高的屋檐下方，镌刻着柏拉图、亚里士多德、西塞罗、荷马、狄摩西尼斯的名字

讲述着 250 多年的校史。站在巴特勒图书馆顶层，环视 360 度，可以将校园广场周边景色尽收眼底。红砖铜顶的红楼群、风格别味的教学楼、高耸入云的钟楼塔、田园风光的南草坪，其景致令人惊叹不已。在这里，可以看到哥大的建筑楼群非常集中，校园完整紧凑，方方正正，其与一般美国大学那种没有围墙、找不到大门、建筑又很分散的风格迥然不同。其倒更像我们中国式的大学。

骄阳高悬下的哥大校园，也很富有诗情画意。阳光直射下的哥大师范学院红楼建筑群，以及其在阳光折射后留在地面和四周的那一道道迷人的几何状“身”影，泾渭分明，其仿佛在虚实之间，把红楼建筑的轮廓线条从蔚蓝的天空中从大地上勾画了出来。

漫步在哥大校园，观景与思索相互切换，交替不断。我不由得想起了毕业于该校的美国抒情诗人、音乐喜剧家奥斯卡·哈默斯坦，他和罗杰斯合作的那部音乐喜剧《音乐之声》，曾风靡全球几时。《Do Re Mi》、《雪绒花》和《孤独的牧羊人》曾让不少人心动。

“到处皆诗境，随时有物华”。哥大尽管地处曼哈顿的中心地带，不过大都会的喧哗反倒衬托出了校园一角的宁静和典雅。这里有山有林还有水，俨然如同世外桃源一般。即使烈日当空，温度攀升，热浪滚滚，也让人感受到空气中有一丝惬意的清凉。因为在哥大边上有一条弯弯的小河，有一种辛弃疾那“溪边照影行，天在清溪底。天上有行云，人在行云里”的意境。而伴随小河流淌的则又是一片茂密无际的小森林。目之所及，高大树木参天入云，繁枝密叶遮天蔽日。蝉噪林愈静，鸟鸣景更幽。真令人恍然有出世之感。心静如此，何来烦热。

我在校园中尽情地穿梭，感受着世界名校的风光。走马观花中还得知，哥大共有 16 个学院、69 个院系。其中，以教育学院、商学院、法学院、国际关系学院和新闻学院最为出名。哥大尽管是一所综合性研究型的大学，其中研究生的比例要占到 70% 以上。然而，近 10 年来，哥大对本科生的教育也极为重视，并得到迅猛的发展。综观近年来全美高校综合排名评比，哥大与哈佛、普林斯顿大学一直并列为美国三家本科生录取条件最高的大学。其招牌和特色就是它的本科核心课程，这是哥大教育的基石，也是学生才智开发的关键。所谓核心课程的目标是为哥大全体本科生，无论其将来专业或方向如何，都能提供一个广阔的视野，使之谙熟文学、哲学、历史、音乐、艺术和科学上的重要思想与成就。因此，核心课程的教育计划是，在本科生教育的头两年，学生基本不学专业，而是花很多时间涉猎百科、纵横文理、为第三年开始专业学习打下广博的基础。从这一点上，可以发现，哥大强调的是实践与能力，特别是创新能力的培养。

在校园的沉思中，我感到莫言关于教育的一段话非常有哲理：所谓的分数、学历，甚至知识都不是教育的本质，教育的本质是一棵树摇动另一棵树，一朵云推动另一朵云，一个灵魂唤醒另一个灵魂。如何理解，如何去做，可能还有很多困难。

美国哥伦比亚大学新闻学院普利策新闻摄影奖的颁发地——每年一度的美国新闻、文学、艺术领域的第一大奖，闻名全球的“普利策奖”就是在这幢大楼内颁发的

我在校园内走东穿西，不一会儿又登上了新闻学院的大楼。我了解到，美国新闻、文学、艺术领域的第一大奖——闻名全球的“普利策奖”就是在这幢大楼内颁发的。“普利策新闻摄影奖”获奖的那一幅幅照片，又一一在眼前闪过，一些照片还似曾相识。越战的残酷、非洲的贫穷、自然灾害的恐怖在“普利策奖”中表现得淋漓尽致。那幅士兵将星条旗插上硫磺岛，那幅时代广场胜利的一吻，那幅一群孩子被从天而降的燃烧弹吓得四处逃散的惊慌，不管在哪见到，总能感到历史在延续，世界仍弥漫着的硝烟，也感到和平的伟大与来之不易……

名牌大学更在于历史和传统。哥大深厚的人文底蕴和追求卓越的教学科研，使其造就了不少精英和名人。其中与中国有关的名人要人就有埃得加·斯诺、胡适、顾维均、马寅初、冯友兰、宋子文、陈公博、李政道、吴健雄等。走访哥大，寻找这些似曾相识的名人的影踪行迹，既感到非常亲切，又感到非常沉重，仿佛历史一下子浓缩到了我的心头，能不沉重？这沉重竟让我在哥大教育学院大楼前陷入了一阵沉思。

# 走马观花访芝大

芝加哥大学坐落于美丽的密歇根湖畔，由美国石油大王洛克菲勒出资，创办于 1891 年。截至 2019 年 10 月，芝大毕业生、教师和研究人员中先后有 100 位获得诺贝尔奖，校友中有李政道、杨振宁等人。目前，芝加哥大学在全美大学排名榜稳居前十名。

趁到芝加哥开全美骨科会议之际，那天中午我忙里偷闲，从芝加哥市中心打车去芝加哥大学。车子沿着湛蓝的密歇根湖畔的湖滨大道一路向南奔驰，不到半小时便来到了芝加哥大学校园。在化学系中国留学生小陈的陪同讲解下，我开始走马观花参观芝加哥大学。

芝加哥大学老校门

时值三月下旬全美高校放春假，校园空荡宁静，人影稀少，树木花草枯萎，万象尚未复苏。适逢冬春之交，乍暖还寒，气温仍在零度以下，阵阵春风不时袭来，让人不免有剪刀刺肤感。但踏着初春明媚的阳光做一次名校之旅，心中甚感温暖又温情。

芝加哥大学法学院，由一幢六层主楼和数幢一二层的辅楼组成，现代建筑风格，周围有雕塑和喷泉映衬。在参观了其图书馆、阅览室、模拟法庭和名师先辈的画面、图文介绍后，我们就直奔早已设定好的目标，寻找奥巴马总统当年在此执教过的地方。在一楼东侧拐角处的墙头，一幅展示奥巴马演讲手势和眼神的黑白照片迎面而来。近看照片注解便知，当年奥巴马被聘为芝大教授，曾在眼前这个报告厅讲授宪法课程多年。走进这U字形的报告厅，直觉干净整洁，宽敞明亮。我坐在课椅，走上讲台，徘徊思索，摄影留念，还在黑板上用粉笔写下了Obama的名字。作为粉丝，我读了他的许多传记，两次大选更是全程跟踪了解，甚至到了真想投他一票的地步。因为奥巴马实现了美国民权领袖马丁·路德·金的《我有一个梦想》。

我们先后穿过哈珀纪念图书馆、艾克哈特会堂、肯特化学实验室、林奈雕像和洛克菲勒教堂后，又来到了商学院。因为我早就知道，芝大商学院与哈佛商学院多次跻身于全美前三名。走近商学院，三四层高的大楼，外观时尚气息，但内环境却极其一般，很难想象这里曾走出了9位诺贝尔奖的获得者。不过，商学院一楼大厅玻璃顶的公共区间让人感到很阳光很温馨，师生们坐在那里交谈讨论已成为无时不在的风景。在小陈的介绍中，我得知商学院既注重务实的案例教育，也注重传统的理论教育，还注重学术研究与创新，其4万名校友更是遍布世界各地，很多已经成为全球五百强的决策人物。值得一提的是，2013年，商学院的法马、汉森和耶鲁大学的席勒，三人又同获诺贝尔经济学奖。其中，法马提出了“有效市场假说”，汉森提出了“系统性风险”评估，席勒两次准确预言了金融泡沫的破裂（纽约股市和次贷危机），这三位学者深耕资产价格实证分析，奠定现代金融方法论。

芝加哥大学主校区老校园内建筑更为集中，有哥特式的，有钟楼四方院的。红瓦灰墙，古藤蔓壁，老枝掩窗，古典风韵，百年老校的厚重深邃在此窥见一斑。穿过那带有印第安风格和人字形尖顶的石雕老校门，对面就是大学中心图书馆，其由老馆和新馆连接而成。新馆外观为全玻璃的椭圆形的穹顶，犹如迷宫和太空球一般，耀眼夺目，美轮美奂，现代建筑与古典建筑在此可谓交相辉映。芝加哥大学图书馆由六个图书馆组成，其藏书量高达 700 多万册。我在有 160 席的新馆阅览室中小憩体验，直感馆内仿佛也是日月当空。我甚而觉得，其时的阳光照耀着每一位阅读者的身影，更照亮着每一位阅读者的心头，去践行芝大的那句名言——善于提问，敢于质疑。

芝加哥大学有 5 个本科生院、4 个研究生院、7 个职业学院以及医学院和神学院等，其采用学季制，一年四学期，每学期十周。芝加哥大学与哈佛、耶鲁大学相比，尽管还很年轻，但由于坚持开放自由精神和兼收并蓄理念，并结合美国社会政治的现实，通过实施打破学科界限的本科生核心课程计划等举措，使其在较短时间内脱颖而出，成为世界名校。参观之中，我更了解到现任芝加哥大学齐穆校长的教育思想及其管理理念，即要通过人文教育让学生掌握全面知识（所谓通识教育），要让学生学会脱离课本进行创新的独立思考，要让学生深知团队合作精神的重要性……特别是齐穆校长那“不能让一个学生因学费问题而放弃选择芝加哥大学”的招生思路，更让人感到这是不拘一格选人才的明智之举。

芝加哥大学除了法学院、商学院有名之外，其经济学、物理学也是誉满全球。

美国芝加哥大学“蘑菇云”是一座由青铜制成的核能量纪念雕塑，背景为校图书馆，半圆形玻璃建筑为图书馆的阅览室

在经济学方面共走出了22位诺贝尔奖得主，芝加哥经济学派对当代世界经济也产生了积极的影响。早在1942年，在著名物理学家恩利克·费米的带领下，就建立了世界上第一座核反应堆，此为1945年原子弹爆炸奠定了基础。费米是李政道、杨振宁等人的老师。为纪念他，在费米研究所附近，矗有一座形如“蘑菇云”的由青铜制成的核能量纪念雕塑。我驻足参观，凝望沉思，深感当今世界核能源的开发与利用，确是一项能影响人类历史进程的重要科学举措，但同时也是一把既能载舟又能覆舟的双刃剑，而人类如何和平利用核能源，来促进社会发展，建设绿色家园，维护世界稳定，阻止战争冲突，这又是世界和平发展永恒的主题。我深信，和平、合理开发和利用核能源，而不是用于武力或以武力相威胁，其道路的弧线虽然很长，但它最终会直向正义……

曾有人把芝加哥大学的特点概括为：名气深藏不露，课程繁重艰难，气候暴冷暴热。但令人欣慰的是，芝大坚持自己的办学特色，倡导教学研究合一的理念，办出了世界一流大学，培养了世界一流人才。芝加哥大学之所以一流，是因为坚持“不要求教授一定要做出什么科研成果，但一定要上课”。

晚风伴随着夜色在徐徐降临。我们又来到了校园最北边的一条街区，那个丁字形路口，一幢两层高的普通小红楼，由于几辆警车和周围一道道隔离墩，显得格外引人注目，原来这是当年奥巴马在此任教时的旧居，现在已成了铜墙铁壁式的重点保护建筑。可见，司空见惯的名人效应在此也得到了尽情地伸展。

结束参观之余，自然又联想起芝加哥市本身也是一个超级建筑艺术博物馆，有着毕加索雕塑等许多城市雕塑，是“五一”国际劳动节、“三八”国际妇女节的发源地。我想，也正是芝加哥这座城市的历史文化底蕴，承载着芝加哥大学的昨天、今天和明天。

原载于《新民晚报》，2013年6月4日

# 走近普林斯顿大学

在纽约和费城之间，有一座与众不同的乡村都市，名叫普林斯顿镇。这里地处新泽西州西南的特拉华平原，面积约 7 平方公里，人口约 3 万，其东濒卡内基湖，西临特拉华河，清澈的河湖环绕着这座小镇静静地流淌。这是一座以普林斯顿大学为主体的小镇。

那年仲夏的一天，我来到了普林斯顿镇，走近了普林斯顿大学。毕业于该校的才女张博士陪着我踏进了校园的大门，浸润着二百年历史风雨的名牌大学在向我们招手。

普林斯顿大学布莱尔拱门后院

普林斯顿大学与哈佛、耶鲁齐名，号称美国常青藤大学的三巨头，历年来共同角逐美国大学和研究生院前三名的位置，其引得莘莘学子是趋之若鹜。据《美国新闻与世界报道》周刊评选的全美毕业院校排行榜公布，2006 年普林斯顿大学与哈佛大学又是并列第一。

普林斯顿大学老校门叫作费兹兰道夫门，走进校门，便可看到校园内最重要的历史建筑——拿骚楼，这座 1756 年建成的十字形的三层棕灰色砖石建筑，老藤爬墙，浓绿弥漫，见证着这座校园的学术底蕴和精英文化。拿骚楼是美国殖民地时期最古老的建筑，曾经是美国国会的所在地，为国家的历史地标（National Historic Landmark）。在建成后的近半个世纪的时间里，它承担了整个学校的办公、教学和生活等功能，是个多功能楼——教室、图书馆、宿舍、教堂、餐厅和厨房都在里面。经过三个多世纪，拿骚楼的角色已从多功能楼、办公楼、宿舍和图书馆，转换到专用的教学楼，直到今天成为大学的行政中心。每年 6 月初，一年一度隆重的大学毕业典礼就在拿骚楼南面的草坪上举行。

普林斯顿大学亚历山大楼

踏入普林斯顿大学的第一感觉就是漂亮舒适，古城堡式的浪漫将人置身于一个美丽的童话世界。随着脚步的不停移动，我的视线尽情地、无限地、全方位地在校园内伸展着，哥特式的建筑、牛津般的格局，弥漫着传统而又幽雅的氛围。所到之处，古木参天、绿树成荫、绿草如茵；视野之内，常青藤爬满了许多建筑的外墙，校园充满了绿色，充满了诗意，常青藤大学真可谓形象而又逼真。我们穿梭在校园的一条条道路上，先后经过了拱门、钟楼、教堂、纳索堂，又来到了图书馆、博物馆、布莱尔楼、亚历山大楼、展望楼和卡内基湖，那一幅幅优美的写真，一幢幢城堡式的建筑，有动静交融之感，仿佛让人感受到了浪漫主义的情调和贝多芬田园交响曲的动听。普林斯顿大学老校园是欧风浓厚，新校区则是现代气派，二者交相辉映，相得益彰。纵横新老校园，见闻时代变迁，深吸一下它散发出的“读书”气息，吐故纳新，沁人肺腑，心旷神怡。此情此景，不免触景生情，我真想坐在这校园的课堂中，做一场上普林斯顿大学的梦来过把瘾。

普林斯顿大学主校区并不大，在校园内任意两点之间的步行距离不会超过半个小时。我们又回到了走过的那些经典校园建筑。在教堂附近，见到有一对新人在拍摄婚纱照，这让校园又增添了一丝美丽和浪漫。

普林斯顿大学校园内的建筑不挤，学生们任何时间都可找到一个属于自己的角落静静地读书思考。在大学里创造这自由的空间感，可真是动了不少脑筋。据说，为保护环境，原来学校建总图书馆 Firestone 时，特地不向高空发展，改用低层地面建筑，并在四周摆放了毕加索等名家雕塑，为的是让看倦了书的学生移情于物，如此重视读书环境的每一个细节，可算是竭尽所能。

当然，普林斯顿大学最引以为豪的要数对本科生教育的极为重视，与其他名校相比，其首先体现在研究生与本科生的比例上。近几年，研究生规模约 1800 名，本科生人数约 4500 名，这一比例客观上保证了人财物各种资源可以更多地用在本科生教育。据介绍，普林斯顿大学近年来在《科学》和《自然》等权威学术期刊上发表的论文，有些第一作者竟然还是本科生。学校每年录取本科生时，不但要看分数和成绩，而且更要尽量判断其个人的能力和潜力。普林斯顿大学最大的特色之一就是坚持自身优势，重视基础研究。其中，数学、物理学这两大基础学科的发展始终处于全球一流水平。在这里执教和从这里走出的科学家、文学家、政治家以及各个领域大师泰斗，数不胜数。华罗庚、李政道、杨振宁先后在该校担任过高级研究员。品味普林斯顿大学的价值取向，一个不争的事实就是，在当今世界上，谁能重视基础研究，谁能吸引一流学者，谁就具备了自主创新的能力，谁就掌握了自主创新的主动权。

对于美国名校的学生们来说，每天的“生活就是读书、睡觉和哭。”或许有些夸张，但不无道理。道理在于，在名校上学，压力山大不言而喻。

谈起近代物理的创始人爱因斯坦，这是普林斯顿大学的骄傲。爱因斯坦在这座安静的小镇和校园中度过了22个灿烂年华。我们转到了梅塞街，一条有坡道的柏油小路，两边长满了高大的橡树，橡树下掩映着一幢幢的两层小楼。这些小楼初看平淡无奇，细看平中带奇，因为这是美国精英荟萃之地，许多纽约文化界、金融界的名人都居住于此。该街112号，爱因斯坦的故居，是一幢白色的、木结构的小楼，其掩映在树木之中。我们驻足停顿，凝视着这位大师工作和生活过的地方。我们参观时，正好是狭义相对论问世100周年和他逝世50周年的纪念日。我深知，写出《狭义相对论》的爱因斯坦与《资本论》的作者马克思、《精神分析引论》的作者弗洛伊德，这三位科学伟人，他们的思想与著作，对世界历史的发展及其进程影响很大，尽管我对他们的思想精髓浅尝辄止，抑或充其量只知点皮毛，但不可否认，在我的脑海中，还是有一定的储存空间，至少那几本著作的大名依稀记得，因为形象思维第一流，文章经纬冠千秋。19至20世纪人类三次思想大飞跃都与这三位科学巨人有关……

走访、直观普林斯顿大学，留给我的是一种过于学术、过于优雅的美好回忆——普林斯顿大学的精英主义，仿佛在校园的空气中弥漫萦绕，大学的精英主义为世界培养了众多的精英。其中，还走出2位美国总统，44位美国州长。

普林斯顿大学是一所对人类文明做出过巨大贡献的名牌大学。

原载于《苏州日报》，2006年5月9日

# 风吹我近斯坦福

创建于 1887 年的斯坦福大学，是享有全球高学术声誉的名校。多少年来，一直吸引着世界各地的学子蜂拥而至。

这天，我迎着拂面的春风，踏入了斯坦福大学的北大门。

首先映入眼帘的是，整齐排列在大道两旁的那一棵棵棕榈大树，参天入云，气势非凡，绵延不断，而林尽之处，就是斯坦福大学的中心广场。漫步这块椭圆形绿地四周，视野之内尽是西班牙风情的建筑，红瓦黄墙，拱廊相接，棕树成行。

斯坦福大学校园景色

移步换景，不胜优美。特别是见到那具有西班牙风韵的悠长拱廊，所展示出的学府深邃的意境时，心中顿时感受到一种强烈的求知欲在召唤，在激荡。置身其间，内心油然升起 “两耳不闻窗外事，一心只读圣贤书”的那种与尘世隔绝的清纯之感。走在这片幽静的学习热土上，望着那不同肤色的学子身影，呼吸着充满生机的校园空气，感受着学者教授的大师风采，触摸着当代科技的时尚信息，一种羡慕、敬仰和享受之情悄然而生。

走进斯坦福大学主校区四方院，就是由六尊黑色人体雕塑组成的罗丹露天纪念雕塑园，其每一尊均被塑成在迷茫中寻找力量方向的奋进者与探索者。驻足其间，欣赏这些不同的雕塑，直觉得形象逼真，寓意深刻，似乎引申表现着呐喊和求索、激情和梦想，非常富有艺术性和想象力，让人浮想联翩。径直往前，穿过一座有着悠长的拱廊及其三个砂岩拱门的漂亮建筑，校园中著名的斯坦福大学纪念教堂，犹如一幅华丽的画卷迎面展开，而把我带到了诗情画意之中。在教堂尖顶下的外墙上，镶嵌着一幅描写基督欢迎正义进入天国的巨型壁画，它与教堂色彩斑斓的玻璃窗交相映衬，绚丽夺目；而在教堂圆柱形拱门的上方，四幅分别代表爱、希望、信义、博爱四种美德的人物壁画，则更显得栩栩如生，细腻柔和。缓步教堂正中，只见四周饰满壁画，古朴沉稳，典雅庄严，精致美丽。细细一看，四周的壁柱还分别刻有利兰 · 斯坦福父子、斯坦福夫妇各自父母的名字和生卒年月，它寄托了对大学创办者的怀念，同时又让每一位到访者肃然起敬，感叹不已。可以毫不夸张地说，熠熠生辉的壁画和壁柱贯穿着斯坦福大学的发展历史，也展示着斯坦福的过去、现在和未来。

无论穿梭在校园的哪一角，总可清晰地看到斯坦福大学的标志性建筑——胡佛塔。高耸挺拔的胡佛塔，是 1941 年为庆祝建校 50 周年和纪念校友美国第 31 任总统胡佛而兴建。其内的胡佛研究所，既是一所图书馆，又是一所以研究世界各国战争、革命与和平问题而闻名的国际研究机构。

登上胡佛塔塔顶，一阵春风吹来，沁人肺腑，顿觉临山傍海，粗犷开阔，花园一般的斯坦福大学尽收眼底。参天大树掩映下的四方院建筑群、格林图书馆、恩西纳大楼、坎托艺术中心等，气韵自华，别具一格，给人以一种古典与现代交相辉映，文化和学术并驾齐驱的美妙享受。在此俯瞰校园，可见商学院、地学院、工学院、法学院、医学院、教育学院等星罗棋布；随着视线的不断远移，科学园、植物园、高尔夫球场和若干个科学试验场也一目了然。远眺之中，硅谷和海湾若隐若现，美轮美奂。

斯坦福大学是一所注重理、工、医科的综合性大学，并以商学院、医学院和工程学院等久负盛名，但其法学、社会科学和人文科学也毫不逊色。斯坦福大学那与众不同的以季度划分的学期、充满自由与责任的校规、多种形式的道德教育、丰富多样的大学社团、注重体育发展的特色、9 个领域的必修课程以及关于人文价值和民主问题探讨这两大定期的精品讲座，其为全方位地培养通才学生注入了一股股清泉活水。透过这一办学视角，可以惊奇地发现，他们倒是真正做到了毛泽东几十年前曾强调过的那句话——“德、智、体全面发展”，而古今中外关于教育的论述，没有谁比他说得更精辟的了。无形的学术水准，有形的教学设施，还有成片的体育场馆，构成了斯坦福给人以巨大冲击的办学理念和办学氛围。

当然，鼓励师生去创业去突破，更是影响斯坦福及斯坦福人发展成长的教育动机和文化理念，来到这里的每一个人都会被这种浓厚的学术氛围所振奋。斯坦

斯坦福大学胡佛塔——无论穿梭在校园的哪一角，总可清晰地看到斯坦福大学的标志性建筑——胡佛塔。高耸挺拔的胡佛塔，是 1941 年为庆祝建校 50 周年和纪念校友美国第 31 任总统胡佛而兴建。其内的胡佛研究所，既是一所图书馆，又是一所以研究世界各国战争、革命与和平问题而闻名的国际研究机构

福大学基金雄厚，经费充足，师资一流，设备先进，有著名的直线粒子加速器，有发达的电脑网络设施，有众多的图书馆，藏书量多达七百万册。

从斯坦福共走出了数十位诺贝尔奖获得者，它为推动人类文明做出了突出的成就。而位于校园西部科学楼群中的物理楼，其中的华裔之光，则显得耀眼夺目，令全世界华人引为骄傲。那就是 1997 年 10 月 15 日，祖籍太仓的华裔物理学家，现任美国能源部长的朱棣文，以“雷射制冷捕捉原子”的卓越研究成果，与合作者共同获得了诺贝尔物理学奖，从而摘取了诺贝尔奖中最耀眼的皇冠，这也是斯坦福人连续三年摘取诺贝尔物理学奖。在这里可以深入了解到，自幼对物理情有独钟的朱棣文并非天资聪颖，而且当初家人还一度坚决反对他学习物理，那么他又为何在强手林立中脱颖而出？一个不争的哲理和事实就在于：一个人是否聪明并不是最重要的，只要其对某一事物有兴趣有钻研，持之以恒，便有可能成就大业。所谓爱好出勤奋，勤奋出天才。当然，在科学的道路上没有平坦的大道可走。看似寻常最奇崛，成如容易却艰辛。联想到王国维《人间词话》中人生成大事业、做大学问所必经的三种境界：“孤独之悲壮、执着之艰辛和成功之寂寞”，那么作为诺贝尔奖的那些获得者，一定对其有着更深的体验和感悟。

说起斯坦福大学，当然不能不说到硅谷。硅谷位于以斯坦福大学为中心、从旧金山至圣何塞的近 50 公里的一条狭长地带中。硅谷的特点在于，围绕大学建立一大批高科技开发公司，充分利用大学的技术力量开展研发工作，使科研成果能够很快转化为商品，从而在周围衍生出世界上最著盛名的高技术王国。目前，硅谷地区大量的高级主管为斯坦福的毕业生。

据说硅谷最初的形成原因很简单，它只是政府为了留住斯坦福的一部分留学生，提高当地经济增长而实施的一个举措。没想到此举一发而不可收，并逐步形成了以斯坦福、伯克利大学为依托，以高科技的中小公司群为基础，以谷歌、雅虎、英特尔、惠普、苹果等大公司为支撑，融科学、技术、生产为一体的全球性的高新技术的摇篮，并不断向生物、空间、海洋、通讯、能源材料等新兴技术领域纵深拓展。

斯坦福托起了硅谷，而硅谷又照亮了斯坦福，两者可谓相辅相成，永远春光明媚。短时间的耳闻目睹，了解到了斯坦福大学的成功，就在于两个方面，一是对接国家战略服务需求，不断调整学科重点，紧紧抓住为国家战略目标服务的机遇。如积极承接美国联邦政府科研项目，从这些研究中凝练原创性的前沿尖端科学，并积极带动新一轮的生物科技革命；二是与硅谷园区和产业界紧密互动，产学研紧密协作，拓展未来进一步发展的空间，以此培养无数的学者英才和技术精英。这诚如斯坦福大学校长所说：“没有硅谷，就没有一流的斯坦福。”

探访斯坦福，也有一点不快，那就是来也匆匆，去也匆匆。刚才还在亲吻我脸额的斯坦福的风，一会变得来无影去无踪。我知道，因为与辽阔美丽、创造奇迹的校园擦肩，永远都是仓促的，总是会留有遗憾的。尽管只是停留在走马观花的层次，但面对斯坦福恢宏的历史、厚重的人文和前沿的科技，在深深依恋的同时，似乎又感悟到了那幽深的长廊、连绵的拱门和别致的立柱，折射出了这座名牌学府的理念、魅力和意境——开放、自由、务实和创新。

原载于《苏州日报》，2009 年 3 月 13 日

# 夏来多大绿如蓝

盛夏的这天下午，在加拿大定居的中学老同学巢玉华夫妇，开车陪我参观了多伦多大学圣乔治主校区。

多伦多大学在加拿大排名第一，全球排名20多位，是一所世界名校。早就知道多大闻名全球，一是因为我同事同学的小孩中，有不少在那留学读书，二是家喻户晓的白求恩、钱伟长曾是多大杰出的校友，三是多大作为一所公立大学，许多学科如理工学科、生命科学、社会科学以及医学还走在了世界的前列。耳听为虚，眼见为实。与其做个道听途说者，不如做个目击者。

走进多大圣乔治主校区，绿色风光，古意盎然，生机勃勃，美轮美奂。维多利亚、

俯瞰多伦多大学

多伦多大学 Robarts 图书馆

多伦多大学钟楼

哥特式古典建筑和现代钢筋水泥大楼，交相掩映，错落有致。视野之内，雕塑棋布，林荫遮道，杂花生树，绿茵如画。尽管在校园中心是车水马龙，路边也停满了小车，以致两车交会，还会引发一阵交通拥堵，但丝毫没有市尘的喧嚣，宁静的校园即使在炎热的盛夏也让人感到有一股学术空气的清凉透心，让人惬意舒爽。

多大建校将近200年，有3个校区、近30个图书馆、16个学院。主校区的罗伯茨图书馆是最大的图书馆。走近罗伯茨图书馆，这座雄伟的多棱形不对称美的现代建筑，高耸入云，以至于我手上的广角镜也纳入不了它的楼顶。这也是加拿大最大的图书馆，属于研究型图书馆，藏书近千万册。馆内布局典雅，区域分明，书架林立，网络齐全，阅览室无数，在很多楼层为师生辟有自习室、讨论室和研究室。

我走在绿波翻腾、繁花似锦的校园大小道路上，先后参观了商学院、维多利亚学院、哈特电影戏剧院、大学学院、将士钟楼、三一学院、纽曼中心、哲学小道、大学会堂和国王学院环形大道。绿浪诗意百年楼。我特别喜欢校园内那些紫藤绿叶缠绕的哥特式建筑，墙上窗沿爬满铺满了常春藤，形如厚厚的浓绿挂毯，它让

多伦多大学学院

人感觉静谧诗意、心旷神怡。每到校园标志性景致，我总会拉出镜头，对上焦距，取景构图，咔嚓写真。

让我印象最深的标志性景观，当属大学学院那幢融合了哥特与罗马风格的两层砖石建筑。其灰砖石瓦，方楼尖顶，圆窗拱门，掩映相嵌在蓝天白云、绿茵如绵与万紫千红的背景之中。大学学院的大楼是多大校园中最有特色的代表性建筑，整个多大就是以此为基础发展而成的，目前其规模也仍是全校第一。走近大学学院那扇圆形小拱门，可见米黄色的门廊上一圈又一圈的精美雕刻，其层见叠出象征着多大人文与学术的厚重深邃。小木门上那两块明净的玻璃，也左右映射着你的身影在跨入学府的殿堂，让人有一种淡泊明志、宁静致远的感觉。作为多大校园的一道风景线，你可以领略或在校史图片上看到，每年从这里走出一群又一群身着毕业典礼服的莘莘学子，他们兴高采烈，放飞梦想，犹如走出了象牙塔，去迈向一个更广阔的奋斗天地。

网上宣传或传播有关多大的标志性风光照片，均以这座大学学院为背景，即蓝天白云、古典建筑和草坪花坛各占 1/3 的标准摄影格式为经典。不少师生或游客在大学学院南面的校园广场那片大草坪上，以其为背景摄影留念。站在校园广场上，四周星罗棋布的建筑有将士钟楼、哈特剧院、大学会堂等。向正前方注视，多伦多的最高建筑——加拿大国家电视塔，“剑”指云霄，而登上 553 米高的加拿大国家电视塔，向北远眺，又可将多伦多大学校园广场及其大学学院的绿色风情尽收眼底。真是楼宇与白云齐“飞”，校园共绿蓝一色。

大学校园建筑场域与大学精神也有着潜在的因果关系或上下游关系。多大也是如此。没有大树绿荫的陪伴，楼宇建筑是孤独的、单调的和无生机的；而没有百年老建筑，大树绿荫则失去了精神依靠与生存归宿。两者相互使然。学子置身校园中的一草一木，一砖一石，会氤氲出一种学术氛围，会造就高雅人文气息，会受到潜移默化的熏陶，从而也提升拔高了学子的心胸与视野。

与校园绿色风光百年老建筑相对应的美丽，更是多大的教育规模、办学内涵和教书理念。多大的校训，“像大树一样茁壮成长”，使一代又一代的多大人，毕业后杰出地工作在全球各地。在其校友中，不乏有诺贝尔奖得主（10 位）、加拿大总理（4 位）等。此外，一组数字可以说明学校的现有规模，全校 16 个院系，300 多个本科专业，200 多个研究生专业。光校本部，教授科研人员有 8000 多人，本科生研究生 50000 多人。

多伦多大医学院拥有10所世界级研究型的医院，如多伦多总医院、玛格丽特公主医院、儿童医院和多伦多康复研究所等，这些医院也组成了加拿大最大的医学及生命科学的科研集群。在每年10余亿美元专项科研经费的支持下，其成果无论在数量或质量上都处在世界前20位。

早在1923年，弗雷得利克·班廷与麦克劳德因发现胰岛素控制糖尿病的作用而获得了诺贝尔奖；其他耀眼的成果还包括第一台电子心脏起搏器、人造咽喉、肺叶移植术、人造胰和干细胞的研制等。

我有个大学同学的男孩，从小立志学医，一心只想读医。他先在国内考上了广州中山大学临床医学专业，在就读两年以后，毅然把奋斗目标转向了多大医学专业，先是读了多大本科阶段的医学前期专业也就是生命科学（LIFE SCIENCE），后来又以极其优异的成绩，进入了多大的医学院。真是功夫不负有心人，但这一选择在当时更有些冒险的成分。因为我知道，在国外上大学，学医读法律是两个最具激烈竞争的专业，亚裔很难跨越。但他心想事成，然心想之余，当然是无尽的付出和不懈的努力。还听说有个当地华人的子女，也是立志要学医，但她过五关斩六将，一度远至非洲喀麦隆，到一张床上要挤住三个产妇的医院去服务，历尽艰辛才考进了多大医学院。我知道，在发达国家，医学属于精英式教育，规模严格控制，不像我们仍处于普及式教育。此外，在国外，要读医，先要培养爱心，耐心，这就要求你得先去做一段时间的义工，练就一下做医生的基本功——爱心、吃苦、认真和责任。

古老校园绽放现代，现代教育伸展未来，未来充满绿色生态，让我们更有诗意地栖居。

多大校园，给人以感官和心灵上的愉悦。校园内的老藤石墙，楼宇雕塑，鹅卵小道，苍翠灌木，枝繁叶茂，那一片绿色生态，似乎也给我带来久违的读书情趣。

原载于《姑苏晚报》，2014年1月27日

# 追逐夕阳的步履

## ——走过悉尼大学

悉尼大学始建于 1850 年，有南半球牛津之称，已有 150 多年的历史。

2007 年 9 月，在当地初春的一天，踏着夕阳的余晖，我走进了悉尼大学坎普顿主校区。

我首先来到了四方院钟楼前的广场上，注视着眼前这座宏大的哥特式古堡建筑群，它是悉尼大学的行政教育中心。

夕阳的金光洒在钟楼和古堡周围的屋檐、楼角、门窗、长廊和拱门，照射出的光晕和色泽，金星点点，圣洁迷人，幻成了七彩的虹霓。那怀旧色调，使古堡显得格外端庄、稳重、幽静，甚至还带有几分神秘，让来访者感觉斜阳冉冉堡无边，满目古韵夕照明。

穿过钟楼那扇厚沉的木门，徜徉在黄褐色古堡中的长廊、楼道和殿堂之间。

悉尼大学四方院拱门 1

悉尼大学四方院拱门 2

隐隐约约，一支恬静的法国音乐家戴留斯的《暮色幽思》，正梦幻般地飘荡着。音符诗情画意，渡花穿林而去。其时风声、鸟声、钟声、琴声、读书声，仿佛合奏出了一首优美动听的旋律，使人好像忘却尘世间的一切烦恼，顿觉飘飘欲仙之感。

望着古堡四周形状迥异的古典建筑，青藤缠绕墙壁，参差蔓延门窗，虽有些陈旧，甚至锈迹斑斑，但我感到这里的每一幢楼阁、每一幅壁画、每一尊雕塑，在夕阳的折射中，均闪烁着学术的深邃和校史的厚重。漫步于古堡与钟楼之间，默默地沿着每个角落走一圈，可静心感悟出那一砖一瓦、一草一木的沧桑之感。

作为悉尼大学标志性建筑的钟楼，宏伟典雅，是澳洲国宝级的建筑古迹，它主要以悉尼的沙石岩筑建而成。远眺近望，巍峨直指蓝天的钟楼，满眼浓艳似火的古堡，仿佛浓缩着悉尼大学的灿烂辉煌，烘托着对知识的热切向往和执着追求。准点从钟楼发出的那缓慢深沉的钟声，犹如在召唤着这所美丽高贵的学府；而响彻校园的钟声，又似乎通过流动的空气渐渐地散向无尽的天边，喻示着学术的影响、知识的力量，可以穿越时空，飞向远方。不知不觉，夕阳下的钟楼从金黄，逐渐变成粉红、暗红、深红，色调变化产生的那种凝重的历史感，更令人对这座百年学府产生深深的依恋和敬仰。

悉尼大学钟楼

在钟楼古堡的北厢有个教堂，它是根据伦敦威斯敏斯特教堂缩建而成的，入内即感庄重、肃静、神圣，四壁分别悬挂着悉尼大学历任校长的画像。据介绍，一些重要会议、典礼、婚礼都会被安排在此隆重举行。其中，每年一度的毕业典礼格外引人注目。在此欢聚的校长教授、各界政要与莘莘学子个个身着盛装，伴随着管风琴的声响和《欢乐颂》的旋律，学子们经历了人生中神圣庄严的时刻——博士帽、硕士服、学士装在斑斓的镁光灯下闪耀，欢声笑语在热烈的掌声中传递，金梦理想从这里放飞。2005 年 3 月，时任中国教育部副部长的章新胜，曾在此发表《中国当前高等教育政策》的主题演讲，受到全场师生的热烈欢迎。

站在钟楼前，向前眺望还可见到壮观的悉尼港湾和漂亮的维多利亚公园。那碧海蓝天、红楼绿树、海鸥翱翔、白帆逐浪的景色，此刻已被晚霞尽染。碧海蓝天配朵夕阳在眼前，好一幅桑榆晚，微霞更灿烂的美丽图画。在钟楼右前方的绿荫深处，矗有一幢现代风格的建筑，它与四周的欧式古典建筑交相辉映，这便是费雪（Fisher）图书馆，它和悉尼大学另外几个图书楼一起，组成了南半球最大的图书馆，藏书量高达 450 多万册。

钟楼四周斜坡多，大片绿茵起伏连绵，树木郁郁葱葱，在其间漫步，一路走去，还有一种山行路径斜的攀登感，特别是追逐夕阳赏校景，杜牧的诗句“停车坐爱枫林晚”，自然情不自禁涌上心头，而残红素裹的这座学术园林，更让人驻足坐爱校园美，任思绪在彩霞中飞越。一时间，其景色之美，似乎令人从“有我之境”，转入了“无我之境”。

忽然间，夕阳已从天衢中隐去；转眼间，夜色已悄悄降临。此时，风也飘飘，景也隐隐，似乎风更美妙，景更美妙！

请让我打住。2017 年 2 月，时值当地的盛夏，我和犬子一同来到了悉尼大学。那天中午，斜风细雨，我们穿过马路上的天桥，走进悉尼大学校园。我们为了躲雨，先在一个咖啡厅喝了咖啡，然后打着雨伞走到四方院钟楼。到达钟楼草坪不久，雨已渐止，我站在钟楼广场前的石阶上，向远方眺望着隐隐约约的大海，愉悦着时隔十多年又来到此地的心情。其时，正好有一个中国旅行团到此观光，一时间宁静的校园突然又显得人流如织，不久才恢复了宁静。

我抚摸着四方院钟楼的那些岩石柱子，真是厚重有力，直感这是这所百年名校的基石底蕴。

原载于《姑苏晚报》，2008 年 5 月 13 日

# 伍伦贡大学

从悉尼向南途经大洋路开车一个多小时，便可到达澳大利亚的伍伦贡市。

伍伦贡市，依山傍海，环境优美。我特别喜欢伍伦贡市，因为它坐落在太平洋边上。开车过去，蔚蓝色的海洋风景尽收眼底。望着海平面，我就会想到雨果的名言：世界上最宽阔的是海洋，比海洋更宽阔的是天空，比天空更宽阔的是人的胸怀。

相对于美丽的海洋，更美的是伍伦贡大学，它给我的第一感觉是翠绿欲滴。在我眼中，这里是一片芬芳的原野和茂密的树林。

2017 年 1 月，当地时值盛夏。那天中午，我们全家三口顶着当头烈日，走进了被层层绿色包裹的校园。

按着校园布局指示牌的指示，我们身披绿色，走马观花。校园内除了 9 个院系所属建筑之外，还有电影院、音乐厅和小剧院等。

校园内各条道路上，星罗棋布地竖立着一盏盏圆形的白炽灯，即使在夏日的正午，在一片浓绿中，也非常耀眼夺目，成了校园中一道亮丽的风景。无论你站在哪个地方从哪个角度拍照，取景框中总有那盏照亮莘莘学子前程的白炽圆灯。

蓝天下的白炽圆灯依然照亮了绿色校园

伍伦贡大学既无经典的大楼，也无底蕴的庭院，因为建校历史并不长。但校园内的每幢建筑，似乎都被四周的浓绿所包裹着。绿色和蓝天白云对接，绿色的声浪带来生机勃勃。绿浪清心，白云怡意，真是好风景，好意境。暑假中的校园，空无一人，宁静无比。

伍伦贡大学建于 1951 年，是澳大利亚的一所公立的企业化的大学，也是全澳十大研究型的综合性大学，其信息技术、计算机科学和工程学位居全澳顶尖水平，在校学生约 2 万多名，其中包括来自 80 多个国家的 1 万多名国际学生。我们苏州也有不少学生在那攻读学位，有的早已学成回国。

在一片草坪尽头的一面墙上，印有校徽（并列的像盛开的三朵花，但又像是三颗星星，下面是一本翻开着的书）和 UNIVERSITY OF WOLLONGONG AUSTRALIA，其寓意着校训中的“梦想、活力和激情”，表明有梦想才有学习的动力和激情。毕业季时，毕业生们都以其作为背景，身穿学位服，拍照留影。

伍伦贡大学称得上是森林中的大学、田园上的大学。它仿佛让人可以用视觉取代听觉，欣赏到施特劳斯的圆舞曲《维也纳森林的故事》、贝多芬的交响乐《田园交响曲》。

伍伦贡大学风光，看上去有点像迈阿密大学和厦门大学，尽显一派南国风光。伍伦贡大学附近也有壮观的海滩、完好的森林和风光无限的悬崖峭壁，还有南半球最大的佛家寺庙南天寺，这一点更像厦门大学的周围景观。

中午烈日当空，气温蹿到 40 多度，在阳光下还不止这个度数，我们是汗流浃背，但眼中的校园绿意，让我们颇有一丝凉爽，莫非是视觉效应起到了降温效果？

伍伦贡大学边上有南天寺，这是南半球最大的佛教寺庙，寺庙为佛光山分院，由中国台湾地区星云大师筹款所建，1992 年 2 月破土开工，1995 年 10 月 8 日举行佛像开光典礼。

紧挨南天寺的伍伦贡大学，曾经被音译为卧龙岗大学。卧龙，那是诸葛孔明（刘备三顾茅庐前）在南阳卧龙岗上的隐居之处，人称卧龙先生。卧龙岗大学，仿佛也喻示着这所大学尚未崭露头角，但伍伦贡大学这条“卧龙”一定会跃出山岗，腾飞起来。

# 迈阿密大学晨曦

迈阿密大学，始建于1925年，是一所私立学校，2012年全美综合排名38位，有全美唯一的爵士音乐专业，也是美国本土学生最想就读的高等学府之一。比起名牌，虽不算十分靠前，但我却走马观花地参观了两次校园。

那年，趁到佛罗里达州迈阿密开会几天，我连续两天起了个大早，叫上出租车，从宾馆出发，直奔迈阿密大学珊瑚岛主校区 Coral Gables Campus，参观晨曦中的校园。

经过40分钟左右的车程，我们拐入一个岔道，两排参天棕榈树映入眼帘，这就是迈阿密大学。

迈阿密大学共有12个学院，全校师生约2万人，其中包括100多个国家的留学生。迈阿密大学，一派南国热带风光，芳草鲜美，万紫千红，棕榈椰树遍布，除建筑风格迥然不同外，颇如我国的厦门大学。

异国他校，别样风情，建筑错落，自然让我有些好奇。晨曦的校园，宁静的小道，特别是弯弯曲曲的小道，如同一个个大问号，似乎问我要去哪里？我耳边又响起了八十年代在中国高校一度流行的那首女声三重唱《清晨，我们踏上小道》——

> 清晨我们踏上小道，小道弯曲划着大问号，你们去架线，还是去探宝，你们去伐树还是去割稻，鸟儿还没叫，你们就出发了……小道你早，你好。

在迈阿密大学哼上这优美的旋律，心头感到亲切欢快，很有情趣。

在晨曦中，在棕榈树下，在椰林中，在海风里，我在校园中尽情地穿越，让学术的“微风”轻拂我的脸面。在这样的校园中学习，肯定不会枯燥乏味。

我走东穿西，一边拍摄，一边观赏。在我的镜头中，有迈阿密大学 Lowe 艺术博物馆、商学院、教育学院、建筑学院、行政中心、Richter 图书馆、大钟塔和

Ashe 大楼。在大钟塔那里，恰好遇到一个匆匆而行的中国学生，于是我忙问学校有底蕴的标志性建筑在哪，并告诉她这是为了拍摄几张照片留个纪念。她愣了一会儿，双手一摊，说不太清楚。不过，她旋即又用手一指，建议我去 Bank United 中心走走，那幢建筑比较漂亮时尚。

起早贪黑，也是拍摄风景的好时光。校园似乎还在沉睡，四处静谧，人影稀少。我手上的单反，却忙个不停。一转眼两个小时过去了。我得赶紧回程参加上午的学术会议。于是，在 U 字形雕塑前、Lowe 艺术博物馆等处也赶紧照了几张，算是到此游过。

我还在有迈阿密大学（University of Miami）字样的校门前留了个影。那可是由一直在校园外等候我返程的拉丁裔的驼背出租车司机帮我按下的快门。其时，

迈阿密大学校门

驼背小老头儿踮起双脚尖，对准我举着相机，眯起右眼，手指还有些微微颤动，我想这实在难为他了，心中不免有些好笑，表情反倒轻松自然。回来后打开那几张照片，发现几乎都有点抖动而模糊不清。真可惜。

离开校园时，望着渐行渐远的排排棕榈，我自然又联想到了迈阿密附近的棕榈滩县（Palm Beach）。那里在 2000 年曾是美国总统大选重新计票的风波之地。

迈阿密大学给了我丰富的联想。

迈阿密大学喷泉

# 洞悉美国高校的一把钥匙

## ——读《细读美国大学》

美国的大学犹如一本书，若想知道其中的奥妙、神秘和纷繁，《细读美国大学》正娓娓向您道来。由商务印书馆出版的《细读美国大学》，出自毕业于中国文学专业、美国英美文学硕士和高等教育管理学博士，现为美国哥伦比亚大学本科生院副院长程星教授之笔。

打开《细读美国大学》目录，我被其三个专辑35篇佳文那一个个题目所吸引。第一辑“书”海拾零，为美国大学内部的报告；第二辑就事论事，为在美国大学所经历的事与人，按作者自己的话讲就是一个中国人眼中的美国大学，在这里，作者强调了打工是很多留学生完成美国大学学业的必经之路；第三辑人在“书”中，在讲故事的同时，着重介绍了美国大学的一些背景资料。

《细读美国大学》集学术、故事、小说于一体，引经据典，图文并茂，风趣质朴，说理透彻。作者以漂亮的文笔、深刻的哲理、丰富的阅历、独特的视角，为我们打开了美国高等教育的一个个玄关，一扇扇窗户。书中对美国的高等教育特别是8所常青藤著名大学，从大学管理和被管理层面，作了深度的介绍，把世界名牌大学的风采全面展示给读者，让读者在轻松的笔调和美丽的图画中，享受世界一流大学的无穷魅力。从这一层次而言，《细读美国大学》具有很强的可读性，也具有广泛的读者面。

芝加哥大学法学院阶梯教室，美国总统奥巴马当年曾在这里教授法学

在作者亦庄亦谐的描述中，我们洞悉了美国大学的今昔变化、管理机制、经费运作、办学理念、培养方法、重点学科、核心课程，以及愈演愈烈的商业化趋势，深感一流的大学不在于校园大、学生多、高楼高，而在于顶尖的专业、权威的教师、优秀的学生和前沿的科研。此外，还要有被称之为大学灵魂的自由研究学术的、广纳国内外师生的氛围。其中，在强调自由研究学术方面，我们从书中所举事例便可窥见一斑。伊拉克战争开战不久，哥伦比亚大学笛格诺瓦教授因强烈抨击布什政府的对伊战争政策，在全国上下激起了一场轩然大波，上至众议院共和党 103 名议员联名要求校长开除笛格诺瓦，下至一位刚刚录取的新生竟然愤然宣布退读哥伦比亚大学，原因是不想上一所有这么不爱国的教授的大学，一时间笛格诺瓦成了众矢之的。但哥伦比亚大学的校长面对这些压力十分冷静，他一方面对笛格诺瓦的言辞进行了猛烈的指责，一方面又明确表示不会开除笛格诺瓦，校长的思考很简单："在任何大学内，没有什么比思想和表达的自由更加可贵。因为这是（美国宪法）第一修正案的宗旨，它也同样应该是哥伦比亚大学奉行的原则。"哥伦比亚大学这一学术气氛表明，在教授个人与校方的立场产生冲突时，学校与教授可以共同遵守所谓"观点分离"的存异立场。水能载舟，亦可覆舟。当然，学术自由也要有一个度量范畴，否则，难免为此付出高昂的代价，对此，作者在书中也举例剖析，并做了正反不同角度的点评，可见其观察与分析事物的尺度较为客观全面。

"成如容易却艰辛"，《细读美国大学》是作者 20 多年来在美国丹佛大学、加州大学、科罗拉多州政府教育管理部门、哥伦比亚大学学习、工作、研究、思考、生活的一个缩影。其任职美国各类大学和横跨学术研究的特殊经历，平中带奇，事理结合，寓理于事。他带您来到大学校园、与教授和同学寒暄、参加课堂讨论、坐在教务长的办公室、走进校友聚会、观赏校际橄榄球比赛，从不同角度引领您了解美国大学的起源和精髓，加上笔锋每每从中巧妙纵横对比中美两国教育的异同之处，让读者心领神会并产生共鸣，这是本书的立足之点。

作为美国高校管理层的"圈内人"，作者对美国高校民主式管理的三大环节——协商、谈判、妥协，对高校管理层权力如何分享，也做了生动的描述，使人从中不难悟出高校的管理实在是一门科学、是一门艺术，更是一门折中和平衡之术。若一味强调科学艺术而不会折中平衡，管理难免陷入圆滑或呆板；而一味追求折中平衡而不讲科学艺术，那属于无原则地捣浆糊了。

去年夏天，我先后走访了普林斯顿大学、哥伦比亚大学等名牌大学，因而对美国大学有了一点直观的感受。对我来说，今读《细读美国大学》，如同在感受作者，解读作者，并加深对走访过的这些名校深层次的了解。读书读书，一方面是要读懂其书，另一方面也要读懂其作者，只有这样，才能更好地理解其书的精髓。《细读美国大学》能使人在阅读之中，真切地感受到作者的生活态度、性格习惯及其爱憎分明。我注意到，在书中很多细节之处，作者对美国大学的模式、体制、学风、探索、创新、包容等积极健康的一面，表示了由衷的赞赏，但对一些歧视、怪圈、理念、自由等冲突尴尬的一面，也表示了强烈的异议，借助作者的这些视角，我们看到了比较真实的美国大学，其并非仅仅是一个中国人眼中的美国大学，而是一个外国人眼中的美国大学，或许还可以称得上是一个美国人眼中的美国大学，因为作者在美国丰富的阅历，其源于生活的洞察力及其思维方式早已潜移默化地融合了当地的风土人情。值得一提的是，对于大学的地位和作用，有一种观点，那就是在美国大学从来不被认为是象牙塔，对此，在作者笔尖的引导下，读者也有较多的思索空间顺其延伸。翻着那一页页飘散着幽幽墨香的《细读美国大学》，迎着书中那清新的气息扑面而来，我不知不觉地完成了一次轻松的美国名校之行，度过了一次愉快的“常青藤”大学之旅。

美国现有各类高等院校 3000 多所，分为大学和学院两大类。高等院校近半数是私立的，但每个州都有公立大学。目前，美国的大学汇集了全球 70% 的诺贝尔奖获得者，教育科研水平居于世界领先地位。《细读美国大学》给人的启迪是，美国一流的大学，实际上是科学、艺术、管理三者高度统一的殿堂，对比之下，在目前，中国需要加快建设更多的世界一流的大学，而了解美国的高等教育并促进相互间的交流，从而加快中国高等教育的健康发展，这是时代发展的需要，这是坚持走有中国特色的社会主义现代化建设发展道路的需要，因为名校可以托起发展的未来、推动时代的进步。

《细读美国大学》，在跨越美国高校数百年的发展轨迹中，采撷学府变迁之浪花，捕捉校园流动之光影，如常青藤的光环、从美国的“高考”说起、为大学排名、教授就是大学、学术自由的代价、留学打工记事、来美国学什么等一篇篇美文，读后可从中品味出美国不同大学的价值取向，对立志去美国留学的莘莘学子而言，称得上是一本较好的留美指南和值得一读的参考书籍。

# 中医人在澳洲的追求和创业

## ——访西悉尼大学辅助医学中心及梁利民博士

近年来，澳大利亚和大多数西方国家一样，接受和使用中医药治疗手段的人数正在持续上升；中医药及其产业在澳大利亚健康保健领域也占有一定的地位。作为一个中医临床工作者，我每次到悉尼探亲访友，总要找上几位当地的中医界老朋友，交流中医药信息。其中，梁利民博士是我一定要去见的朋友之一。因为我知道，梁利民博士是一位在澳洲从事中医药事业有成绩的学子。

我眼前的梁利民博士，1983 年毕业于广州中医药大学，接着就读该校硕士

西悉尼大学校园一角

研究生，以后又在澳大利亚墨尔本皇家理工大学取得肿瘤专业博士学位。2000 年和 2002 年，我前两次在悉尼见到他时，他正担任着一所私立的悉尼中医学院的院长。那时我在学院参观时，就见到有不少外国学生在认真练习针灸的有关针法。几年前受聘西悉尼大学后，角色的转变，使梁利民博士行政、教学和科研工作一肩挑。梁利民博士手上的重头戏，主要是临床研究、实验研究、健康政策研究、研究生培养工作，此外，还要不断寻找商机和对外合作交流，真是千头万绪。

这次到悉尼，我又抽空去西悉尼大学（University of Western Sydney）看望了他。在参观了绿草如茵的校园之后，我直奔他的办公室。彼此一番寒暄后，望着梁利民博士递上的新名片，我与这位西悉尼大学辅助医学中心中医部主任开始了交谈。真是三句话不离本行，我们和前两次见面时一样，很快又谈到了共同关心的话题——国内外的中医现状与发展。

## 1. 西悉尼大学辅助医学中心的概况

西悉尼大学由艺术学院、商学院、卫生与生命科学院等学院组成。辅助医学研究中心及其中医部均隶属于大学的卫生与生命科学院。而位于西悉尼 Bankstown 校区的西悉尼大学辅助医学研究中心，是大学的重点研究中心之一，此外，位于 Campbelltown 校区的草药分析实验室、设在悉尼 liverpool 医院内的中医临床研究中心，一并构成了大学的中医研究圈。2002 年，大学与悉尼西南地区卫生署共同合作建立了悉尼 liverpool 医院中医临床研究中心，这是全澳大利亚第一所设在政府医院内的中医药研究机构，其意义非同小可。它的工作目标是收集高质量的临床研究数据；侧重于中医药对内、妇科疾病的治疗与研究；为学生提供正规的中医临床实习条件。

西悉尼大学辅助医学研究中心建立了一流的中草药分析实验室，开展了中草药药效学、药代动力学以及生物活性等方面的深入研究。目前，中心承担了多项临床研究项目，其中有中草药和针灸对痛经的控制作用、中药对子宫内膜异位症的临床研究，以及在悉尼 Bankstown 医院进行的针灸和中药对老年血管性痴呆症控制作用的研究，这些项目的研究者期望借助先进的设备和严谨的科研在上述研究点上有所发现和创新。

## 2. 办学规模与教学特点

目前的西悉尼大学辅助医学中心中医部属于公立性质，成立于 2005 年。现有专职教师 12 人，在校本科生约 150 多人，亚裔学生占 30%，非亚裔学生占 70%。本科生学制 4 年，属全日制的（full-time），全部课程 32 门，中医课程占 2/3，西医课程占 1/3。使用的教材多以国内的最新本科教材作为蓝本，适当修改后制成讲义。学生入学前须参加澳大利亚全国统考，成人也可报考，有专业经验者更受欢迎。除了本科生专业之外，还设有一部分硕士、博士研究生专业，学制 2 年，为非全日制的（part-time），主要是针灸和中药专业。学费主要通过政府资助、银行贷款等途径解决。就本科生收费而言，当地学生 3 万澳元，外国留学生 6 万澳元。

实习基地主要是西悉尼大学的大学医疗诊所，还有被大学认可的部分私立诊所，但这些诊所要具备如下条件：参加澳洲全国中医药学会、有一定规模、开业 10 年以上、有相应的临床带教经验，通过这些条件来确保相应实习质量。本科生实习的特点是"二少一多"，即急诊实习机会极少，外科实习机会极少，针灸实习机会较多。

西悉尼大学中医本科生的培养目标当然与国内不一样，国内侧重培养的是中西医结合型医生，而他们培养的主要是纯中医师。而且毕业后，有一部分人也会改做其他行业。从创办悉尼中医学院起，梁利民博士已经积累了 10 多年的教学与培养经验，我从中了解到，对一些非亚裔的学生来说，神秘的中医只是他们人生中的一个兴趣与好奇。因为无论本科生还是研究生，毕业取得相应学位后只能作为中医师开业，而没有资格作为医生进入政府医疗机构工作。

澳洲的中医教育已经有 20 多年的历史，1994 年正式开始发展中医高等教育，并争取到了可授予学士学位，以后又很快拓展到了硕士、博士的培养。全澳大利亚有 42 所大学，其中公立大学 39 所。目前，除了西悉尼大学之外，墨尔本皇家理工大学、维多利亚大学和悉尼科技大学都先后开设了中医专业。西悉尼大学在中医研究生现代实验能力培养方面，可提供具有国际水平的强有力的保障。西悉尼大学除了在澳大利亚有许多合作伙伴外，他们与中国的中医研究院、南京中医药大学等也有着良好的合作关系。

## 3. 在异国寄语国内中医药的发展

梁利民博士在澳洲发展中医药事业已近20年，既是中医的圈内人，但在某种程度上又是中医的“局外人”，看问题与国内同行可能视角有所不一，基于这一点，我请他谈谈对国内中医如何发展的看法，他谦逊地说，他只能站在国外搞中医的层面，说些国内中医药发展过程中应注意的几个问题，难以概全深入。中医在国内和在国外的地位完全不同，在国内中医是主流医学，不是替代医学和辅助医学。对此，首先要坚持中医特色，在继承的基础上要不断创新；其次要进一步提高中医药的科研水平，尽量使最新成果与国际接轨；要注重循证医学在中医临床中的运用。梁利民博士认为，国内培养高层次中医研究人才，既要注意发展数量，更要把握质量，要控制一个比较适宜的规模。在论及中医科研方面，梁利民博士认为，国内重要的中医科研论文，没能及时在国际杂志上发表，这其中涉及两个问题，其一是论文水平问题，其二是英文水平问题。希望国内中医界从中进一步努力，争取不断有中医药成果让全人类共享。

## 4. 澳洲中医的发展与未来

2007年6月，澳大利亚联邦政府首次正式批准在西悉尼大学建立国家替代医学研究所，并拨款400万澳元，用于研究和发展包括中医药在内的替代医学或辅助医学等西方非主流医学，这为中医药在澳大利亚的进一步发展提供了新的契机。但悉尼中医的发展还面临着严峻的困难和挑战。

在悉尼所在的州——新南威尔士州，中医还没正式通过立法，全澳大利亚只有墨尔本所在的维多利亚州通过了立法。对此，梁利民博士为我分析道，这还要有一段艰辛的道路要走。因为在新南威尔士州很多作为当地主流医学的西医都在做针灸，甚至他们还创办了自己的针灸学校，专门进行针灸教学，现在一旦中医立法，很多中医师势必与他们形成有力的竞争，这样西医的利益就会受到一定的损害，所以在新南威尔士州卫生界甚至州议会，阻碍中医立法的势力还很强。中医要立法，必然与当地西医行业发生政治、经济利益的冲突。为此，西悉尼大学辅助医学研究中心提出的发展口号是：打造一种领导西方的中医药研究（Leading the Way in Traditional Chinese Medicine）的势头，即要以此把中医中药和针灸做好做强，早日争取中医在新南威尔士州合法注册。

此外，在西悉尼大学等院校开设中医专业之前，澳洲已有不少华人组织的中医学会，如澳洲全国中医药协会，澳华中医药学会，其在不同条件下开展学术研讨和行业联谊。其中，澳洲全国中医药协会还创办了澳洲中医杂志，定期发表，他们经常给我邮来杂志。此外，澳洲全国中医药协会多次举办了悉尼中医学术交流。2002 年 5 月，我在悉尼探亲，时值悉尼举办国际中医论坛，我应邀参加，感到学术氛围非常浓，连中国驻悉尼总领事廖志洪和新南威尔士州的议员都前来出席祝贺，在当地造成很大的影响和声势。

但毋庸讳言，如何组织并评估中医药临床治疗的规范，通过循证医学提供其有效性、安全性的科学依据，使更多的外国人能够相信中医药，并获得议会与政府立法认可，进而争取中医药进入当地部分公立医院，这是澳洲中医药工作者们仍需努力的方向。

原载于《中国中医药报》，2007 年 10 月 18 日

# 新南威尔士大学

那天午餐后，顶着烈日，朋友老杨开车带我去参观新南威尔士大学。因为前两次到悉尼，一直没有时间。这次来到悉尼，新南威尔士大学非去不可。

找到位置泊好车后，我们往回走了两百来米，走进了号称“澳洲的麻省理工”，排名在亚太地区的前 10 位大学。

教学高楼顶上耀眼的标志——UNSW（University of New South Wales）向我走来。

主校区内空间拥挤，大楼鳞次栉比，既有气势恢宏的现代高楼，又有风格迥异的别致建筑，让我有行走在上海南京路和东京银座的感觉。

新南威尔士大学，下设 78 个研究中心、3 个研究所和 6 所教学医院，以理工学科见长，意在仿效美国麻省理工学院和德国柏林技术学院。

新南威尔士大学，前身是 1833 年成立的悉尼机械学校。大学特色是工程、

新南威尔士大学校门

建筑、地质和食品技术等。

我在悉尼前后累计待过半年，这是第一次来新南威尔士大学。

新南威尔士大学有中国留学生 7000 多名。我侄子在该大学读土木工程和法律双学位，即将毕业。

我到过悉尼多所大学，如悉尼大学、悉尼科技大学、西悉尼大学、麦考瑞大学和伍伦贡大学，感到最漂亮的最有底蕴的就是悉尼大学。新南威尔士大学毕竟正式建校才 70 周年，历史还很短。大学的一半年度经费来源于私人捐助，毕业生遍布世界各地，主要在工业和商业领域工作。

新南威尔士大学医学研究中心

我参观过德国综合性大学洪堡大学，共注重和强调威廉·洪堡 1810 年代建立的研究型大学的三大传统——为学生提供综合的通识教育、为学生提供研究与教学的合一、为学生提供学术独立与学术自由的空间。与此同时，也不忘在适应时代发展的同时，做出新的改变，并加深传统理念。

我国学者高松著文指出：“政府管理与学术自由相互作用。其治理结构有三个方面：理事会或校董会，担负决策职能；校长办公室，担负行政职能；校评议会或校务委员会，担负立法职能。”新南威尔士大学也是如此，大学的最高行政机构是 21 名成员的校董会。

# 拍摄圣彼得堡国立大学十二学院楼

圣彼得堡国立大学，坐落于涅瓦河北岸的瓦西里耶夫斯基岛。

校园主要由一幢红白相间的超长建筑及其裙楼楼宇组成，人称十二学院楼，是 1722 年彼得大帝下令为沙皇政府十二个部门所建。1835 年，沙皇政府将此楼赠予圣彼得堡国立大学。

那天上午我到达十二月党人广场及其彼得大帝青铜雕塑前，从那走到涅瓦河边，对面北岸就是圣彼得堡国立大学。但行程中没有圣彼得堡国立大学之行，只能隔河眺望，硬是与这所名牌大学失之交臂。

但在圣彼得堡国立大学的对岸，我手提单反，贴着涅瓦河水面，低角度拍摄了一组这幢著名的十二学院楼。

拍摄中，正好有许多游船来来往往，无法避免，因此在取景框中，就出现了游船游艇和十二学院楼，交相辉映，相得益彰。

圣彼得堡大学“荡漾”在涅瓦河上

十二学院楼

也象征着十二学院楼如同一艘航船在乘风破浪，劈波斩浪，向前驶去。

圣彼得堡国立大学有着化学家门捷列夫、俄罗斯联邦总统普京等众多的知名校友。

仅仅拍摄十二学院楼，没有走进大学的最简单的大学之行，可能也是最好的记忆。因为留点遗憾，肯定还有第二次机会。

拍摄完十二学院楼，我翻看起手机中微信群的信息。其时，正是我国的毕业季，我从微信上看到，在各大学的毕业典礼上，校长们都是语重心长，谆谆教导，真诚寄语毕业的同学们，祝福他们的各类金句也是频频出现。有的谈人生，有的谈学习，有的谈做人，还有的谈奋斗，当然也免不了还要谈如何成功……

我拍摄圣彼得堡国立大学十二学院楼，不时注意的还是有关大学的那些信息。虽然读书时代早已过去，但目前大学对我似乎仍很重要？

手中没有长焦镜头（因带而不便留在了旅店中），红白相间的建筑艺术，这些特写近景没有揽入我的镜头之中。但回家之后，我还是在电脑上放大并做了一下，因而有了一个十二学院楼的近景。

# 东京大学

我大学同学定居在日本 30 多年，目前在日本政府部门工作。这次我到东京，她问我想去什么地方玩，我说东京大学。

那天上午他们一家开车陪我去参观东京大学。我们的车子从东京大学本乡校区本部大楼进入了东京大学。

首先到达东京大学附属医院停车场。下车后，我们便在附属医院参观。我们走过很多欧式建筑的拱门和长廊。我在参观中数了一下，这个医院大约有 11 栋大楼，占大学的四分之一左右。

安田讲堂，早在国内介绍东京大学的照片中看到，如今走进讲堂，真有点亲切感。这是大学的主要标志，是毕业和开学典礼的重要会场，共有 1100 多个座位。

东京大学红门

东京大学安田讲堂

东京大学附属医院

校园大道绿树成荫。东京大学的银杏树道也是大学的地标之一。高大的树木可以提供宜人的读书环境，犹如“插棘编篱谨护持，养成寒碧映涟漪。清风掠地秋先到，赤日行天午不知”。

东京大学图书馆是欧式建筑，南北入口处均须走过半圆形拱门，入内首先要跨过大厅中耀眼的铺设在楼梯上的红地毯。走进图书馆，足下生辉的红色，难免让我联想到其可能寓意着生命、活力、健康、热情和朝气，激发出莘莘学子的读书动力。

东京大学的赤门，就像北京大学西校门之于北京大学，赤门也是东京大学的地标之一。而赤门，又有点像上海交通大学徐汇区的老校门。根据古代日本习俗，御守殿门，官方称呼为赤门，一旦受灾损毁便不能重建，而这座赤门是唯一留存下来的御守殿门，已有百年以上历史，在二战前就被定为国宝。

校园内的心字池，有苏州园林的味道。日本文学家夏目漱石在小说《三四郎》中描写了这个池子，现在被称为三四郎池。别小看这个心字池，曾为东京大学孕育出了两位诺贝尔文学奖获得者——川端康成和大江健三郎。

我从建筑、庭园、雕塑、植物等角度出发，了解了东京大学的历史和文化。东京大学校本部为八个部分，我在参观中领略着东京大学的魅力，感悟着东京大学的历史人文和办学精神。

东京大学的历史可以追溯到1877年东京开成学校和东京医学校的两校合并，这是日本第一所近代大学。截至2014年，东京大学培养了8名诺贝尔奖得主、16位日本首相、21位国会议长在内的一大批学术名家、工商巨子、政坛精英。

目前东京大学设有10个学部和15个研究生院，基本上囊括了当今世界高等教育和学术研究的主要领域。东京大学仍是采取学院制的大学，每个学院的自主权非常大。重视教养教育，即更加注重培养学生有自主能力的素质教育是东京大学教育的最大特征。

# 停车坐看庆应强

从横滨参加完日本第 92 届骨科年会，匆忙回到附近的横滨樱木町华盛顿酒店拿了行李，打车到馬车道站地铁口，乘车前往东京自由が丘站。不到半小时工夫，就到达了东京该站，在中央出口处，见到了前来迎接我的大学同学陶さん（同学）与她的先生。

按照事先的商定，他俩今天要开车带我去参观东京大学，还要去浅草寺和东京晴空塔。

但在途中经过东京塔附近的庆应大学校本部三田校区时，他们问我要不要停一下，走马观花地看一看这个著名的大学，我说可遇不可求，要参观的。于是，车子绕到前面一个可以停车的位置，下车我们再往回走，走近了三田校区东校门。

庆应大学图书馆

从东校门拾级而上，还有些陡度，穿过校门拱门向上左拐再向上径直往前，一群欧式建筑迎面而来。这里是整个大学最富有历史和传统气息的校本部。

眼前的这幢长长的红白相间的欧式图书馆，非常壮观美丽。据说这里的藏书量，丝毫不亚于东京都立图书馆，其浓缩着整个日本近代的教育发展史。可惜运气不作美，其时正在闭门谢客大装修。我只好欣赏一下其外观建筑造型的特点。

然后，我们找到校区建筑分布的指示牌，细看该校区有 18 幢楼堂馆舍。庆应大学的校徽，为一张盾牌，上有两笔尖交叉，寓意为“笔比剑强”，此图案用拉丁文刻印在三田图书馆旧馆的彩色玻璃门上。我们在校园内走东串西，走马观花，浏览着校园风光。我一边拍摄校园风光，同学一边为我拍照留影。我端着两个单反相机，手中的几个镜头来回转切，忙得不亦乐乎。

庆应大学全名称作庆应义塾大学（Keio University），是一所研究型的综合大学，有亚洲第一私立学府之称，是日本历史最悠久的综合性高等教育机构，和早稻田大学并称私立双雄。其前身是创立于 1858 年的“兰学塾”，又名“福泽屋”，是江户时代一所影响深远的传播西洋自然科学的学堂，开山鼻祖是福泽谕吉，建校甚至要早于东京大学。

我要找一下大学的底蕴和标志性建筑。终于找到了学校创始人福泽谕吉的半身铜像，其矗立在三田演说礼堂前面的绿叶丛中。四周树木参天，青藤环绕。两层高的小礼堂，典雅精致，阳光照耀在它白色的、菱形格子如网一般铺就的外墙上，这一背景的衬托，让铜褐色的福泽谕吉半身雕像熠熠生辉。这里虽在东京的喧嚣声中，但闹中取静，真是一个进行学术报告与交流的好地方。

学校创始人福泽谕吉的雕像，矗立在三田演说礼堂前

有人说过，一个伟大的思想家远比政治家重要得多，因为比起政治来，思想更持久，更有时空穿透力。而福泽谕吉就是日本这个国家的启蒙老师，他的思想改变了日本的历史走向，即希望将日本引导迈向文明之国。福泽谕吉在日本可谓家喻户晓，因为他担任过日本首相，而且如今面额最大的万元日币上，印的就是他面色严肃、目光坚毅的头像。

作为日本私立大学第一名门的庆应大学，在日本社会各个领域中均发挥着引领作用。如是日本文部省指定的首批 13 所国际 30 计划重点投资的大学，也是全球 500 强企业 CEO 校友数世界排名第 9 的大学。

学而优则商，学而优则仕。庆应大学也是企业家的摇篮，日本上市公司老总有十分之一以上毕业于该校，把握着日本的经济命脉和未来的发展方向。还为日本政坛输送了大量的政治家、法学家。庆应大学曾在世界大学综合排名中位列第 32 位，在世界大学毕业生就业力排名第 45 位。

参观庆应大学，也是我的意外收获。杜牧有诗云:“停车坐爱枫林晚。”而我，停车坐看庆应强。当然这个坐字，还是取诗句中的介词之意——因为，由于。不过，我真想坐在校园内的图书馆，读书一会儿，思考一会儿，甚至发呆一会儿。

庆应大学三田校本部并不大，但整个大学在东京还有两个校区，在神奈川有三个校区，因此总体规模很大，名气很大，实力很强。于是，我又联想到了这次日本第 92 届骨科年会那一句鼓舞人心的口号，“整形外科 の元気は、日本の元気”（The Power of Orthopaedics as the Power of Japan），意思是骨科的力量，就如同日本的力量。在学术会议上，一个学科的精神力量，象征着国家的精神力量，这体现出学者们多么伟大的精气神？多么巨大的研究强劲？

离开三田校区东校门，我在这里拍照留影。因为东校门被称作庆应大学的“理想之门”，而“理想之门”又是庆应大学的校训。

# 早稻田大学

我在书房中，端起印有 WASEDA University 字体及大限讲堂图案的茶杯，不由得想起那次早稻田大学之行。

那天上午 9 点，从上野车站附近住的酒店打车出发，20 多公里车程，大约半个小时就到了早稻田大学正门，车费是 4300 日元。

在参观早稻田大学之前，我脑海中有一点来自网络的信息，它是日本著名文学家村上春树（几次与诺贝尔文学奖擦肩而过）的母校；倡导学问要独立；培养了许多世界名人；研发机器人在世界上是首屈一指。

百闻不如一见。

早稻田大学主校门

走进早稻田大学正门，右边矗有一个很大的校园地图指示牌，左边立有岩石碑，上面刻有大学的校歌。根据地图显示便知，我所处的正门，实际上已被校园内建筑四面包围着，给我的感觉大学似乎就没有正门。正门马路对面就是大隈讲堂，斜对面是大隈纪念楼。整个主校区有 7 个校门，各式建筑 30 多幢。

早稻田大学的创始人为日本前首相大隈重信。为纪念这位教育伟人，为了圆他生前的梦想，建造了大隈讲堂和大隈铜像。在校园的正中央，矗立着身着正规礼服的大隈全身铜像。该铜像建于 1907 年，那是纪念 25 周年校庆的杰作。

我在坐落于两座高楼之间的大隈铜像前驻足，景仰这位著名的教育家。他的办学终极目标，口气很大，那就是“世界的道路通向早稻田”。大隈先生真是有远见，他提倡的“做学问的独创性”“知识的实用性”，仍具有现实指导意义。

其时，我感到首任校长大隈先生的眼神，仿佛注视着前方的正门，注视着从大隈礼堂走出的莘莘学子。顺着其眼神，我又折返至正门对面的大隈讲堂。大隈讲堂主体建筑有三层楼，讲堂的左侧连着很高的钟楼。在三楼大讲堂共有 1435 个观众席，地下一楼第二讲堂共有 382 个观众席。大隈讲堂被列入第一号东京都历史建筑物，它是国家级的文化建筑。值得一提的是，胡锦涛主席 2008 年 5 月

大隈校长雕像

8 日下午曾在大隈讲堂发表演讲，还与日本首相福田康夫进行了一场乒乓球友谊赛。

早稻田大学是日本最著名的综合性私立大学，是日本社会精英的摇篮。该校毕业生遍及日本政要、学界和经济界，以及世界各地。其中，我比较熟悉的名人有前首相野田佳彦、福田康夫、竹下登、海部俊树、森喜朗等，还有我国名人如陈独秀、李大钊、彭湃、廖承志等。据说图书馆中珍藏着李大钊当年的学生档案、成绩单等，还有孙中山的亲笔信。

大隈礼堂

早稻田大学校本部并不算大。大隈铜像、大隈讲堂、大隈庭院、

大隈礼堂建筑风格

大隈会馆、大隈纪念楼、小野纪念礼堂、中央图书馆、历史馆和博物馆等，是学校的标志性景观。其中，旧马丁小屋是最古老的建筑。

参观会津八一纪念博物馆，收获很大。博物馆以会津八一的名字命名，他是美术家、教育家、书法家及歌作家。博物馆多角形的屋顶、大门的八芒星、6 根柱子的柱头以及馆内随处可见的优美曲线，给人以浓浓的艺术感。两个楼层共收藏 2 万多件文物，以翔实的资料积蓄了丰富的学术研究成果，并专门辟有会津八一收藏品展室。

恰逢午餐时间，从网上得知在该校用 800 日元就可以买碗味道很好的丼饭。我随即按图索骥穿出正门，往斜对面的大隈会馆走去。在它左边有一条绿荫小道，小道门口有一对石狮子。这条小道通往大学食堂。我走在绿荫小道上，欣赏着小道两边大隈庭院的美丽风光和大隈礼堂的古老石阶。在爬坡向上找到食堂后，看到周六打烊的告示，于是又返回正门左前方大隈会馆旁的咖啡厅，在那点了一点儿牛奶面包之类的西餐。

我坐在咖啡厅外的椅子上，发呆盯着大学的正门。这个正门在短短的时间内，我进进出出已经有好多回了，不同角度的风景照也拍摄了 20 多张，既有远景，又有近景，还有特写镜头。我想这个正门即使在若干年后恐怕也难以忘却。

按照事先设计好的参观攻略，离开咖啡厅后，我又走进正门，向前右拐便走进了历史馆。我在历史馆 8 个展室中认真参观，逐一细看，了解早稻田大学一百多年的发展史。我发现每个馆室都安排有一名工作人员，入内时均面带微笑，向你鞠躬行礼，离开时也同样如此。本想用相机记录展室部分图文资料，但因醒目的禁拍标志而无可奈何。

参观结束时，在历史馆礼品部，我选购了早稻田大学文化推进部的一本小册子，因为里面有反映早稻田大学一路走来的校园风景油画，以及精致地图。从中还了解到，除校本部外，还有诸多校区如西早稻田校区、日本桥校区、所泽校区、本所校区、北九州校区和本庄高等学院等。

走出正门，向右直行一段小路，再左转至一条大街，两旁有着不少书店。我找到地铁口，按照我的研究生杨さん的短信提示，上车先坐到日本桥站，然后转乘到上野站，步行返回酒店。如此返程速度也非常快，不到一个小时，而且只花了 480 日元，仅为上午打车费的十分之一。日本的轨道交通真便捷。

# 名校一瞥

其实，我走过的名校还有很多。只是当时没有动笔写下感受，现在要重新回想那些美好的校园风光，调出走过路过的踪影，已是一团迷雾。但有照片为证，有字为证，同样给力。其中有集美大学、北京电影学院、北京理工大学、北京工业大学、北京协和医学院、中山大学、暨南大学、广州中医药大学、上海华东理工大学、南京工业大学、中国人民解放军海军大连舰艇学院、日本群马大学、中央音乐学院、上海音乐学院、武汉音乐学院、北京国际关系学院、广西师范大学、云南师范大学、山东大学、澳大利亚悉尼麦考瑞大学、德国波恩大学、莫斯科大学、美国犹他州立大学、华沙美术学院等。

寻找逝去的校园记忆，寻找走过的经光纬影。每一所大学都有自己的历史传统和岁月沉淀的独特味道，需要亲身置足才能更好地体会她们的内涵和真谛。

北京体育大学伟大舵手雕塑

北京电影学院电影拍摄机放映机模型，背面的金字塔为1992年第一届学院奖而建

中央音乐学院

苏州大学钟楼，1903 年由英国设计师设计建成，当时命名为林堂，以纪念美国传教士林乐知，1950 年改为钟楼，是苏州大学的标志性建筑

中央民族大学

北京师范大学校训启功题书

北京农业大学奥运会比赛场馆

北京理工大学

北京中医药大学

北京化工大学

浙江大学图书馆前的竺可桢雕塑

中国海洋大学

上海中医药大学研究生毕业典礼

上海复旦大学医学院医学生誓言

中山大学

云南师范大学

武汉音乐学院

位于桂林的广西师范大学国学堂

山东大学

南京中医药大学汉中门校区

南昌大学有着世界上最长的校门

南昌大学

南京大学

厦门集美大学

广州暨南大学

北京国际关系学院

北京协和医学院

日本横滨市立大学

澳大利亚悉尼麦考瑞大学

澳大利亚悉尼麦考瑞大学图书馆前雕塑

德国波恩大学

波兰华沙美术学院

俄罗斯莫斯科大学

香港大学

美国犹他州立大学

站在列宁山上的莫斯科大学校门口的石阶上，大学主楼前的广场宽广无比，两旁排列着 12 位俄国著名学者的雕像，远望莫斯科新城，它与城市广阔的地平线相连

俄罗斯圣彼得堡列宾美术学院，与意大利佛罗伦萨美术学院、英国皇家美术学院、巴黎美术学院齐名，成为世界四大著名美术学院。旅游大巴途中经过时导游不让停车参观，我只能在车中用手机拍摄了这张校园风光，也算是过了一下参观这所世界名校的瘾，到此一游，有照为证

俄罗斯莫斯科大学主体建筑

日本东京艺术大学

德国洪堡大学

德国海德堡大学远眺——静静的内卡河及其内卡河桥穿过海德堡，它赋予海德堡以生命和浪漫

名师篇

# 我心中的老师

## ——为中国工程院院士骨科专家戴尅戎写像

中国工程院院士、著名骨科专家、上海第九人民医院戴尅戎教授，并不是我直接就读跟过的老师，但却是我心目中的一位好老师！

我认识戴老师已有 20 多年。因为我的博士生导师施杞老师和他是同道也是朋友。当年，时任上海市卫生局副局长、上海中医药大学校长的施老师，由于工作关系和时任上海第九人民医院院长的戴老师有着密切的联系，加上我原先的一些硕士同窗又先后考上戴老师的博士生，从而使得我有机会经常见到戴老师。那一阶段，对戴老师的认识，除了耳濡更有目染。

凡见过戴老师的人，无一不为他的风度气质和人格魅力所折服，那简直是一种大师风范、一种学者品位。戴老师才华横溢，出口成章，似乎他身上的每一个细胞都渗透着学术和文采。跟随戴老师查房，不仅学识长进，而且也是一种艺术享受。一个病，一种治疗手段，其历史演变、当代进展等来龙去脉，经他细细讲解，可以让人过耳难忘。每次参加全国性的骨科学术会议或全国人工关节会议，总有机会聆听他的学术报告或主题演讲。记得有一年，在全国骨科年会上，作为大会主席的戴老师，在向全体与会代表一一介绍在主席台就座的六七位我国骨科界德高望重的泰斗时，其用一番连珠妙语翕张自如地将各位大师的风采专长展示得惟妙惟肖，而娓娓道来的那些文句竟无一雷同，听得全场如痴如醉，一种敬仰之感随着他那幽默动人、妙趣横生而又充满激情的语言油然升起，戴老师身上体现的人文底蕴真是厚重而深邃。要知道，这些都是建立在科学与医学基础之上的艺术。

戴老师的手术更是一件件值得回味的艺术品。我早就听说，手术方案时常在戴老师头脑中不断升华进而折射出一种成就感。有幸作为第一助手，我跟随戴老师做过几台高难度的、定制型的人工关节置换手术，那可是具有挑战性的手术。

我发现，手术中的戴老师，一改平时的沉稳斯文，每个动作都是那么迅速、准确、细致、正规、到位；每个动作都做到脑、眼、手、口协调一致。在他手下，手术似乎变成挥洒自如的艺术，使助手得到了美的享受。有时候细节可以决定成败。我发现，细心的他有时在全髋人工关节手术前，还会亲自在病人身上用龙胆紫定好切口入路，有时还会在术中关键步骤，放慢操作节奏，甚至会反复对比或透视一下“臼”和“柄”的位置如何？这在一般医生眼里，可能误认为这是蛇足之嫌，多此一举，但殊不知这是 “工夫在诗外”。正像好多著名书画家、音乐家一样，其艺术成就还并不单纯在于其专业水平有多高，作品有多好，而是这些大师们饱蘸讴歌着生命的光华，尽情迸发着人性的火花。从这一角度而言，戴老师就是这样一位呵护生命的医学大师！在他身上映射着医生那善良的品质、丰富的心扉以及高尚的灵魂。

戴老师的治学严谨更让我深有感触。有一次，我请他审修一篇我的骨科专业文章，他一口答应。并很快在电话中先告诉我文中存在的问题，应该如何解决和补充材料。以后又寄来修改稿，只见他用铅笔对我文稿作了密密麻麻的修改，有几十条之多，包括遣词用句都一一斟酌，甚至咬文嚼字，连标点符号也不放过。特别是文中有一处统计数字似乎有误，他发现后又反复琢磨，确信肯定有问题时给我明确指出，并再三叮嘱我不要忘了更改。

学高为师，德正为范。戴老师是一位有着忘我精神、德艺双馨的医学大师。记得是 80 年代中期的一个盛夏，我参加了在上海斜土路某会堂举办的全国骨科进修学习班。一天下午，戴老师为我们学员讲授肩关节的生物力学，这在当时可是一门新兴的边缘学科，因此会堂内座无虚席。授课期间，他几次被叫出去接听电话（当时无手机），这是急告他岳父在院病危的通知，但他坚持把课讲完后才匆匆离去。望着他汗流浃背的背影，学员无不深受感动。事后，我问起他才知道，当戴老师到达医院后不久，其岳父就停止了呼吸。其时，我脑海中跃出了戴老师说过的一句话：“不是我选择了骨科，而是骨科选择了我。”

每当我在临床上遇到难题时，常会打电话向他讨教。焦急的时候，有时会深更半夜惊动他，但他总是有问必答，非常耐心，俨然把我当作他自己门下的学生。有一次，我做了 1 例人工全髋关节手术，术后一周病人持续高热不退，但其既无并发症，又无明显感染迹象，在治疗上我一时陷于束手无策。不得已，我又是半夜里一个电话打过去，惊醒了已在睡梦中的戴老师。他听了我的病史汇报后，为我分析了可能存在的几种原因、目前还要进一步做的检查以及治疗的对策。我感到他对病情的分析思路，可谓是条分缕析，像剥笋一样，层层深入，直切问题的核心所在。经他指点后，病人的热度很快退了，也使我收益甚大。有时向他请教问题时，也会吃到“闭门羹”，但他接着会很直接地告诉你，等他翻阅相关资料后，再一起讨论。戴老师这种认真严谨的态度，真让学生肃然起敬。其时，我会很自然地联想到“知之为知之，不知为不知，是知也”的名言。

多年来，我导师施老师时常请戴老师来上海中医药大学主持我们骨伤专业博士生的论文答辩，我也总是想方设法前往参加，绝不错失良机。在答辩会上，戴老师总要给我们指出一些科研方法上所存在的问题。尽管他是西医骨科的泰斗，但也非常关注中医骨伤的学科发展。特别是对我们中医骨伤研究生答辩的点评和提问，每每恰如其分。你做了什么，他就点评什么，实事求是，而不是看在导师的面上，尽是溢美之词，投其所好。戴老师表现出了一种极端负责任的态度，真是“为学不作媚时语”。

戴老师还特别注重学科的交叉建设与发展，为此，他摒弃门户之见，跨学科招收学生。在他门下，不仅有搞临床的，也有做实验的；不仅有医科的，也有理工科的；不仅有学西医的，也有学中医的。他对我说：“我和你们中医结下了不解之缘，我招收了不少中医院校毕业的学生”。的确，中医院校毕业的好多有志者包括我的同学都先后考上了他的研究生，并学有所成，在各自的岗位上发挥着重要的作用。

戴老师严于律己，宽以待人，但温柔之中有时也浸透着严厉。他常常对自己手下那些即将毕业走向工作岗位的博士研究生们说：“你们踏上新的工作岗位后，首先一定要放得下架子，不要以博士自居，要从最基本的工作做起，要经得起吃苦磨炼，搞临床的甚至还要做好在一段时间内让一个下级医生带着你开刀的那种心理准备。”这真是忠言逆耳，启人奋发。

当今，由于市场经济的冲击、利益的驱使，有的研究生导师不再愿意在学生的身上花很多的心思和精力。记得张者写过一篇名为《桃李》的长篇小说，其生动地描写了某高等学府存在的腐败和堕落现象。老师不再是老师，一些博士生导师们摇身一变成老板；研究生不再研究学问，莘莘学子大都致力于眼前之利；校园也不再是一方净土，学术圣地在商潮中随波逐流。而戴老师则不受这些世俗影响，有着那“横而不流”的品格。正因为如此，在戴老师身后有着众多的崇拜者和粉丝。这其中，有他的一批学生和同道，更有感恩于他的无以计数的普普通通的病人。我若做戴老师的学生，实感汗颜；即便作为一名编外学生，也觉颇不够格。但他是我心目中的老师，我不仅过去、现在甚至将来都是他的学生，因为大师那儿有我学不完的东西。特别是戴老师的人格魅力，即使我等以毕生精力倾慕、追随、学习，都是望尘莫及的。

戴老师有一股“英雄气”，在骨科界驰骋纵横。我知道，作为天使，戴老师在人工关节、髋部损伤、老年骨质疏松、形状记忆合金在骨科临床应用等领域大展宏图，并先后获国家发明二等奖、全国科技三等奖等 19 项奖，他还是我国第 1 例定制型人工髋关节的设计者和临床应用的开拓者。除科研成果之外，他著作论文宏富，著有《骨科手术学》等书籍十多部和学术论文数百篇。

“人生如棋，落子无悔”，戴老师常用此形容他那具有传奇色彩的风雨人生。是的，人生充满了选择，一旦作出选择，就要锲而不舍，坚定不移。优秀的大师可以改变人的一生，戴老师首先改变了自己，同时也改变或影响着很多人。

不管世道变化如何，“老师”总是一种高贵的称呼。虽然我无缘在戴老师门下求学，但也在不同场合受其直接或间接的影响。不是吾师，也是吾师！

原载于《新民晚报》（发表时有删节），2010 年 9 月 4 日

# 又见戴老师的幽默

一晃，已有好几个月没有见到戴尅戎院士了。

可不，这次在 2012 江苏省骨科年会开幕式上，首位演讲者就是上海第九人民医院终身教授戴尅戎老师。他演讲的题目是《骨盆肿瘤与半骨盆置换》。

此刻，我被演讲台和三块电子大屏幕深深地吸引住。近八十高龄的戴老师，依然风度翩翩，声音洪亮，思路敏捷，妙趣横生。

骨盆肿瘤半骨盆置换，可是骨科高难度的手术之一。手术时间长，切除范围广，出血量很大，还要安放半骨盆及其人工关节，动不动就要输上成千甚至上万 CC 的血液，可见手术过程及其操作相当复杂，风险则更不要说了。可他宝刀不老，经常奋战在手术台上，既挑战顽疾，更挑战自我。这次演讲，他又将自己的最新研究成果展示给了大家。

演讲中给我印象最深的是，在典型手术病例介绍中，他又幽默了自己一把。说在安放半骨盆及其人工关节时，有一步骤是要将半骨盆假体内上方固定于骶骨与第五腰椎，对此，需要拧入两枚螺钉，但他此时却不亲自动手，而是“推卸责任”，交给专搞脊柱外科的助手去做。理由是，他们比起我搞关节的更“内行”。可见，戴老师很讲究手术精益求精，细致到每一步，并更注重实事求是和团队协作精神。

一天的学术会议结束后，我晚上抽空去戴老师房间拜访，并讨教问题。当我问起是否依旧每周一下午专家特需门诊时，他又风趣地说，不固定，因为经常要“临阵脱逃”。所谓“临阵脱逃”，是指因开刀、开会、会诊、讲学、研究或其他难以脱身的重要学术活动而不得不取消特需门诊。我知道，作为院士，作为当代中国骨科主要领军人之一，他真是日理万机。可不，我也尝到与他失约的滋味。有一次，我从苏州如约前往上海九院，去请教一例疑难杂症——疑诊为夏科氏病的膝关节骨性关节炎，该否以及如何做关节置换手术的问题。但一等就是好几个小时。直至很晚很晚，才见他拖着疲惫的身子，精疲力竭地回到办公室，那是刚完成了一台高难度的骨盆肿瘤半骨盆置换手术。还算好，我们并未失之交臂，但其时我却不忍心再去打扰他分秒……

戴老师告诉我，为了解决“临阵脱逃”这一问题，他现在的措施是，安排专人做好预约解释，认真仔细地登记联系方式，尽量提前告知患者。

交谈中我还得知，他前几个月因工作过度劳累（包括抱病参加两会期间温总理政府工作报告的讨论）而患了病毒性心肌炎，并住院治疗。但他不遵守“静养三个月”的医嘱，仅仅一个月之后，就又回到了手术台上。但很快力不从心，体力不支，胸闷早搏再度频繁发作。不能上台手术，怎么办呢？戴老师笑道，难以站而施术，干脆就“坐而论道”。于是，不得不搬来一个高脚椅子，他就坐在手术者们的后面，居高临下，从他们的头隙之间，注视手术视野，从而现场指导重要步骤的手术操作。他很自豪地对我说，这下他的主要助手郝主任（也是我的研究生同学），现在被“逼上梁山”，不得不挑起主刀的重担了。但不管如何，遇到这类高危高难手术，只要戴老师在场，大家至少心里踏实，成功的底气与信心似乎更足，麻醉科等各方配合协作也会更顺利。戴老师可谓是手术团队的精神支柱啊。

每次见到景仰中的戴老师，或当面讨教或听他演讲，特别是从他幽默的谈吐中，总能吸取不少“养分”，并甚而得到美的享受。这些“养分”显然包括临床、学识、德养和文学等诸多方面。

原载于《新民晚报》，2012 年 8 月 27 日

# 感悟严谨

严谨就是严肃谨慎，严密精细。而这两个字，在老师身上可以说是随时都能捕捉得到。

前些日子，我在临床工作中遇到一例肩关节肱骨近端粉碎性骨折的病人，需要手术，且后遗症又避免不了。但他才 28 岁，这么年轻，考虑到为尽可能恢复患者以后的肩关节功能，在制定手术方案上，究竟是做内固定复位？还是干脆换一个人工关节？哪个更合适，我权衡再三，进退维谷，想来想去一时还是拿不定主意。做内固定复位，让骨折愈合并恢复自身的肩关节功能，理论上讲固然最好，但手术难度大，要把这么多碎骨片复位好，谈何容易；而置换人工肩关节也有不少问题，主要是日后肩关节功能恢复常不尽人意。临床经验告诉我，换人工肩关节是没有办法的办法，要不得已才能为之。真是两难，我一时茶饭不思，脑海中尽是盘旋这一问题。

于是，我按照往常的习惯，碰到难题，首先请教老师，让老师给思路。我将 X 光片、三维 CT 重建片发给了老师，请他抽空高诊定夺手术方案。他很快回电话告诉我说，应该首选做内固定手术，而且还特意加重了语气强调说，这不仅仅是他个人的意见。原来，老师在收到这个疑难病例的信息后，仔细研究了片子上的骨折情况，很快得出了他自己的治疗见解。但他并不就此为止，还用“背靠背”的办法，即先不透露自己的主张而分别征求了他手下几位的意见，当大家的观点不约而同地一致时，他才明确告诉我下这个结论的过程。接着老师又对手术中几个关键步骤，再三叮嘱关照我，其细到甚至用什么型号的材料和什么缝线，都一一列举，真是严谨之至。

如果说以老师泰斗般的学术地位，不用说在学生面前，就是在学术界也完全可以说是一言九鼎。但老师就是不寻常，从救死扶伤、治病救人的崇高医德医术出发，在他眼里，病人该做什么手术，手术该怎么做，必须做到严谨，来不得半点马虎。因为严谨往往可以为患者争取到更好的临床疗效，毕竟医学发展到现在，也仍然有它的局限性，这正需要我们从严谨认真的角度加以弥补，一切尽可能多地为病人着想。

每次请教老师，都能感受到他对工作、对治病的这般严谨。说实话，老师这么大年纪，平时工作又很忙，所以每次惊动他之后，我内心深处总会留有“下不为例”的提醒。

我感到，作为一个蜚声中外的骨科专家，凡事严谨，一丝不苟甚至“不耻下问”，这既反映了老师的学风，又折射出老师那谦虚为人的品行。一日为师，终身为父。我感触良深，在老师的学海中拾得严谨一贝足矣。是啊，世界上怕就怕严谨二字。搞学问看毛病，就是要严谨。因为世上无难事，只怕有心人。而老师正是这样一位遇事严谨的有心人，可以说严谨成就了他的事业。

原载于《新民晚报》，2011 年 11 月 25 日

# 厦门又见戴院士

2018年11月20日13点，在厦门COA中国骨科大会开幕式上，我又一次见到了景仰的上海第九人民医院戴尅戎院士。

开幕式整整举行了一个小时。期间，大会分别向一批著名骨科专家颁发了终身成就奖、卓越成就奖、杰出贡献奖和突出贡献奖。戴尅戎院士和邱贵兴院士获得了最高荣誉的终身成就奖。

随后进入大师演讲论坛，其时有不少人开始退场或移步其他分会场，近二三千人座无虚席的展厅会场，一时间座位显得松动起来，特别是第一排原先有席卡的那些座位，有的空了出来。于是，我找准机会，赶紧坐到了戴院士身边。

戴院士虽是桃李满天下，著作颇丰，却虚怀若谷，平易近人。因此，每次学术会议中，只要有机会，我就会走近戴院士，与他说上几句话。一是寒暄问候，二是讨教临床所遇问题，三是享受大师的谈吐气场。

第一个演讲嘉宾是张英泽院士，随后顺序是付小兵、王正国、戴院士和北京积水潭医院院长田伟教授等。在等待演讲期间，我紧挨着戴院士与他低声交谈起来。戴院士告诉我，以往COA中国骨科大会，他总是被安排在最后一天演讲，作为压轴戏安排，会务组为的是留住人气。当我问起他目前特需专家门诊是否照旧时，他说他基本上不固定坐诊了，但有时候还会做些电话预约，以解决部分因困惑而期待会诊的疑难杂症患者。

见到年已85高龄依然精神抖擞的戴院士，我自然问到他平时是如何养生的，他说自己没有特别的养生方法，只是有空在家骑自行车锻炼20分钟左右，不过也常常是三天打鱼，两天晒网，他又风趣地补充道。

很快，我们的话题又转到了他的高足、我的师弟郝永强教授身上。当年我和郝永强在上海中医药大学同拜施杞教授，他读硕士，我念博士。以后他又考到戴院士门下攻读博士，毕业后留在戴院士身边工作20多年。在我眼中，郝教授可谓耳濡目染了戴院士的德养气度，并得到潜移默化的熏陶培养，以至于在国内骨肿瘤、3D 打印及转换医学领域，跟随戴院士位居领跑优势。

交谈之中，戴院士突然想到什么，他转过头来示意在一边的秘书小张拿来电脑，迅速调出马上要演讲的 PPT, 过目浏览，还对好几张作了调整。这可是他一贯的精益求精的精神。

我问起他的秘书是否仍是水文，他一边改 PPT，一边回答我是的。不过，最近又来了一个小张，学理工的，英文很好。为了不影响他的工作，我停止了提问，专注起讲台上正在进行的王正国院士的演讲。

很快戴院士上场作了专题演讲。这次演讲的题目是《人类能力的延伸——生物打印》，主题内容是传承、创新与超越。我目不转睛注视着给人以知识与力量的戴院士，以及他的多媒体中的声像信息——“继承的含义有：批判地继承，科学地扬弃”；“创新的难点：理论的超越，自我超越”。

# 腹有诗书气自华

## ——有感施杞老师的育人理念和人文情怀

1985 年仲春的那个夜晚，我穿过当时还种有一片疏菜地的龙华医院西侧的篱笆墙，抱着希望来到病房大楼伤科病区会议室，参加上海中医学院八五级骨伤科研究生的招生复试。在这里，我第一次见到了恩师施杞老师……并放飞了我心中的理想。从那时起，28 年来，施老师做人教人的品行，就时刻影响着我的言行和前行。

记得每次向施老师汇报工作或向他讨教医术时，总要谈到一些题外话。其中，如何做人、做事与做学问更是谈论得最多的话题。施老师认为，作为医生，做事、做学问固然重要，但如何做人，则是一门比专业学问更为深奥的学问，也是一辈子要做且应做好的学问。在跟师的那些日子里，我感到施老师既是一位治病救人的良医，也是一位教书育人的良师，尤其在培养学生学识的同时，更注重熏陶学生的精神气质，这让人受益终身。

如施老师常用《左传》中的一句话来谆谆教导我们——太上有立德，其次有立功，其次有立言。施老师解释道：立德就是做人，立功就是做事，立言就是做学问。他认为做人说到底是一个在待人、待己、明里、暗里这四个方面“做什么人”的问题。我十分清楚，施老师面对当今社会，在如何做人方面，时时遵循着自己设定的“三要三不要”的原则，其观点之精到，启人遐迩——一个人要有样子，不要有架子；要有主见，不要有主观；要有心思，不要有心计。其中，施老师对于心思与心计的表述，尤其发人深省：“心思在谋事，心计在谋人”。他常以“于厚德处用心，于业精处用功”自勉并和我们共勉。至于“做人要知足，做事要知不足，做学问要不知足”，这更是施老师经常要求我们追求的一种精神境界，这可是为了我们每一位学生的终身发展。

说到境界，谈起育人，施老师常将话题转到王国维《人间词话》关于人生成大事业、做大学问所必经的三种境界。我知道，这三种境界是作者原先分别引用了晏殊、柳永和辛弃疾的三段词句来加以表达的。其中，“昨夜西风凋碧树，独上高楼，望尽天涯路”为第一境；“衣带渐宽终不悔，为伊消得人憔悴”为第二境；“众里寻他千百度。蓦然回首，那人却在，灯火阑珊处”为第三境。这三境说白了，就是分别代表立志、耕耘和收获。而在第一境中，施老师首先树人，他希望自己的学生志存高远，志大而才不疏。

有次在师生团聚会上，施老师兴高采烈地让人吟诵了这三首词，借以抒发他毕生为之奋斗和追求的精神境界，同时也意在勉励和启迪自己的弟子。随后，施老师又语重心长地告诉大家，古往今来，人孰无志？但经历第一境界者已属相当不易，而要达到第三境界，则必须通过最为艰辛、最为漫长的第二境界——“衣带渐宽终不悔，为伊消得人憔悴”。若没有一种坚忍不拔、披荆斩棘的精神，又怎么能够到达第三境界？施老师就是这样见缝插针，循循善诱，绘声绘色。其引领之德，潜移默化，使我逐渐懂得，做学问必须耐得住寂寞，做学问不能指望有任何的终南捷径。此所谓“看似寻常最奇崛，成如容易却艰辛”。

从一定意义来说，一个民族的发展史就是它的阅读史，一个人亦是如此。施老师做人教人的高深境界，得益于其博览群书和对生活工作的思考及其提炼。正因为如此，我喜欢欣赏施老师的书房，因为它让人情系“一盏秋灯夜读书”“青灯有味似儿时”。可不是嘛，第一次登门拜访施老师，距今已有 26 个年头了，但其情其景，恍如昨日，记忆犹新。每次去他家，总爱欣赏他那书橱中的藏书盛况以及书房的雅韵。墙上那幅曹操的《步出夏门行》，大气澎湃，震古烁今。我凝目吟咏 “东临碣石，以观沧海。水河澹澹，山岛竦峙……”，感到施老师在跨越时空的思索中，不时在与一代伟人产生着共鸣，其折射出施老师有着诗人般的气度、胸襟和品格。我想这就是他得以在中医骨伤科领域驰骋纵横直至荣获国家科技进步奖的精神动力。

施老师除精诚行医之外，还善于诗文，工于书法。而深厚的学术造诣，高超的仁术方药，正是渊源于他那精深的文史哲修养。我知道，施老师著述过很多书，篇章嘉惠世人，如《施杞谈颈椎病》《中国中医秘方大全》《上海历代名医方技集成》等。但他也时常乐于为他人即将付梓的书稿作序写跋。施老师的序跋蕴含哲理，富有文脉，朗朗上口。如在为我撰写的《吴医骨伤方技荟萃》书序中写道：

“继承、创新、推进中医药事业的现代化，是时代赋予我们炎黄子孙的历史使命。孔子在《论语·述而》中倡导‘志于道，据于德，依于仁，游于艺’。温故而知新，任重而道远矣！……水能载舟，也能覆舟。我们既不能数典忘祖，妄自菲薄，也不应故步自封，裹足不前。历史永远是一面镜子，让我们记取那些悲壮的教训”。这寥寥几笔，不仅将中医药继承与发展的关系阐述得十分清楚，而且对我们这些后来者也起着以人为镜、以史为鉴的启迪作用。

前年仲秋，施老师又欣然为我主编的《腰椎间盘突出症——重吸收现象与诊疗研究》一书作序：“大道岐黄，薪火相传，我们必须努力，这无疑是艰苦的，但创业的历程也将把我们带入一种新的美妙境界。姑苏乃吴国故地，素以人文圣殿著称，吴门医派更是名誉海内外。有如陶弘景在答友人书信中所言：‘山川之美，古来共谈。高峰入云，清流见底。两岸石壁，五色交辉。青林翠竹，四时俱备。晓雾将歇，猿鸟乱鸣；夕日欲颓，沉鳞竞跃。实是欲界之仙都。’今姜宏博士的新著和他主持的苏州市中医医院骨伤科——国家临床重点专科，均将为吴门医派更增光彩。”施老师手稿的字里行间，点横撇捺，总显露着墨迹诗意的人文情怀，这更让我充满激情去勇于面对困难和挑战，以做出更新的成绩。

“静水流深，有容乃大”。施老师深知，成才成功必须有深厚人文素养作底蕴做动力。对此，他还常以《九章·橘颂》中的“苏世独立，横而不流”来勉励我，即人当以清醒的头脑涉足于世，要有劈波横渡的勇气而不受世俗影响，更不可随波逐流。这可是我们这个时代难能可贵的追求。正因为如此，我现已将“用心厚德，用功仁术”和“苏世独立，横而不流”这 16 个字作为科室精神，作为座右铭，由书法家题写裱后分别配上两幅镜框，醒目地挂在我们苏州市中医医院骨伤科病房大会议室的墙上，因而在每天早晨三个病区集中交班读片讨论病例时，全体医护人员都能感受得到它的指引与激励。

令人难忘的，还有 1991 年春天，得知我对考博抑或出国工作（澳大利亚方面聘我去临床工作两年）还在犹豫不决时，时任上海卫生局副局长的施老师从上海来信勉励我：“在攀登学术的高峰上，要有远见、勇气和艰苦奋斗的精神。碌碌无为虽可得眼前之利，但终将要后悔的。我对你寄托着希望，也很有信心，你会成功的。”后来，又把我和我爱人程红约到上海市卫生局面谈勉励，还留我俩在局机关食堂共进午餐。施老师还特意把他自己餐盘里的那块白烧咸肉夹给了我，叫我多吃一点……多年来，我一直将其铭记在心头。时至今日，我也获得了全国五一劳动奖章，全国卫生系统先进工作者，江苏省有突出贡献中青年专家，江苏省优秀科技工作者，2012 年江苏省中医药年度新闻人物，并享受国务院政府特殊津贴，成为博士生导师。

在施老师的感召下，我还在临床整骨开刀和带教研究生之余，捕捉时光，化零为整，除编写专著和撰写论文发表国内外杂志外，还先后出版了三本散文集《谈笑往来》《穿越记忆》《杂话生书》和一本摄影集《纵横光影》，所有这些，都离不开施老师的谆谆教导。当然，在成绩面前，施老师更是以“草萤有耀终非火，荷露虽圆岂是珠”来勉励我要不断进取，让我颇感慈父严师般的温暖与厚爱。

如今，我每年一度在苏州举办国家级继续教育学习班暨全国骨伤科学术研讨会，施老师总是忙中抽空，欣然前来捧场，并作首场主题演讲，予我极大的支持。他对苏州三千多年的文化历史沉淀，对江南大地社会经济发展所起的作用，以及作为中医药温病学派发源地的苏州吴医学也充满了深厚的感情，并寄予厚望。值得一提的是，今年申报国医大师，他完全有资格参选并有望入选，但为了上海其他几位参选者的选票不致分散，他坚持没有申报。把机会让给别人，是他一贯的处事为人的风格。他为学生做得最多的也是在各种场合，为我们铺路、修路、让路、扶上路。他不仅是学生们的说教者，而且常是学生们的倾听者。施老师的美德在此窥见一斑。

施老师真是一位品行上堪称楷模的中医大家，有着“桃李不言，下自成蹊”的师表风范。问渠那得清如许？为有源头活水来。我想，不正是中国优秀的传统文化思想——“学问、修养、律己、诲人”，造就了老师做人育人的品德吗？“经师易求，人师难得”。作为导师，他不仅传授我学识学问，而且也教诲我如何为人处世。

行文至此，自然联想起复旦大学有位名师所说：“一个人一辈子一定要读过一本大书。读过大书的人，会有不一样的气象。”而我感到，施老师就像是一本大书，在那里，有我读不完的东西。研读施老师这部“大书”，真有“陌上花开，可缓缓归矣”之感。

原载于《新民晚报》，2008 年 9 月 2 日，发表时有删节

后载于《中国中医药报》，2013 年 5 月 15 日

# 天使唐天驷

唐天驷，可以和唐“天使”完全画上等号。

唐天驷，不仅是苏州大学附属第一医院的一张名片，而且也是苏州乃至江苏的一张名片。

他的大名如雷贯耳，我很早就知道唐天驷的名字，他的手术，他的论文，他的专著，读了很多，听了不少。赞誉唐主任德艺双馨的美文篇章，大多出自新闻媒体，发自学界同行，写自学生徒弟，可谓无以计数，不胜枚举。我非他门下，没资格没水准写他，但在这里，我还是要班门弄斧写上几句，谈点感触，以直抒“他是我心中的老师”之情愫。

唐主任，曾任苏州大学附属第一医院骨科主任、中华医学会骨科分会脊柱外科学组组长和中华医学会骨科分会副主任委员，在他的带领下，苏州大学第一附属院骨科成为国家重点专科和国家重点学科；唐主任，甘为人梯，立德树人，他精心培养出了诸如杨惠林、邱勇这样有冲击院士实力的国内顶尖专家，这足以能让唐主任昂立学界，傲视群雄，这样的老师，在国内屈指可数。

在我脑海中，他的讲话非常中听，他的步伐非常矫健，他的思维非常敏锐，他的模样我一直认为有些像电影《大决战》中粟裕的扮演者谢伟才。

记得20世纪80年代，有一次参加苏州医学院附一院的学术活动，我与唐主任同座前排。其时发言的是该院骨科一位副主任医生，他发言刚完，唐主任立即站起来，点评说，刚才 ××× 讲到的观点是错误的，应该是……尽管点评内容我早已忘却，但给我印象却很深，因为这样的场景让我记忆犹新，留下了唐主任是一位直抒己见不讲情面的专家。是啊，在学术问题上，在带教学生上，唐主任的严格，没有弹性。一旦发现错误，马上痛加批评，可以说是声色俱厉，毫不留情，甚至让人望而生畏，这已成为当时的“美谈”。平心而论，严格更是一种爱，而正是他这种首先对于自己的严格和执着，身先士卒的严厉和严谨，才带出了这样一支国内一流的骨科团队。

唐主任是我国脊柱外科的开拓者，早在20世纪80年代，他因在国内最先开展运用“椎弓根技术”而名闻全国，也让苏州从不是省会城市所具备的骨科学术影响力，一下子让北京、上海望其项背。要知道，这背后有唐主任天资的聪颖、艰辛的付出和无私的奉献。

如今，唐主任已临近九十高龄，但仍坚持每周专家门诊，还时常上手术台为患者亲自操刀，其手脚麻利仍旧不减当年。2019年8月8日晚21点，在苏州世尊酒店沃森厅举行2019苏州市骨科专委会及各学组全体会议，唐主任中午没有休息，整个下午又坚持在学术会场，晚上他照样精神抖擞地参加会议并寄语后辈。在该会议召开前，我与他交谈了近20分钟。他告诉我，这个月他很忙，从美国探亲半个月回来后，近一周来，有6次专家门诊，还做了8台手术，真是精力超人，无人比拟。

他也经常在各地参加全国性的骨科学术活动。他在学术会议上一出场，就光彩照人，众人瞩目。我刚当医生时，虽然在各种场合见到他，但只是遥望，很少有交谈机会。以后，当我成为苏州市中医医院骨伤科主任后，使得我经常有机会走近唐主任，并聆听他的教诲。有时见面尽管只是握手寒暄，但每一次均感受到了他的温度、魅力和风范。

唐主任擅长在侧卧位局麻下运用小切口进行腰椎间盘突出症摘除手术，堪称经典绝活，其损伤小，切除准，疗效好。20世纪90年代，浙江中医药大学校长肖鲁伟教授，患腰椎间盘突出症，在杭州当地医院手术不效陷入困境，后慕名找到唐主任再次手术，一切了之，至今未发。如今我和肖鲁伟教授经常在学术会议上见面，我看到他腰板硬朗，一坐就是几个小时，毫无任何不适。1999年秋天，唐主任也来我院指导我做过1例经椎弓根内固定治疗腰椎粉碎性骨折的手术，这也是我唯一一次跟随唐主任做手术。在唐主任指导下做手术，零距离学习，首先感悟到的是他那双灵巧的手和敏捷的思维。

早在20世纪80年代，唐主任就与我的导师——时任中华中医药学会骨伤科分会会长和上海市卫生局副局长的施杞教授，经常一起参加鉴定江苏省骨科界的一些课题。当时，见到唐主任时，他曾多次对我说，你的老师施教授能言善辩，口才极好。其实，唐主任的口才也很好，只是他非常谦虚，他带有上海口音的言谈举止，不紧不慢，但似乎字字有理，很是中听。

1992 年 6 月，我申请去唐主任那进修骨科一年，并通过了进修笔试测试（记得有一道题是，请试述膝关节不愉快三联症的诊断与治疗），但适逢收到了上海中医药大学博士研究生的录取通知，导师施杞教授鼓励我不能放弃读博机会，因而失去了跟随唐主任学习的机会，至今忆起，仍有悔意。后来，我也先后在当时的上海第一医学院附属中山医院、上海第六人民医院进修骨科，但总感到未去唐主任那进修骨科，似乎缺少点儿做骨科医生的临床资本。

1998 年，我率先在《中华骨科杂志》发表了《腰椎间盘突出后的自然吸收及其临床意义》，并研究运用中医药治疗有手术指征的巨大 / 破裂型腰椎间盘突出症，自此日积月累，年复一日，并在 2012 年编著了由江苏科学技术出版社出版的《腰椎间盘突出症——重吸收与诊疗研究》（第 2 版）。其时，我将书本样稿呈送给唐主任，请他为我的拙著作序。唐主任一口答应，大约半个月后他将书序托人送达我，我很高兴地捧读着他的序文："我接的《腰椎间盘突出症——重吸收与诊疗研究》著作，欣喜谛读了一遍，更是钦佩难以言表。这不仅为我书藏增添了一件镇库之宝，更是督励我院骨科青年医师不断努力精进的动力……我坚信本书将启发指引青年读者向这方向努力，推动我国骨科事业的蓬勃发展。"唐主任给了我很高的学术评价，当然这更是鼓励与鞭策。

唐主任是我最敬仰的骨科老前辈之一，他也是目前国内不顾高龄仍在手术台上亲自为患者操刀的泰斗。我非常欣赏唐主任 2008 年在中国骨科 COA 大会上所作的那篇精彩演讲《如何界定脊柱外科的过度治疗》，敢于抨击当今的一些过度医疗现象。他告诫我们这些晚辈，"严谨治学，谨慎从医。良心为先，技术在后。良心与技术，更主要是良心"。他真正做到了"我手携我心"，那是真正的妙手、仁心和爱心。是啊，作为当代骨科最著名的泰斗，他也经常用骨科先辈方先之、裘法祖的行医故事以及他们的座右铭来勉励后辈。如裘法祖的名言："做人要知足，做事要不知足，做学问要知不足。"

有十多年，作为苏州市中医医院骨伤科的科主任，我每年春节前总要邀请唐主任等附一院的骨科专家一起团聚，一是感谢老师团队的支持帮助，二是欢聚一堂共同辞旧迎新。不管年底工作如何繁忙，天气多么寒冷，他总是在百忙中拨冗，兴致勃勃前来参加，给足了我面子。在两大科室的迎春团拜会上，我总是在致辞中，每每首先感谢唐主任。

2010 年夏天，唐主任通过杨惠林主任交给我一项办会任务，让我主办当年苏州市的骨科年会。接受任务后，我认真筹备，精心组织，在各方的支持与配合下，于 2010 年 9 月 24 日在独墅湖世尊大酒店，成功主办了 2010 年苏州骨科学术交流会议。大会的主题是融中汇西，与时俱进。那次会议，上海华山医院的顾玉东院士，以及苏州骨科界德高望重的董天华、黄士中教授也到会并讲座，与会者高达近五百人，受到一致好评。在 2019 年 8 月 8 日在独墅湖世尊大酒店举办的 2019 PASMISS 筹备会上，杨惠林主任在总结发言时，还不忘提到我当年的办会认真，给他留有深刻印象。

2011 年 9 月 3 日，苏州大学附属第一医院为唐主任 80 大寿祝寿，祝寿活动办得很隆重，我也应邀参加了。其时，高朋满座，嘉宾云集，骨科界的大佬，如北京的邱贵兴、党耕町、山东的胡有谷、广东的李佛保等，都纷纷前来祝寿，这是中国骨科界的一场盛会盛宴。与此同时还举办了苏州骨科高峰论坛，党耕町和胡有谷教授分别作了学术演讲，他们关于腰椎间盘突出后重吸收的个案报道及影像资料，受到与会者的极大关注，对正在从事该项研究的我无疑是一个鼓励和鞭策。

那晚回家后，我连忙翻开苏州大学附属第一医院精制的《大医精诚 德艺双馨——唐天驷教授医学生涯六十余载暨八十华诞纪念册》，一口气读完了 230 页图文并茂的全文，这让我全方位走近了真实的唐主任。“岁月留痕”“七彩阳光”两个章节用百来张照片，展示了唐主任在医疗、教学与学术交流中的剪影，以及与家人、师长、校友、老友及同仁的合影，体现了唐主任的真性情。在纪念册中，最吸引我眼球的是“春华秋实”章节中的唐主任手迹——他的座右铭：“智慧勤奋是人生成功的基石，唐天驷”，笔墨坚挺秀气，语句大道至简，透过唐主任最后那个挥洒自如、奔驰无阻的“驷”字，直感文如其人，字如其人，这也是唐主任“老骥伏枥，志在千里”的真实写照。

当晚，我草拟了《志行万里——贺唐天驷教授医学生涯六十余载暨八十华诞庆典》：日前有幸应邀参加唐天驷教授医学生涯六十余载暨八十华诞庆典，并连夜喜读《大医精诚 德艺双馨——唐天驷教授医学生涯六十余载暨八十华诞纪念册》，浮想连翩，感慨万千，脑海中尽现“却顾所来径，苍苍横翠微”，以至忘却夜阑更深。

驰骋医坛标旗风，
领衔脊柱建丰功。
术融四海汇经典，
技合五洲登奇峰。
授业传道立厚德，
悬壶济世惠民众。
满天桃李英才育，
骏驷志行万里中。

（原载于《苏州日报》，2011 年 9 月 17 日）

近十多年来，我作为江苏省中西医结合学会骨伤科专业委员会主任委员，每年举办国家级继续教育学习班和江苏省中西医结合骨伤科年会，唐主任总是应允前来捧场讲学，骨科泰斗亮相会议现场，对我们会议主办方是极大的支持与鼓励。2014 年 10 月，在我举办的学术会议上，按惯例他又是第一个上台演讲，他的演讲自然备受大家关注，甚至目不转睛。突然，在我的视线中，见到讲台上的唐主任身子慢慢地下滑坐倒，继而头部重重地摔倒在地，发出“嘭”的声响。不好，唐主任摔倒了，全场一时都被惊呆，甚至不知所措……坐在前排的我，与杨惠林等旋即奔上讲台，一面急将唐主任扶起，一面喊叫唐主任。其时，他慢慢睁开双眼，轻轻地说不要紧，自己还清楚。这突发其来的意外，让我们措手不及，心急如焚，连忙呼来 120，将他送往一院急诊。我大脑一片空白，直到头部 CT 检查无大碍，我才稍微松了口气。那几天，我寝食不安，坐立不定，精神紧张，多次去他家探望问候。这事让我很是自责郁闷，感到没有照顾好唐主任，发生了有惊无险的意外。后来，直至唐主任又重新走上讲台，重新走上手术台，我才如释重负，那颗悬挂的心终于放下来了。

多年来，唐主任也非常关心我的工作和学习，支持我运用中西医结合的方法研究解决骨科的一些难点问题。2016 年秋，在一次学术会议上，他见到因病手术后初愈的我，马上就走过来安慰我，笑眯眯地说：“你的病不要紧的，没有问题的，不要有思想负担。”亲切的话语，鼓励的口气，包含着老师对学生的厚爱，让我十分感动。

2018 年 12 月，在无锡中医院由王建伟举办的江苏省中医骨伤科年会上，我讨教唐主任当年如何创新性开展经椎弓根短节段内固定治疗胸腰椎骨折的历史初衷。唐主任告诉我，他 1984 年到广西柳州开全国足踝创伤会议，召集组织者是原天津医院骨科顾云伍主任。在那次会议上，唐主任介绍了足背损伤皮瓣的修复技巧。会后他与顾云伍一起谈到腰椎椎弓根螺钉固定的问题，当时脊柱固定方法多是长节段固定，而外国仅有一位专家采用短节段固定的手段，还是用塑料板而不用棒，而且塑料板又放在体外，病人使用后极其不便，对此唐主任有些纳闷，为何不放在体内？在一旁的北京积水潭医院刘沂教授对唐主任讲，他刚从瑞士回来，带回一本瑞士骨科专家 DICK 编著的有关经椎弓根内固定治疗脊柱骨折的专著，因自己不搞脊柱，派不上用场，愿日后寄给唐主任研究。

收到该书，唐主任一看，DICK 的书原来是德文版的，但幸好上面有很多图示、图谱和图片，书也不厚，仅凭图谱还是可以理解核心内容。于是，就指导他第一个研究生邱勇作为课题，去开展“脊柱后路经椎弓根内固定”的研究，他和邱勇、杨惠林等首先对国人脊柱胸腰段做了详细的解剖学与生物力学研究后，率先将短节段椎弓根螺钉内固定技术引入国内，并加以改良，设计了新型三维可调式短节段椎弓根内固定系统。经过三年多的临床病例研究，于 1989 年进行了课题鉴定，研究成果随后投至《中华骨科杂志》。唐主任还告诉我，当年郑祖根教授从法国回来，也带回了椎弓根螺钉技术，但用的是板，是长节段固定，因固定节段多很容易断钉。1999 年，在国庆 50 周年之际，他应邀在《中华外科杂志》发表了述评——我国脊柱外科五十年的发展，受到全国骨科界的广泛关注和高度认可。

记得苏大附属儿童医院王晓东院长曾和我说起，2001 年初他刚从英国进修骨科回来，唐主任闻讯后便专门请他吃饭，地点在凤凰街一个饭店，作陪者还有杨惠林。唐主任主要是要了解英国的骨科发展现状，并问王晓东中国骨科到底和国外差距多少年？王晓东回答起码相差 20 年，而杨惠林说外国能做的，我们都能做。但唐主任不以为然，他以长者智者的独特眼光鼓励杨惠林到美国去深造，即去纽约州立大学医学院大学医院做高级访问学者，师从他的老朋友、时任北美脊柱学会执行主席的 Hansen A.Yuan 教授。后来学有所成的杨惠林回国后，没有辜负老师的期望，率先在国内开展椎体后凸成形术。如今这项技术已经成为临床常规的微创手术，并写入骨质疏松性椎体压缩性骨折的诊疗指南。杨惠林为此又获得了 1 项国家科学技术奖二等奖，并成为 2019 年中国工程院院士候选人。由此我也联想到至理名言："世有伯乐，然后有千里马"。唐主任育人精诚，育人无数。

近年来，我与唐主任除了学术会议见面外，也时常短信联系。2017 年 9 月 10 日教师节当天，我给唐主任发短信："感谢感恩唐老师！祝您教师节快乐，身体健康！学生姜宏叩拜"，他回复我："您太客气，感恩不敢当，但感恩是一种美德，只有懂得感恩的人，才会在事业上得到成功，赢得未来。谢谢。"

2018 年在厦门的中国 COA 骨科大会上，唐主任荣获"卓越成就奖"，我现场拍摄了照片，并发给他，同时短信祝贺"热烈祝贺唐老师！学生姜宏敬贺"，很快他回复道："谢谢您的关爱！"

2018 年 12 月 7 日，我研究的项目——破裂型腰椎间盘突出症中医促进重吸收的诊疗技术及应用，获得中国中西医结合学会科学技术二等奖，第二天唐主任即给我发来短信："姜主任：热烈祝贺您荣获中国中西医结合学会二等奖！唐天驷敬贺"，我随即回复："非常感谢唐老师长期以来的厚爱和大力支持！学生姜宏叩首"。令我惊喜的是，我的小小的一点成绩，唐主任都看在眼里，这让我十分感动，前行动力似乎又倍增不少。

记得唐主任在一次学术会议上妙用的那个成语，叫作苦尽甘来，他认为医生只有苦尽，病人才会甘来。我以为这是做医生一生中要追求的最高境界，这也是唐主任对我们晚辈的期望。

"医生只有苦尽，病人才会甘来"，这更是怎样做一名好医生的人生哲理、行医的最高境界。

# 不是我师　胜似我师
## ——读识董天华教授

中国著名骨科专家、苏州大学附一院骨科董天华教授，并不是我直接跟过的老师，但却一直是我心目中的一位好老师。因为他的学术思想、他的人格魅力、他的处世为人，也不时影响着我的工作和生活。关于董老师的学术医道，他的众多学生弟子已经着墨很多，不用说学术界，即使在学术圈外也称得上家喻户晓，孺妇皆知。

记得小时候，印象中妈妈带我到附一院骨科去看“大骱痛”。我们当时从道前街乘 2 路公共汽车到甫桥西街下车，再沿王长河头一条小弄堂进去，七拐八转，便走到了一幢三四层高的红砖瓦楼，那便是一院当时的门诊楼。在骨科门诊排队等了好久，直至中午时分终于看上了董天华教授。当我听到他对我妈讲不用打针时，我紧张又害怕的心情一下子放松了，说实话，那时最怕屁股上打针。这是我对董老师最朦胧的记忆。

1982 年，我大学毕业被分配到苏州市中医医院骨伤科报到的第一天，就见那本厚厚的有些泛黄的由董天华老师主译的《骨折与脱位处理图解》，陈列在我们科室病房办公室的书柜中。那时，西医骨科专著很少，我就时常在工作之余，或值夜班空隙时，打开书柜，拿出这本 16 开本的骨科专著阅读学习，感到其图文并茂，简明易懂，非常实用，因而将该专著视作自己的“启蒙老师”和专业工具书。特别是做住院医生那个阶段，有时还随身携带，遇到病人，也少不了先对号入座，仔细研究一番，然后再按图索骥进行诊治。

无独有偶，当我成为上海中医药大学校长施杞教授的研究生以后，施教授也经常跟我讲起:“你们苏州医学院附一院的董天华教授资深有素，在我自己年轻时，读到的第一本西医骨科专著就是董天华教授的《骨折与脱位处理图解》，因而那时就常将这本专著置于案头，随时翻阅学习。原来对这本专著的学习态度，我们师徒俩可谓如出一辙啊。

早在八十年代，有一年董天华老师在上海参加一次国际骨科学术会议。会议中，时任上海市卫生局副局长、主管科技教育外事工作的施杞教授代表上海市卫生行政主管部门会见一批参会的外国专家学者，但在专业翻译上遇到了困难，其时，在一旁的上海瑞金医院骨科马元璋教授连忙对施局长说，我给你介绍一位苏州骨科元老董天华老师，他精通外语，于是董老师随即赶来“增援解围”。董老师“信、达、雅”的翻译，让宾主双方非常圆满地完成了一次有益的学术交流，彼此增进了了解与友谊。事后，施教授对董老师说：“我也是您的学生。”对此，董老师一下子没反应过来，有些不解，心想你又不是苏州医科大学毕业的，怎么会是我的学生呢？施教授会意一笑继续说道，因为我当初是读着您的《骨折与脱位处理图解》走上工作岗位的……这天，施教授第一次从书中的董老师，走近并结识了书外的董老师。是的，董老师还有董老师的大量著作论文影响着许许多多骨科界的学子，它惠及中西医学术界，更惠及百姓无数。这真是桃李不言，下自成蹊。

20 世纪 80 年代至 90 年代，我经常在各种学术会议上，聆听董老师的专题演讲，特别是他主持主讲的骨科疑难病例讨论会及其骨科读片报告会，每每收益匪浅。对有些疑难病例的诊断和治疗，看似已经山穷水尽，但经董老师条分缕析，层层深入，直达病所，很快转向柳暗花明，让人找到了一种可以解决问题的办法。到了新世纪以后，仍时常在全国性的学术会议上见到董老师繁忙讲学的身影，直至前年盛夏，鲐背的董老师还顶着炎炎烈日，赶去无锡江阴参加江苏省骨科年会，在会议茶隙期间，我还抓住机遇向他请教问题，直感他思路敏捷，精神矍铄，有问必答。也时常听董老师的学生们讲起，有时向他请教问题时，也会吃到“闭门羹”，但他接着会很直爽地告诉你，等他翻阅相关资料后，再一起讨论研究。董老师这种认真严谨的学者风范，真让我们学生肃然起敬。真是“知之为知之，不知为不知，是知也”。董老师治学严谨，学富五车，有一股“英雄气”，在骨科界驰骋纵横。我知道，董老师在骨外科髋部损伤、骨质疏松、股骨头无菌性坏死等领域，其独树一帜，硕果累累，著作宏富。

但董老师还不仅仅是医学家、临床家和教育家，因为他还擅长音乐与艺术。我也不知不觉地发现，自己从事骨伤科临床工作以来，身边或行业内所熟悉的一些名医大师，专家学者均对艺术、文化和音乐有颇深的造诣。除上海骨科的陈中伟、戴尅戎院士之外，董老师也是其中杰出的一位。

董老师高超的医术本身，特别是治愈病例以万千计，堪称一个个精湛的艺术品。除此之外，他对艺术也情有独钟，这些爱好助推了他的骨科事业。“工夫在诗外”，似乎也从精神层面与内心世界推动了他在学术上的登峰造极，在事业上的锦上添花。我感到医学艺术兼容使董老师德艺双馨。由此联想到爱因斯坦，他的小提琴水平堪与专业技能相媲美，但人们却知之甚少。难怪作为美国常春藤大学之一的哥伦比亚大学，其教育宗旨就是科学与艺术的完美统一，真有着深奥的哲理和育人的理念。

犹记 2005 那年，在苏州市会议中心举办的董老师八十大寿祝寿庆典上，师生同堂，嘉宾云集，高朋满座。那天，董老师还兴致勃勃即兴表演了肖邦与李斯特的钢琴作品，还声情并茂高歌一首咏叹调。其时，古典男高音美声唱法和一手技艺娴熟的钢琴演奏，仿佛还让你看到了一位钢琴大师和歌唱大师的绚丽风采。此情此景，犹如昨日。毋庸置疑，技术的最高境界是艺术；当技术与艺术融为一体后，打开自由王国大门的钥匙已经在握。打开我们的视野，不难发现，科学、医术和艺术，都是人类认识世界、改造世界及其思维实践活动的结晶，彼此不分伯仲，两者相得益彰。

每每阅读董老师的著作、董老师书写的诊疗病案，在吸取学识的同时，更获美感德厚。还有那些年，每到年终岁末，为感谢苏州大学附一院骨科对我们苏州中医院骨伤科的支持和帮助，我总要邀请附一院骨科的老师们与我科欢聚一堂共迎新春佳节，而每次董老师总是与唐天驷老师一起冒着严寒欣然到场，两位骨科泰斗很给我面子，对此我也一直心存感激，难以忘怀。

还有一件小事也让我记忆犹新。八十年代，董老师家是住在望星桥桥堍边的一幢老式木结构的二层小楼的底楼。那天，我受施杞教授委托，去送一份科研项目请董老师评审。董老师很客气地迎我进入客厅，让座倒茶。彼此寒暄后，我说明了来意，呈上了评审材料，也转达了施杞教授对董老师的问候。我注意到客厅中央放着一个脸盆，里面还有半盆脏水，再顺其向上望去，客厅天花板有一滩渗水，正一滴一滴往下滴入这个脸盆，于是，我问其何故？董老师告诉我，每次楼上拖地板打扫卫生时，我们总要这样应付。看似邻里之间的一件小事，但隔三岔五，日复一日，对董老师的生活影响真是不小，然而董老师就这样以一个“忍”字、一个“让”字化解困难与矛盾，这让我肃然起敬——生活小事足见人品。把方便让给人家，把困难留给自己，工作中和生活中的董老师总是这样要求自己。或许，成才成功还需要如此深厚的文化底蕴和心灵美德。我以为，正是由于两者有机的叠加，才造就了董老师的气质与风采。

实话实说，我不是董老师的学生，即便作为一名董老师的外编学生，也颇觉不够格，但他却是我心目中的好老师。因为我非常欣赏董老师为他自己设定的那句座右铭——医德医术都是医生的生命。是啊，董老师的学识德养、人格魅力，即使我等以毕生精力倾慕、追随、学习，都是望尘莫及的。

但不管世道变化如何，老师总是一种最高贵的称呼。虽然我无缘在董老师门下求学，但数十年来也在不同场合受董老师的直接或间接影响。可以说，不是我师，胜似我师！

原文收录于《董天华教授学医、行医、研医、传医70余载暨90华诞纪念册》

# 我眼中的赵定麟教授

赵定麟教授，给人有一锤定音、聪颖伶俐的感觉，他做起事情干脆利落，从不拖泥带水；作为骨科大师，学术泰斗，他的手术更是如此。

在我眼中，赵定麟教授是一个理论家、临床家和实践家。他身高马大，但却心细如发。

赵定麟教授 1956 年大学毕业，分配至上海某大医院急症外科医院，师从我国骨科元老屠开元而步入骨科临床。当年上海市中华医学会会址位于北京东路和河南中路西北角处的大楼内，每月均有各学科例会。只要不值班，哪怕出夜班休息，赵定麟教授均会定期前往学习，聆听老前辈们的教诲。年轻时，他对学问就是这样如饥似渴，不断积累。这也是他“千里之行，始于足下”的良好开端；如今，年逾八旬的赵定麟教授，虽为老骥，但仍有千里之志。就拿对新生事物的认知和接受来看，他照样和年轻人一样用微信、用 4G 手机，包括在手机上查地图、找航班、购物等。

我犹记 20 世纪 80 年代末，有一次，苏州医学院附属第一医院骨科举办全国脊柱外科学习班，推广经经椎弓根短节段内固定治疗胸腰椎骨折这一新技术。赵定麟教授作为应邀专家来会演讲。印象中，那天在苏州东大街吴县第二招待所二楼会场，他身穿米黄色夹克衫，对着幻灯投影机光影所至的屏幕，图文并茂，兴致勃勃地介绍他的一组手术病例。作为一名刚工作不久的住院骨科医生，这是我初次见到赵定麟教授存有的第一印象。其时，他在事业上如日中天，担任着上海长征医院骨科主任，全军骨科专业委员会主任委员和上海市医学会骨科分会主任委员。

九十年代初，我又回上海中医药大学攻读博士学位。由于我导师施杞教授与赵定麟教授是老朋友，我除了耳濡之外，更有机会跟着导师在很多学术场合目染赵定麟教授的学识风采，甚至在手术台上直接体验他临床如临战的大将风度。

我在上海期间，他也多次带教我做颈椎手术。有次他应邀去海军 411 医院做手术，还特意把我叫去跟台手术。在台上他教我如何使用环锯进行颈椎前路减压，还在台上用英语进行手术指导，这让我压力很大，紧张得快要晕倒一般。所有这些，恍如昨日。

我好几次有事去赵定麟教授府上拜访，请教问题或找他帮忙会诊病人，他搬迁至北京西路高层公寓后，我好像又去拜访过一次。1995 年秋天，时任我院党委书记王景智，查出脊髓型颈椎病，保守治疗半年无效。两个月中病情发展很快，连站立都很困难。于是，我陪着王书记夫人直接去府上找他会诊。赵定麟教授结合病情仔细分析片子后，认为必须立即手术，但手术可分两步走，先做颈前路手术，力争直接减压，如不效，三个月后再做后路手术，行椎管成形间接减压。料事如神啊。结果王书记首次手术后症状即缓解大半，重新站了起来，再次后路手术后残留症状基本消失，至今已有 20 多年，生活完全自理。

1995 年 12 月，在上海中医药大学附属龙华医院学术报告厅，赵定麟教授作为答辩委员会主席，主持了我的博士毕业论文答辩。他组织专家首先听了我的论文报告，随后对我的论文严格把关，认真审核，仔细提问。他除了对论文实验及讨论部分有几处质询外，还问了我骨科基础与临床方面的问题，如窦椎神经的解剖概念及临床意义？颈椎 5、6 后缘骨质严重增生时，如要牵引为什么要选用仰伸位牵引而不用前屈位牵引？以及颈椎前路手术的并发症等。博士毕业论文答辩回答问题时，是当场提问当场回答，我针对他的提问，边组织思路边回答问题，而从他的眼神中似乎也可看出，他对我的答辩还是较为满意的。

博士毕业后我回到苏州工作已经 20 多年，每年春节，我总会打电话给赵定麟教授拜年。电话的那一头，他却总是在忙着手中那些厚厚的书稿。他告诉我，春节是做学问最好的时间，没有任何干扰，可以静心，聚精会神。诚然，他著书立说，他著作等身，不少鸿篇巨制就是这样，利用大量休息时间包括节假日才得以完成的。“三无精神”（No Sunday, No Holiday, No Birthday）在他身上被发挥得淋漓尽致。如 20 世纪 60 年代，他准备撰写股骨颈骨折文献综述时，就利用年假时间在第二军医大学图书馆整整待了两周，中午工作人员休息时，就被反锁在内继续工作，先后查阅了 150 篇以上原文专著，包括 1900 年以前的原版资料，终于顺利完成任务。

1995 年 9 月，我到虹桥机场送母亲去悉尼探亲，恰巧在机场遇上赵定麟教授送儿子赵杰去美国深造。我问学成之后是否留在那里发展，赵定麟教授指着赵杰说，他现在的骨科手术水平能够从头做到脚，赴美主要是打开视野，一年之后肯定回国。果然，赵杰没有辜负父亲的希望，按时回国，如今在上海交通大学附属第九人民医院担任骨科主任。

一次，大约在 2006 年，我请赵定麟教授来苏州做一台腰椎翻修手术。他不顾 70 高龄，应允受邀来到我院。那是一个无锡病人，外伤性腰椎骨折，在当地医院做过内固定手术，但术后出现马尾并发症，排尿困难，会阴部及双下肢麻木，严重影响生活质量。我原以为这台翻修手术很复杂，哪知在手术台上，他在充分显露原手术区域后，只对其中一枚进钉位置不良的椎弓根螺钉，重新置钉减压，其余原封未动。这样，既简化了手术，解决了问题，又节省了费用。当然，对这个螺钉进行微调时，他先是认真仔细地作了局部显露，发现这枚螺钉已穿破椎弓根内侧皮质，进入椎管压到了脊髓，术中这一所见与术前影像学检查相符。找到术后并发症的症结所在，他随后在直视下，小心翼翼地退出螺钉，不让螺纹卷住脊髓再造成其二次医源性损伤，随后又在原处适当外移进钉位置，并调整进钉一角，迅速精准置钉。这“一慢”和“一快”，让手术很快顺利结束，病人也很快恢复，破涕为笑。这台翻修手术化繁为简，简单到令人难以想象。他就是这样，时常在术中，捕捉术前影像片子难以发现的蛛丝马迹，随时调整手术方案，旨在争取更好的临床效果。

我也介绍苏州的一些疑难杂症病人到赵定麟教授那里会诊、做手术。其中有一位病人，患有腰椎术后综合症，他为其做了腰椎翻修手术，长达 7 个小时，手术后我再用中药调理，病人逐渐得到了康复。

有好几次，我见赵定麟教授在国际论坛上进行学术报告，并流利回答外国专家的会场提问。2008 年春天，在旧金山美国骨科医师协会年会上，我又遇到赵定麟教授。我关切地对他说，这么高龄飞行 10 多个小时，赶来参会，请注意保重身体。他说一是来了解国际最新动态，二是来见见许多老朋友。我还抓住机遇，与他在国际会场一起合影，保留至今。偶尔翻出，倍感温暖。特别是他时常称我老姜，让学生感到惭愧。我想，不管岁月如何增长，在老师面前，应该永远是小姜。

赵定麟教授待人处事，以严谨、严肃、严厉而著称，但有时严厉得不碍情面，让人敬而远之，甚至还望而生畏。其实，他严在处事上，严在学术上，待人也有温柔的一面，颇显侠骨柔情。我是他的学生辈，但他常常在电话中称我为老姜，在手机短信中称我为姜教授。记得 20 世纪 90 年代，他有一次对我讲，你一定要努力成为你们团队的 No.1。

他是军人，雷厉风行，时间观念极强。请他会诊，约好时间，一定要提前去候诊，过了这个村没这个店，绝对不会等候你。前几年，分别有几个疑难病人，我推荐去上海请他会诊，事先约好周三下午一点至一点半，到上海东方医院他的专家门诊找他，但由于种种原因而误时，他绝对不会等候，而只能重新预约。还有一次，我请他来我院指导腰椎疑难手术，手术时间因消毒器械未到位而推迟 15 分钟，他严肃批评我，并不容我再作解释。看似无情，但更是他这个人的风格。试想，一个连时间都不肯遵守的人，还能让别人尊重他？相信他？

我喜欢读赵定麟的专著，如《颈椎伤病学》、《现代骨科学》、《现代脊柱外科学》（第 3 版），特别是带着问题学习，更会增添解决临证中疑难杂症的筹码。他将咽喉部急慢性炎症列为颈椎病的第四大病因，前三位分别是颈椎退变、慢性劳损、不适当的体育锻炼和头颈部外伤。在这些专著中，他一再强调，一名临床医生的悟性固然重要，但更应重视理论上的升华和精湛技术的修炼，视每次手术为第一次，小心、谨慎和认真。

赵定麟教授的文字功底深厚，从他的许多专著前言导读中，便可窥见一斑，其充满文学性、哲理性和科学性，形成跨界的力量，耐读有味。他在 20 多年前曾感慨道，他有幸十余次出国讲学访问，并有机会参加手术，深感我国的临床诊断及手术技术并不逊色，甚至在某些方面更胜一筹。但研究方面却有一定的差距，今后尚需努力赶超。早在 1976 年，他就率先在国内研究开展了以切除椎体后缘骨赘为目的的颈椎病前路扩大减压术。2015 年 10 月，他因此被授予有突出贡献的终身成就奖，以表彰他“在 40 年前突破禁区首创颈前路扩大减压术获得成功，确立了我国颈椎外科的国际地位”。

前几年，在他主编《现代脊柱外科学》（第 3 版）时，颇为信任地邀我参加编写脊柱外科学总论第六章《传统中医疗法诊治脊柱伤患的临床应用》。他对我说，前版的这个章节原由一位中医骨伤专家编写，但在内容编排撰写上，实验内容远远多于临床，对读者不实用，有悖于此书成书的风格，他不太满意。于是，我在编写时，紧扣主题，先列提纲，分成 8 大节，根据自己 30 多年的临床经验和国内外现有进展，图文并茂，重点突出中医药治疗脊柱急慢性损伤的手段、手法、方药、特色与最新进展，特别是介绍我们苏州吴医治疗有手术指征的胸腰椎骨折、破裂型腰椎间盘突出症的临床成功病例与诊疗经验，受到了赵定麟教授与读者好评。

近五年来，赵定麟教授曾先后两次为我两部临床学术专著作序，予以热情推荐，勉励支持，点评中肯，颇显大师精诚之风范。在我的《腰椎间盘突出症——重吸收现象与诊疗研究》序言中写道：“近日收到姜宏博士主编《腰椎间盘突出症——重吸收现象与诊疗研究》一书的样稿，非常高兴。翻阅之余，颇有感叹。记得当年，我受施杞校长邀请，来上海中医药大学参加了姜宏博士的学位论文答辩，并担任答辩委员会主席，其时我就对他的虚心好学精神留有深刻的印象。以后，姜宏博士也经常利用学术会议空隙当面或从苏州打电话向我请教临床上、手术中碰到的一些难题，我总是尽力给予帮助和勉励。在上海，我曾多次上台带教他手术……”

最近，他又为我的《破裂型腰椎间盘突出症——MRI 分析 / 临床转归预测 / 治疗策略》作序：“众所周知，只有实事求是方能认识事物的本质，之后再探究其发生与发展的机理，最后是如何处理。此种科学的三段论思维逻辑，“是什么——找出事物本质，为什么——探讨其发生与发展机理，怎么办——决定诊断与处置方案”，是每位当代科学工作者，当然包括医生都必须学习、应用和掌握的基本原则，在此基础上再将当前不断发展的新技术、新知识、新材料和新理念融入专业领域中去，则必然获得本学科的发展与创新。”他寥寥几句，提示了我们临床科学研究的金科玉律。

一位骨科医生，基础理论知识扎实，临床身手不凡，手术麻利细腻，外语能说会道，著作等身实用，且 80 高龄仍亲自为病人主刀手术，坚持每天学习，这种追求百科全书式学问的大师，在骨科界已是凤毛麟角。要数其人，我定推赵定麟教授。直至 2018 年，当我在盛夏打电话问候他时，他告诉我刚从太原参加学术会议回来，接着马上还要准备去郑州开会，我又一次被大师的执着精神所感动。世界上怕就怕“认真”二字。2018 年底，在厦门举办的中国骨科 COA 大会上，我又一次从茫茫人海中见到了赵定麟教授，他的步伐似乎有些慢了，但比以前更为从容有力，更为美丽无比。我感到，这更像是从骨科必然王国走向骨科自由王国的脚步。是啊，他在骨科脊柱外科驰骋一辈子，是我国颈椎外科的开创者之一，他在被称为“在刀尖跳舞”的高风险的颈椎外科领域，游刃有余，大展宏图，感召后来者。

从某种意义上来说，赵定麟教授既是学者大家，又是手术工匠，更是威武军人，有着钢铁般的意志。我感到，这三种角色在他身上尽显并达到了和谐完美的统一。

原文收录于《匠人——赵定麟回忆录》

# 聆听汤院士演讲

2019 年 5 月 18 日，浦东院士讲坛暨 2019 手性药物院士论坛在上海中医药大学图书馆学术报告厅隆重举行。

开幕式后第一个演讲者就是汤钊猷院士，题目是《西学中，创中国新医学》。

已九十高龄的汤院士神采奕奕，字正腔圆，中气十足，他从科技井喷式发展需要中医开始，以中西医结合的理念与实践，结合多年来对中西医临床工作的客观认识，提出应大力倡导“西学中”，西医要学习中医和中华文明的精髓，从中医中药中找思路、找理论和找方法，真正发挥中西医结合的优势与疗效。他的见解振聋发聩，极富启迪；对后辈的殷切期望，更是难能可贵。

汤院士的演讲图文并茂，妙用古典，有理有据，绘声绘色，事实为证，凸现中医药治疗急性阑尾炎、肿瘤等疾病的有效性，甚至用中医药治疗代替急救时救命的气管切开，很吸引大家的专注力。

在此之前，汤院士的《西学中，创中国新医学——西医院士的中西医结合观》，一本站在中西医高度“一览众山小”的难得的临床诊疗谋略大著，我是通读加精读，脚注标识做了又做。因此，现场身临其境聆听汤钊猷院士的演讲，我觉得自己对其理解得更透彻了。

汤院士的演讲，值得学习。一是时间控制准；二是语言生动活泼；三是严谨中不乏幽默；四是坚持让事实说话；五是有科普性；六是留给大家诸多思考的空间。如他们夫妇俩认识的大学教授至少有五人，在迁入新家两三年便患癌症，个别已经去世，究其原因？这是甲醛超标十几倍作的怪。针对西医没有中医化，而中医已明显西化的现象，他深信国家近年来出台的一系列相关政策，将有助于中医药的发展。

汤院士将临床诊疗利器比喻为硬件，临床思维比喻为软件，利器固然重要，但软件也不可或缺，有时更是取胜之道。他强调中西医结合，并不等同于中西医并用。所谓中西医结合，是根据中西医各自的长短，结合病人情况，整体考虑选用合适的中西医疗法，以达到最佳的互补；而中西医并用，则是从中医和西医的角度给病人选用疗法。例如对付癌症，西医已用化疗，再请中医会诊，重用清热解毒、软坚散结的攻法，结果不是优势互补，而是重复，好比用了加倍的化疗剂量，效果更坏。对此，国医大师刘嘉湘的扶正抗癌极富指导意义。

汤院士鲐背之年，依然活跃在学术讲坛，整整 40 分钟的精彩演讲，体现出一种敢于探索的担当精神、老当益壮的拼搏精神、守望中西的治学精神。我想，中西医结合的理念让他健康长寿，鹤发童颜。

报告厅座无虚席，大家全神贯注，沉浸在汤院士多媒体的声像同步之中，直至余音绕梁，意犹未尽。演讲结束后，他另有会议提前退场，我和一批粉丝，一起和他合影。我还特意请他签名留念，一直把汤院士送上了接他的专车。

凡是以往，皆为序章。中国新医学将向我们走来。

# 汤钊猷院士：要寻找中医自信的力量

汤钊猷院士在浦东院士讲坛暨2019手性药物院士论坛主题演讲结束后，他欲先离开会场返回医院。其时，我赶忙从座椅上起身，飞快地走出会场，前去送他上车。我一边与他寒暄，一边向他讨教刚才的演讲内容。我告诉他，我是施杞教授的博士生，他说他俩很熟悉。在20世纪80年代至90年代初，施杞教授曾担任上海市卫生局副局长近九年，分管上海市卫生系统的医学教育、医学科研和中医中药工作等。后又担任上海中医药大学校长，其时汤钊猷院士正好担任上海医科大学校长。我们学校与当时的上海医科大学很近，直线距离只有一公里多。

汤钊猷院士在临上车之前，我们一起拍了合影。同他握手时，他还幽默地说：“你要寻找中医自信的力量。”

这次又见汤钊猷院士，让我忆起2015年秋，施杞教授赠送给我一本书，名为《名医大家》，并嘱我要认真学。施教授还用他那漂亮的硬笔书法在扉页上写道：“姜宏博士惠存， 施杞赠，2015年春于上海”。

《名医大家》介绍了吴孟超、汤钊猷、戴尅戎院士等15位上海名医大家的动人事迹。我非常喜欢阅读，因此一直置于案头，临床上遇到什么疑难杂症，我总要拿出来读一读，旨在从这一经典中获取力量和智慧。

《名医大家》中的《肝癌早诊早治的奠基人——汤钊猷》一章写得非常好。那一段段感人的文字，那一张张珍贵的照片，缩影了汤院士的行医目标——追求一些给病人带来好处的东西。他给病人带来好处的东西是什么？用他的话来说，只是做了两件半事：小肝癌研究和将不能切除的大肝癌缩小后再切除，半件是目前正在从事的肝癌转移复发研究。而这两件半事，除了有他现代科学现代医学的智慧与医术外，更有整体观念和辨证施治的中医思维。

在我的行医生涯中，其实，汤院士的大医精诚一直在指引着我，无论我在上海的六年学习与工作，还是在苏州的骨伤临床，他的学术与事迹不断给我以榜样的力量。我读过 2019 年出版的汤院士著的《西学中，创中国新医学——西医院士的中西医结合观》，感到这才真正走近了汤院士，并从中找到了不少现成的答案。

为何这么说？我行医也近 40 年，积累了一定的临床经验，但经验多了，困惑也多了。如今，我一直在临床上思考，怎样用最小的代价为病人做更好的治疗？这既是谋略的问题，也是哲学层面的问题。我有个观点，“临床如临战，看病如打仗”。看病的道理也一样，看出毛病，治疗毛病，不仅要谋术，更要谋略。谋术是治疗方法，是技术层面的；谋略是诊疗思路，是方向性的。相比之下，方向比技术更重要。

汤院士的《西学中，创中国新医学——西医院士的中西医结合观》在我眼中，是一本站在中西医高度“一览众山小”的难得的临床诊疗谋略大著，它回答了我所经常思考的那些问题。

汤院士和夫人李其松教授在 20 世纪 50 年初毕业于当时的上海第一医学院。李教授 1959 年还在我们上海中医学院“西学中班”学习三年，后在中山医院中西医结合内科工作。而受到“潜移默化”“近朱者赤”的汤院士在吃透中医药的精髓后，活学活用，实践检验，厚积薄发，由此闪现非凡的智慧与何等的见解？《西学中，创中国新医学——西医院士的中西医结合观》就是这样一本著作，全书共有七大篇章，有“从医六十余年的反思”“笔者与老伴中西医结合相关工作基础”“完成老伴的遗愿”“古为今用——与医学有关的中华文明瑰宝”“近为今用——辩证唯物主义哲学看医学”“东西方精华互补——我国医学发展的选择”“形成中国新医学需分两步走”。

汤院士经常强调“西学中”的“中”字，一语双关，即西医既要学习中医药，也要学习中华文明精髓，并指出“创新中国医学是实现中国梦的重要历史使命；中西医结合是创中国新医学第二阶段的重要内容；中西医结合要重视中医理论精髓，防止废医存药；中西医结合不同于中西医并用；要梳理用最新科学技术研究中医的思路与方法；要建立中西医结合研究平台和评价标准；目前实现中西医结合的关键是西医学习中医；大科学时代医学的展望”，其观点振聋发聩，启人哲理。基于此，他对肿瘤病人的治疗观念与策略，提出了三个相互联系的“控癌三部曲”：洋为中用——消灭与改造并举；古为今用——从《孙子兵法》中找智慧；近为今用——学毛泽东主席《论持久战》辗转迂回，以弱胜强。他用老子柔克刚、孔子和为贵、孙子以奇胜等思路来治疗疾病，取得了意想不到的临床疗效。如对中、晚期肿瘤病人的局部治疗，不要围堵追杀和斩尽杀绝（癌杀了，人没了），而要注重整体做到围师遗阙，穷寇勿迫，进而产生意想不到的效果，汤院士拿出很多病例予以说明，真是事实胜于雄辩。此书插入了很多短小精悍的“微故事”和“笔者小议”，这也是本书的亮点之一。我深信，专业与非专业人士读后均会感到恍然大悟，收获颇多，真理就在眼前——大道至简。如在第六章他用 9 个微故事说明针灸、中药等中医药“非侵”治疗成功治愈阑尾炎、胆结石、颈动脉狭窄、腰椎管狭窄等，引人入胜，蕴含哲理。让人深感如黑格尔的“存在即合理”。

汤院士当年用针灸治好母亲（91 岁）、妻子（时年 40 出头）和儿子（刚 7 岁）的急性阑尾炎，其中她母亲的急性阑尾炎已穿孔并有腹膜炎；辩证论治用汤药让胞兄和岳母免除抢救时本该要做的气管切开；用中药治好妻子急性重症坏死性胰腺炎；用中药加游泳等治好妻子恶性程度较高的乳腺癌；用中药又多次治好自己的咳嗽病，可谓林林总总，不胜枚举，绝非偶然，体现了细节可决定生死。他认为，这些病例现象符合“矛盾的普遍性即寓于矛盾的特殊性中”，如果在临床中无视这些偶然病例，也许就会使一些重要发现“擦肩而过”，这是我们临床上要深入研究的重要问题。汤院士在家人生大病、重病后用中医治疗的真人真事及其所获奇效，写得既有深度又有温度，有很强的说服力，有很好的读者面，在当下诊疗中有些“过犹不及”的今天，更是一股清泉，难能可贵。

在临床工作中，汤院士时常引经据典，图文并茂，在他的学术观点上中，不时渗入孔子、老子和孙子的哲学观点，以及国外的权威论著，来阐述他对肿瘤治疗的新见解。如适度运动有一定程度的抑癌作用，2011 年发表在 J Clin Onocl 杂志上的观点认为：每周 3 个小时以上适度运动，包括骑车、打网球、慢跑、游泳等，可延长前列腺癌诊断后的生存期。他在书中以事实为依据，以病例为主线，夹叙夹议，举一反三，让“中国新医学”的治疗理念向读者徐徐走近，使我们感到战胜疾病、与病和平共处或带病长寿的好日子，已经指日可待。

就“古为今用——与医学有关的中华文明瑰宝”一章而言，汤院士还从养生、预防、诊治，到康复、预后，非常推崇中医药学的整体观，如“顺应自然（形与神俱，终其天年）”“治未病（预防为主，早诊早治）”“辩证论治，实泻虚补（个体化辩证治疗）”“精神不进，病不可愈（病人的主观能动性）”“顺者为工，逆者为粗（人文与医术深厚的医道观）”等；并提出慎战（百战百胜，非善之善者也）、不战（不战而屈人之兵，善之善者也）、易胜（胜于易胜者也）、全胜（以十攻其一也）、奇胜（以正合，以奇胜）。这是一个西医大家眼中的中医中药，似乎比中医药工作者研究得还要透彻。

我是中西医结合的骨科医生，手术是我治疗骨科疾病的重要手段，但不是唯一的手段。作为骨科高年资医生，最难的决策往往是不开刀，即不战而屈人之兵（非手术治疗）。这需要对疾病有一个正确而全面，再要与时俱进的基本判断，说到底全靠医生的底气、爱心与责任心。

经常有病人拿着一些片子问我，看了多家医院，都叫我开刀，你能不能想想用不开刀的办法？对此，我总会认真询问病史、仔细检查体格、反复读片思考。对骨科一些疾病，若从西医角度出发，主张开刀的观点并不错，但“成功的路不止一条”，关键是中医或中西医结合能否给出一条不开刀的方法？以满足病人的需求。如何给病人拿主意？定方案？大开、微创还是无创？有时确实见仁见智，难以定夺。但“己所不欲，勿施于人”。这时我总会想起我的师弟——江苏省中西医结合医院骨科主任谢林教授的一句话：“如果是你自己或自己的家人生了这个病，你会选择哪种治疗方法？”答案马上迎刃而解。（在阅读汤院士此书之前是这样，相信现在读后更加“四个自信”——中医理论自信、中医道路自信、中医政策自信和中医文化自信）。

正是因为这样，我从“开刀”中走来，又向“不开刀”走去，如今用不开刀的办法，即中医或中西医结合治好了很多本该要开刀的骨伤疾病。这也是在学习汤院士的“追求一些给病人带来好处的东西”。如何做到“不用聪明而用智慧看病，即不仅仅是用技术看病”，给困惑中的病人，给病急乱投医的病人，指出一条正确的诊治思路，尤感非常重要，这也是我作为一名老医生每天要面临的问题。

中医要发展，在方法论上要解决三个问题，甚至要三位一体：以中医研究（解释）中医，以西医研究（解释）中医，以中医研究（解释）西医。

此中有真情，欲辨已忘言。

# 大师之后无大师

## ——追忆国医大师颜德馨

那天早上打开手机，新华网有关国医大师颜德馨逝世的一则消息，让我缅怀并忆起与颜老曾有过的那些“忘年交”。

颜老系先贤亚圣颜渊之后裔，中国著名中医理论家、中医临床学家。自幼从父颜亦鲁（江南名中医）学医，复入上海中国医学院深造，毕业后悬壶于沪上，屡起沉疴，擅治顽疾，蜚声中外，终成首届国医大师。

说实话，我并非颜老的学生，而且从事的又是骨伤科，似乎与颜老不是同一个专业，但我曾经在上海学习六年，又拜名医施杞为师，即使当下在苏州工作，仍深受海派中医的影响。可以说，多年来，颜老之于我，耳濡目染的不仅是其精诚学识，而且还有其人其著。特别是带着问题读他的那些临床专著如《颜德馨临床医学丛书》——颜老毕生学术思想、宝贵临证经验，真惊叹他那覆杯而愈、效如桴鼓之妙手绝招，每每让我受益匪浅。

至于与这位国医大师三次短暂的会面，更是让我记忆犹新，如数家珍。

1986 年 7 月，时值盛夏，赤日炎炎，全国第二届中医研究生学术交流活动在上海中医药大学隆重召开，我作为与会代表，又兼做会务组的工作人员，一时忙得不可开交。记得那天午饭前，为解决长春中医药大学一位与会代表的返程卧铺票，校领导钱永益书记和赵伟康副校长拿着学校介绍信，令我去当时的上海铁路中心医院找颜老帮忙解决。我马上从零陵路出发三次倒车转车，换乘 80 年代上海那拥挤不堪、需“站桩练功”的公交车，花了两个多小时，终于赶到延长中路铁路中心医院并在办公室找到了他。当我说明来意后，他二话没说，随即挥笔书信，封缄后予我，嘱我去北站客运处找某某。事毕，看着我汗流浃背的样子，他又说，实际上，此事要是我们学校先来电话告知事由的话，由他再去电话关照对方，这样你就可以直接去北站办票，省得绕道兜圈子找他多跑这一段冤枉路。这是我第一次见到颜老，那年他已六十有余，其处事待人的风格、挥洒自如的英姿，给我留下了很深的印象。辞别颜老后，我又马不停蹄，急急忙忙赶到北站客运处，将信件递给对方，那人似乎头也没抬，随即给我办妥了车票。要知道，那时候，长途卧铺票可是一票难求。

那些年，作为上海中医药大学教授、专家委员会成员，颜老也经常来校参观学术活动，因而可在各场合不时见到他的身影。有一年，我在上海中医药大学国针班大楼会议室，邂逅颜老与导师施杞教授。又见心中景仰的颜老，甚为高兴，我又情不自禁提起了当年请他买卧铺票那件事，并再次致谢，他说好像有这个印象。真不容易，一件小事，让颜老还记得，真令人肃然起敬。本想与他多寒暄几句，但因颜老与施教授俩人彼时交谈甚欢，我不好意思过多打扰，于是就匆匆告辞离开。

一晃又是十多年，直至 2009 年 11 月，我去厦门参加中华骨科年会，返程时在厦门机场登机廊桥过道里与颜老不期而遇，这令我喜出望外。当时他坐在轮椅上，我随即蹲下身子，握住颜老的手，大声向他问好。颜老中气十足，思维敏捷，声音依然洪亮，我们彼此寒暄，相互问候。我得知他来厦门，是为了参加上海中医药大学专家委员会组织的一次学术活动。我还抓住机遇，蹲着身子与颜老合影一张，留下了难忘而又珍贵的记忆。有幸与颜老同坐一架飞机由厦门返回上海，直觉飞行时间过得很快。那年他精神矍铄，根本看不出有 90 高龄。

颜老身上尽显传统知识分子的风骨。我也犹记颜老关于青年医生如何传承中医的精辟论述：首先，要信念坚定，热爱中医；其次要人品端正，心术纯正；第三要天资聪明，颖悟过人；第四要精勤不息，好学求进；第五要通文达理，明经晓史。古人云“凡有井水处，便有柳永词”，现在我完全可以说“凡有中医处，无不忆颜老”。

颜老是中医大家的绝响，更是中医临床的活水清泉，以及中医薪火相传永不熄灭的火炬。

此情可待成追忆。

原载于《新民晚报》，2017 年 11 月 16 日

# 参政议政忙

## ——电话连线全国政协两位“吴委员”

一大早，趁他俩还未出发去会场开两会时，我先后用电话连线了正在北京出席两会的全国政协委员，一位是我的博士师兄——上海市针灸经络研究所所长、国家中医药管理局针灸免疫三级实验室主任、上海中医药大学教授吴涣淦，另一位是我的好友——江苏省血液病临床医学中心副主任、苏州大学附属第一医院血液科主任吴德沛教授。他俩告诉我，今天的参会议程是，上午是医卫组和体育组的联会，下午则是小组分组讨论会。据悉，全国政协医卫组共有 90 多名委员。

吴焕淦教授告诉我，前天下午举行全国政协十三届三次会议开幕式。在他的眼中，人民大会堂万人大礼堂气氛庄重，主席台帷幕正中的国徽，在鲜艳的红旗映衬下熠熠生辉，他与代表们戴着口罩，一一进入会场，履行着自己的崇高职责。

他还娓娓向我道来，他的座位被安排在前排第五排正中区域，这个只有大约不到 20 米的直线距离，正好让他能够清晰地看到主席台前排就座的党和国家领导人的音容笑貌。他一边聆听汪洋主席所作的政协常委会的工作报告，一边凝视着习总书记，心中很是激动，思绪万千，浮想联翩。今天的座席安排，对他来说，也是一次意外的惊喜。这让他无比幸福，将终生难忘。

吴焕淦教授参加两会

吴焕淦教授这次参会，带去了 6 个精心准备的提案，其中 5 个都与中医药的发展有关。记得去年他参加政协的那个提案是建议将中医瑰宝的针灸学提升为一级学科，以促进针灸学的发展。

作为国家“973 计划”项目的首席科学家，吴焕淦教授以独特的视角撰写的《从病毒的角度看世界：尊重生命，敬畏自然》一文，今天登在了《人民政协报》的头条新闻上。在他心目中，“履职与行医，都要精益求精”。是啊，多年来，他一直在开展广泛而深入的调研，认真实践，不断思考，为中医药事业的不断发展大声疾呼，献计献策。

吴焕淦教授还基于“老子所言：人法地，地法天，天法道，道法自然”，再三强调我们要做与病毒和谐共处的打算，这叫天人合一。除了对病毒要有深入了解研究之外，还要依赖国家、政府、公共卫生机构的政策法规和通力合作，依赖广大人民的紧密配合，才能做到对疫情的可防可控。在他看来，此次新冠病毒的防疫，中国政府向人民群众交出了满意的答卷，给全世界树立了标杆。

作为中国针灸学会专家组主要成员，吴焕淦自今年 2 月初以来，就通过各种新媒体与其他专家组成员开展“云上学术会议”，他参与了中国针灸学会第一版《新型冠状病毒肺炎针灸干预的指导意见》的制定，并获得了学术界的好评。

犹记 20 世纪 90 年代初，我俩在上海中医药大学攻博期间，他只高我一届，但钻研劲儿却高我几倍。每每遇见，他侃侃而谈的话题，十有八九除了课题还是课题，以至于有几位同学干脆给他起了一个外号，称其为“课题专家”。这也从一个侧面说明他对科研早就如饥似渴，情有独钟，以至于毕业后在工作中做出了很大的成就。在我的眼中，他的人生轨迹不断在变，但科研劲头始终不变。特别是他在针灸治疗溃疡性结肠炎这一领域，达到了全国领先的水平，获得了诸多的成果。就在 2020 年 5 月 7 日，他又被上海市卫生健康委员会、上海市中医药管理局和上海市人力资源和社会保障局授予“上海市中医药杰出贡献奖”称号。

我与重量级的大咖吴德沛教授也通了电话。吴德沛教授告诉我，他此次参会，带去了一项重要的提案——加强重大疫情医疗救治传染病体系建设，并建言应从国家层面建立各级传染病医院整体部署，增加完善传染病研究和科研投入规划。同时，要深化体制保障，加强学科建设人才培养。尤其是要坚持平战结合，科学储备传染病医疗救治设施、设备、技术力量。记得在 2019 年两会期间，吴德沛教授的提案是，要加强对基层卫生人才的培养和建设，提升基层医疗服务能力。

作为中国著名血液病专家，吴德沛教授尤其擅长白血病、淋巴瘤和多发性骨髓瘤等疾病的现代诊治，以造血干细胞移植为主要发展方向，已成功开展造血干细胞移植 1189 例，为全国主要的造血干细胞移植中心之一。他和他团队主持完成的《血液系统疾病出凝血异常诊疗新策略的建立及推广应用》，荣获 2019 年度国家科学技术进步奖二等奖。该项目阐明了出凝血异常的新机制，发现了血小板活化的两类新的分子，揭示了部分凝血分子参与血小板破坏和止血的途径，进而阐明了血小板活化和破坏的新机制等，对临床具有重要的指导意义。拿到国家科学技术进步奖，这对众多科学家们来说，是梦寐也难求的人生目标和最高荣耀。

吴德沛教授参加两会

吴德沛教授做人做事一贯认真负责。那年，我院有一科室请我去会诊一个女性患者，年龄大约 60 岁，诊断不太明确，除了有消化道症状之外，还有腰背痛。在会诊过程中，根据其血沉较快等，我考虑不排除多发性骨髓瘤的可能，建议骨穿检查。因为考虑到这可是血液科的病种，所以我又邀请吴德沛教授来会诊。他二话没说，一口答应，并忙中偷闲，前来会诊。那天晚上 10 点，他从外地开会返回苏州，直接从虹桥机场赶到我院会诊病人，而且又再三叮嘱不让我事先到医院迎候，为的是怕影响我晚上的休息，他知道我们骨科医生几乎每天一早都要上手术台。当然，时间对他来说，一定是“今天最晚也是早，明天最早也是晚”。他仿佛真正做到了只争旦夕。

这么多年来，我和吴德沛教授可谓君子之交淡如水。但经常发短信或打电话互致问候。有一年，欧洲血液病学会主席来中国出席国际会议，主席原本打算来我们苏州市中医医院看一下针灸学科，于是他早早就给我打电话，让我安排好相关的接待工作，但后来因主席临时行程有变而未能成行，失之交臂。前几天，吴教授又入选 2020 年全国劳动模范和先进工作者推荐人选名单，闻此信息，我立马照例又是发短信热烈给予祝贺。

我感到，那天在电话那头，吴焕淦教授和吴德沛教授，他们两位均是声音洪亮，精神饱满，对履职政协委员建言献策，恢复经济，发展民生，充满了希望和信心。针对今年不同寻常的两会，他俩给予了不同寻常的提案。当下，疫情防控形势持续向好，疫情防控常态化后积极化危为机，社会经济与人民生活加快恢复正常。在他们眼中，坚持“人民至上，造福人民”，不是口号，而是行动，最终目标是满足人民对生活的美好向往，让大家都过上好日子。

# 文武兼备显英雄

## ——景仰向守志将军

在从南京返回苏州的高铁上，我一口气读完上午向守志司令员送给我的、他最近撰写的长篇回忆文章《从太行山到上甘岭的岁月——深切缅怀秦基伟同志诞辰 100 周年》（2014 年 9 月 23 日《国防时报》），浮想联翩，感慨万千，心中久久不能平静。顺着将军文笔的字里行间，我穿过风烟滚滚的战火，在回到现实之中后，刚才激动而幸福的那一幕又重现眼前。

为感谢原南京军区司令员向守志上将为我腰痛新著的题词，在国庆 65 周年前夕，在部队好友赵先生及司秘书的陪同下，我这天早上特意去南京天竺路上的将军府上登门叩谢。

在英武的警卫战士热情引导下，我们穿过院子，进入客厅，我见到了景仰已久的向司令，同他紧紧握手。瞬间，我感到了将军手中的力度与温度，仿佛思绪也一下子穿越了历史的天空，在硝烟中走过了两万五千里。

我仰视着眼前这位身经百战、叱咤风云的将军（开国少将，改革开放后首批上将），他一头银发，戴着浅色眼镜，身着淡蓝条纹衬衫外加深灰背心，音容笑貌尽显和蔼可亲，颇像一位资深教授，温文尔雅。98 岁的老将军，虽饱经沧桑，但依然身板硬朗，腰背笔直，精神矍铄，思维敏捷，风采不减当年，让我肃然起敬。

我们相互寒暄后，开始了轻松的交谈。我首先告诉向司令："我是您的粉丝，您是我心中的英雄和偶像。"他听后莞尔一笑，继而又摆摆手，其可掬的笑容，慈祥的神情，让我更感亲切可爱。接着他问我医院工作的情况，现在搞什么专业研究，又问我是否只搞中医骨科？我对此一一做了回答。在交谈中我觉得，向司令除了有点重听、不时用右手按下耳朵听我讲话之外，根本看不出他竟有如此高龄，也感受不到我们是忘年交。在交谈中我了解到，他每天早起就散步，喝白开水，早饭后休息片刻，接着就是了解时政新闻，读报看书……向司令其乐无穷于每一天的离休生活，很简单也很有规律。

我崇拜有着“军中儒将”“布衣将军”美誉的向司令，并非出于恭维和礼仪，而是发自内心的。因为早在我的少儿时代，就喜欢阅读由向守志这些开国将帅们撰写的一篇篇革命回忆录，记得书名叫《红旗飘飘》，大概是五六十年代出版的，有 20 多集之多。书中所描绘的那许许多多的英雄人物、战斗故事，特别是革命将士不畏牺牲、奋勇杀敌的场面，真是悲壮惨烈，可歌可泣，它深深地吸引着我，感召着我，使我懂得五星红旗与作为其一角的红领巾是用鲜血染成的，而我们作为少先队员，也要为党为祖国“时刻准备着”，以至于还自娱自乐，与小伙伴们玩打仗杀敌的游戏，做把木制小手枪系在腰间过一下当红军的瘾……及至八十年代我在上海中医药大学读研，记得有一次路过徐汇区天钥桥路有个部队单位时，看到时任原南京军区司令员向守志将军的题词，当时我感到非常亲切，驻足仰望许久，仿佛将军就在眼前。其时，我还在想，要是真能见到将军该多好啊。如今，当年的美好愿望已成为我人生中最珍贵的记忆之一。

向司令当年在川陕地区参加了红军，是红四方面军。针对我的兴趣与提问，他接着告诉我，他当时所在的部队是红四方面军的红九军，副军长是许世友。抗日战争时期，红军原三个方面军改编成八路军三个师，他在 129 师；解放战争时期，队伍壮大，发展成四个野战军及华北野战军，他在第二野战军。面对向司令如数家珍般地侃侃而谈中国人民解放军军史，犹感这是一部穿越土地革命战争、抗日战争、解放战争、抗美援朝战争和新中国国防建设时空长轴的浴血奋斗的革命史诗，将军的侃侃而谈令我颇受革命光荣传统的教育。

我从他饱含深情的谈吐中，更可看到将军八十年的戎马生涯，从游击川陕，迂回太行，到逐鹿中原，驰骋淮海；从饮马长江，进军云桂，到解放西昌，剿匪滇黔和血战朝鲜，直至担任 15 军军长、第二炮兵司令员和南京军区司令员，也仍是为国防建设沙场点兵，枕戈待旦，呕心沥血。若历数其参加指挥的战斗或战役，历时之长、征程之远、硬仗苦仗恶仗及胜仗之多，也是军中可圈可点的。我比较熟悉的有，在淮海战役中，向司令指挥 9 纵 26 旅打下了黄维在双堆集的兵团指挥部，活捉了黄维；在朝鲜战场上，他指挥志愿军 15 军 44 师参加了艰苦卓绝的上甘岭战役，从中涌现出了许许多多战斗英雄和最可爱的人。其中，伟大的国际主义战士邱少云就来自他所在的部队。少儿时代，我在小学课本上就读到了邱少云的英雄事迹，在电影《打击侵略者》中又看过潜伏在美军眼皮底下的一位志愿军战士，为保证部队不被暴露，面对燃烧弹袭来的熊熊大火而咬紧牙关纹丝不动的镜头，这些英雄形象现在竟一下子拉近距离，与眼前的这位将军对上号了。想到此，不由得再一次对向司令肃然起敬——您也是最可爱的人！

我欣赏着向司令的客厅，客厅还似乎兼做书房，文化气息很浓。那张大书桌上整齐堆叠着厚厚的书籍、杂志和报纸，还有放大镜和一支支笔。墙上还挂着习主席的训言——国无德不兴，人无德不立。这里，无一不显示着主人的文武双全，老当益壮；这里，似乎成了向司令每天作战的“新战场”——关心时政，阅读文件，挥毫泼墨，会见来客和撰写回忆录等。在这里，你更可感觉到，将军也是一位书法家，墨香彰显其生命的活力与激情。这真是桑榆晚，云霞更灿烂。

临别时，向司令还赠送我一本描写张玲同志的纪实文学作品《如歌人生》和同名纪录片的光盘，以及《从太行山到上甘岭的岁月——深切缅怀秦基伟同志诞辰 100 周年》。《如歌人生》告诉我，作为“军功勋章的另一半”，向司令的夫人张玲同志也是一位老革命老战士，同时还是一位与癌症搏斗 35 年的北京“首届抗癌明星”，她传奇的革命生涯整整坚持了 91 个春秋；《如歌人生》也再现了向守志与张玲相识相恋并相伴终生的人生历程——共同度过的银婚、金婚和钻石婚，史料丰富翔实，图文并茂，读来感人至深。

透过《如歌人生》，我还知道将军夫妇有着共同的唱歌爱好。脍炙人口的那首《在太行山上》，是将军夫妇从 20 世纪 40 年代起就“妇唱夫随”的保留曲目，它从巍巍太行一直唱响到上海东方电视台演播大厅，横跨半个世纪之多，可谓军中绝无仅有。深情庄重又铿锵激昂的《在太行山上》，也是我多年来一直喜爱的优美旋律。这次拜访向司令后，我更从它的旋律中重新读懂了将军当年在太行山的战斗豪情。

是啊，向司令的人生是战斗的人生，也是如歌的人生。

# 三访彭勃老将军

我的业余爱好之一，仍有些男孩童趣，那就是喜欢读打仗的书，看军事电影。即使现在，这一劲头不减当年。仅纪实电影《大决战：辽沈战役》、电视连续剧《长征》《英雄孟良崮》就反复观看了数十遍之多，经典台词脱口而出。此外，世界各国将帅回忆录或很多战役史料从小我也读了很多。直至近几年来，我还有机会经原南京军区司令部后勤部赵主任穿针引线，热情安排，多次拜访了几位心仪的开国将军，如两访向守志司令员，从而使我的业余“军事生涯”更增添了几分难得的身临其境。

我曾三度拜访心中景仰的彭老将军。

记得 2017 年 9 月，赵主任陪同我去拜访八一电影制片厂老厂长、98 岁高龄的彭老将军。犹记我手捧鲜花，走进他家客厅，等候中的他从沙发上起身，同我握手后，招呼我坐下。

彭勃将军给我的第一印象是和蔼可亲，于是，我无拘无束地和他拉起了家常。

2018 年 12 月冬至前夕，我在赵主任陪同下，又带上鲜花等拜访已 99 高龄的彭老将军。我走进他的客厅时，只见他从楼梯上健步走下，向我招手致意。其时，彭勃将军红光满面，精神矍铄，鹤发童颜。

在我小学上语文课时，读到过南京长江大桥的课文。记得课文中讲到，中国工人阶级创造了奇迹，胜利建成了南京长江大桥，打破了帝国主义曾经的预言：在南京造桥，比登天还难。因为彭老将军曾担任南京长江大桥建设指挥部副总指挥。这下，我自然问起了建长江大桥的光荣历史。他风趣地说，毛主席周总理把建桥任务交给他，他亲自指挥造桥，同 200 多名高级技术人员日日夜夜奋战在建设工地上……南京长江大桥是新中国第一座自主设计建造的长江上的双层公铁两用桥，公路桥于 1968 年 12 月 29 日建成通车，是南京乃至全中国的标志性建筑和文化符号。彭老将军告诉我，就在上个月，他还登上了中断 27 个月修缮完工通车不久的南京长江大桥。他走在面目一新的公路大桥上，仿佛与大桥共同走过了48个春秋。这48个春秋，见证了我们国家发生的翻天覆地的变化。

我把两本自己刚出版的书《腰椎间盘突出症》和《征行自成》呈给彭老将军，因为在这两本书的扉页上，有幸得到了他给我的题词。我翻开书本，向他展示了他的笔墨——宏愿济世和大医精诚，字体老辣雄厚，笔力劲挺。我早就知道，彭勃将军当年被毛主席赞誉为“军中三支笔”（另两支是舒同和武中奇），是名副其实的书法家。诚如一位书法家在他70大寿时送给他的一副对联：曾坐金鞍挥白羽，试将猛气弄柔毫。

闲聊中，我也环视着将军的会客厅，四周挂满了将军的书法作品。我仔细欣赏挂在客厅中的一幅竖轴，那是他用隶书挥就的毛泽东的诗《清平乐·会昌》。这首诗我可是滚瓜烂熟，于是轻轻地吟诵起来：“东方欲晓，莫道君行早。踏遍青山人未老，风景这边独好。会昌城外高峰，颠连直接东溟。战士指看南粤，更加郁郁葱葱。”我认为这也是对将军的生动写照。

作为医生，我也向彭老将军讨教他的养生方法。他总结道：吃饭定量，从不挑食或多吃一口，有时稍喝一点儿酒；每天散步两次，每次20～40分钟；保证睡眠，他的睡眠很好。爱好书法，现在仍每天写，有时候一口气能写上一个多小时，看得出挥毫犹如当年指挥千军万马。这真可称得上是笔扫千军啊。

2019年4月初，在赵主任的陪同下，我第三次去拜访已是百岁的彭老将军。我照例又带上鲜花等，来到了会客厅等候接见。没过几分钟，他就从楼上走下来，同我握手寒暄。就座后，我就我感兴趣的问题向他请教，一连串的提问竟让我刹不住车。

彭老将军来自徐向前的“临汾旅”部队。他告诉我，他读过四年私塾，练就了一手好书法，他参加人民军队后，是党培养了他。他如数家珍、侃侃而谈起他在部队中的往事。他打了好多仗，先后三次负伤。在晋西南战役中，彭老将军时任营教导员，在攻打敌军碉堡时，一发炮弹呼啸而来，七位战士为了掩护他，一起扑向了他，将他压在最底下，一瞬间都献出了自己年轻的生命。他说他这条命，是七个战友用他们的生命留给他的，说到此，他撩起左臂的袖子，让我看他左上臂留下的疤痕。

为有牺牲多壮志，敢教日月换新天。是这七位战士成就了彭老将军的一切。其实，那些为革命牺牲的先烈从来不曾远离彭老将军，也从来不曾远离我们。丢失了的历史、模糊一团的历史，会在我们的叙事中涌现出来。

作为一代战将，离休后的彭老将军有很好的生活规律，保持着军人作风，特别是作息时间犹如生物钟一般，如起卧和三餐准时准点，分秒不误；每天挥笔和散步更是雷打不动。

我和彭老将军这一聊，不知不觉已将近一个小时，为了不影响他的生活规律，我赶紧向彭老将军告辞，他一直走出小院，把我们送到了大院外，然后开始散步。

百岁老将军的脚步依然矫健有力，他的眼神依然注视着前方。望着彭老将军渐行渐远的背影，我仿佛荡漾在近百年的历史长河之中。

他的背影，记录着一个红色的时代。他在担任八一电影制片厂厂长期间，领导拍摄了当时家喻户晓、妇孺皆知的中国儿童红色电影《闪闪的红星》，滋养着我们几代人的心灵，而那三首脍炙人口的电影歌曲《映山红》《红星照我去战斗》《红星歌》，已永远流淌在我们的血脉之中，使人不忘初心，牢记使命。

# 相识赵启正

去年夏天，我遇见上海市原副市长、浦东新区管委会原主任、国务院新闻办公室原主任、中国人民大学新闻学院院长赵启正同志，有六七次之多，累计时间近十个小时。和多年来自己心中的偶像幸会，“近距离”交谈，我自然不会放过向他请教的机会。

他十分平易近人。这使得我有机会在那些日子里，和赵启正同志一起交谈，一起散步，一起讨论并一起合影，话题涉及政治经济、社会发展、浦东开发、国际形势和健康卫生等，但更多的是我问他讲，而关于健康卫生，多是他问我答。每次与他交谈结束后，我便拿出笔记本，迅速记下要点，内容很多，生怕忘记一二。因为好记性不如赖笔头。我在上海读书时，就知道他的大名，也知道许许多多当时上海的人事物，这也成了我们俩的共同话题。

他先后赠我《浦东奇迹》和《中国故事国际表达——赵启正新闻传播案例》，并亲笔签名。其中，在《中国故事国际表达——赵启正新闻传播案例》扉页上，他还亲笔题词“Prof. 姜宏指正。医心、仁心、国心、世界心，你均有之”。这是我听到的对我最美的赞扬，没有之一，难免让我有些受宠若惊，受之有愧。来而不往非礼也。我也先后向他回赠了我的拙作——散文集《漫步时空》和摄影集《走过经光纬影》。

我在他的著作中流连忘返着——被外国人誉为“浦东赵”的赵启正，1984年从航天部上海广播器材厂调任上海工业党委副书记，随后又担任上海市委常委、组织部部长、上海市副市长，1993 年初兼任浦东新区管委会主任。那年，在南京路和平饭店，赵启正同志接待一家美国航空公司总裁，总裁面对黄浦江问了赵启正同志两个问题，一是浦东在哪里？二是到浦东去，是上高速还是坐飞机？赵启正同志豁然顿悟：浦东开发，关键在让世人了解浦东，认识浦东，相信浦东，才能吸引国内外的资金和人才。为此，他提出了一个口号："以经济为体，以外事为刃"，又提出要"站在地球仪旁思考浦东开发"。当我问起他浦东开发规划设计时，他列举了以下数字，来说明浦东开发的几期规模演变。一期开发，上面给了 300 多平方公里，后来他打报告多要了 200 多平方公里，共有 600 平方公里，现在再加上南汇 600 平方公里，达到 1200 平方公里，翻了一番。为了开发浦东，赵启正同志一共跑了 60 多个国家，其中美国、日本最多，因为要引进这两个国家的外资。他笑道，除了只接待过带有"副"字头的美国副总统之外，他接待过很多发达国家的政府首脑。他为制定陆家嘴金融中心 1.7 平方公里核心区域规划，全力以赴，呕心沥血，组织设计了上海的标志性建筑——东方明珠广播电视塔。回望浦东开发的巨大变化，他强调今日中国仍需要邓小平倡导的韬光养晦发展策略，拿上海人的话叫作"闷声发大财"。这也让我情不自禁联想到了当年毛主席提出过的九字方针："深挖洞，广积粮，不称霸。"

把中国的故事，用外国人可理解的语言及其方法表达出来，并要讲好说好，这可是赵启正同志的绝招。向外国政要介绍中国，也是他工作的重中之重。翻开《中国故事国际表达——赵启正新闻传播案例》扉页，第一张彩照映入眼帘，那是他坐在沙发上与披戴黑白相间方格头巾、一身戎装的阿拉法特在亲切交谈，彩照下面的文字注解为：1991 年 12 月 23 日在上海虹桥机场与巴勒斯坦总统阿拉法特彻夜长谈。

赵启正同志也多次华丽转身。1998 年初，赵启正同志奉调入京担任中共中央对外宣传办公室主任、国务院新闻办公室主任，他的任务变成了不仅要向世界说明浦东，更要向世界说明中国。我问起他当初接受调动时的感觉，他说大吃一惊。是啊，由父母官的主任转身为新闻官的主任，对理工科出身又是长期搞经济工作的他来说，无疑是一个挑战。但后来的事实证明，代表中国形象的他又是一个出色的"问不倒"，很善于从容回答那些富于挑战性的难点问题、热点问题。当然，他的出口成章、妙语连珠，更来自他的底气学识、从政经验和付出极大心血的资料准备。

赵启正同志告诉我，他喜欢读《东周列国志》《史记》《三国演义》等。我也曾两次当面向他汇报了自己的读后感。可以说，我被他的思想、博学、幽默和实事求是的精神所折服，特别是他对聪明与智慧有何区别的表述非常精辟，发人深省。赵启正同志认为生活中的聪明和智慧，两个概念往往不太好区分。但他还是尽力做些区分：对知识能正确和快捷地运用，如能漂亮地做出一道几何题和物理题，或像曹植那样作出七步诗，我们称之为聪明；而对于复杂问题的综合考虑，能够准确提出判断、见解和解决方案的能力，我们就称之为智慧，如在发现电磁波之前麦克斯韦提出了电场和磁场自身的特性和相互转换的方程式，毛主席在抗战初期就提出了持久战，都展现了他们的智慧之光。

赵启正同志说过这样一句话："一个三十岁的人，如果有四十岁的智慧，大体上成功了。"如何能做到这样，他的建议是：每年选读两本好书，就很不错；和你的家长和老师多接触，因为他和你谈话的时候，他的经历、阅历都可以用很短的时间告诉你，这样你就走了一些捷径；你要善于思考，多问为什么。这真是做人的金科玉律。

从他和我讲的许多故事中，可以见到他的聪明和智慧。他告诉我，他平时有做笔记的习惯，又谦称是笨鸟先飞。对此，我由衷地感到，自己更要笨鸟多飞才是。赵启正同志对改文章有着非常管用的"读改法"，即叫别人读，自己听，有错记下来，然后再改。他反对那些背诵式的演讲或报告，因为这不能打动人。对完全一字不漏甚至连标点符号都不放过地背稿子，他说这是可以看出破绽的，即看演讲者或报告人的表情是否严肃，眼珠子动不动，以此就能知道其是否在照本宣科。他每次讲话，一般事先准备好三个方面的内容，能有三个观点给大家就足够了。

有次我去拜访他，在会客厅里，我们又闲聊起来，他很健谈，一聊又是一个多小时。我注意到，在会客厅的茶几上，还放着我的散文集《漫步时空》，他说初步翻了几篇，感觉写得不错。他和我的博士生导师，上海中医药大学老校长施杞教授关系很好，有时也请施教授为他诊治颈椎病。当他听说施教授不久要举办学术会议，就让我捎句话给施教授："宝刀不老，中医不朽。"我问他颈椎病发作时做一下中医的颈部推拿后感觉如何，他说颈部会松很多，并调侃道这如同是"冰冻肉"变成了"热气肉"，很形象也很幽默。他嫌中药太苦，不愿服，我说如果没有糖尿病，可加点甘草调和一下口感会好多。

关于中西医结合及其发展，他侃侃而谈，中医几千年发展是单枪匹马，西医两百年靠了现代科学技术，而不是医学本身，如显微镜、CT、MRI，这些都是理工科方面的技术，因此，中医中药的研究，要像屠呦呦一样，用现代的方法进行开发研究，寥寥数语，观点精致，蕴含智慧。

他说他非常熟悉上海中医药大学原党委书记洪嘉禾同志。在洪嘉禾患肝病期间，他多次前往探访；还告诉我上海市委原副书记龚学平现在书法写得很好。

如今，他风趣地说到自己退休后的生活喻示着：一是不用开闹钟；二是虚心也不会使人进步，骄傲也不会使人落后。我问起他如何养生，他说每天散步 45—60 分钟，隔天游泳 500—600 米，不抽烟不喝酒，生活很有规律。除此之外，便是看书读报，思考动笔，不时还外出参加一些社会文化活动，演讲、做报告。

在我眼中，赵启正同志是一位部长、教授和学者，他有着百科全书式的学问和非凡的智慧。

# 相识阎连科

作家阎连科，现为中国人民大学文学院教授。他 1978 年应征入伍，1979 年开始写作，先后毕业于河南大学政教系、解放军艺术学院文学系，曾获鲁迅文学奖和老舍文学奖，作品被译为 20 多种语言，在很多国家出版发行。

日前，我应邀参加了在复旦大学光华楼举行的阎连科创作研讨会。研讨会由复旦大学中国当代文学创作与研究中心、苏州大学文学院等单位共同主办。会上，来自国内各高校、多家杂志社和台湾地区的 50 多位知名学者、教授和专家，从不同角度、不同层面对阎连科的文学创作过程及其作品进行了学术探讨。

其实，早在去年秋天，复旦大学中国当代文学创作与研究中心副主任栾梅健教授就告诉我阎连科创作研讨会将在明年春天举行，并邀请我届时一定来沪参加会议。今年春节一过，他又早早地通知我确切的会议时间。为此，我提前一天到达复旦大学。可见，作为唯一的圈外人士，我参会的热情也非常高。

当晚，栾梅健教授特意安排我和连科老师一起用餐，让我顺便给他诊治颈椎病。彼此寒暄后，我了解到连科老师颈椎病的症状主要是眩晕，头痛，恶心，这困扰着他的生活与写作。对此，连科老师很幽默地对我说，这次只要你帮我治好了颈椎病，明天的创作研讨会就不用开了，因为这比开会更有意义。由于电脑手机使用的大众化，颈椎病已是常见病多发病，但更是作家的职业病。于是，我首先有针对性地询问了他的写作姿势，习惯持续多长时间，戴着颈围的连科老师告诉我，他现在的写作方法，并不是低头伏案，或电脑打字，而是专门为自己设计了一块写字板，竖放在眼前，这样他就可戴着颈围，伸直脖子，平视底稿，一笔一画，手写故事。他近些年以这种方法写作，借助颈托之力，一口气常能坚持数小时，可少受颈椎病眩晕之苦。我给他作了颈椎病方面的体检，又察看了舌苔和脉象，分析了病因主症，最后辨证施治予以处方用药，并关照其颈椎病的保健要点。晚餐后回到住地，连科老师送给我一本由他亲笔签名的最新长篇小说《炸裂志》。《炸裂志》书墨的馨香和连科老师的签名手迹，让我自然联想起在几个月前，他在北京为我挥毫书写了“锲而不舍金石可镂”的条幅，并用特快给我邮寄过来，我随后装上镜框挂在了办公室内。欣赏之余，甚感连科老师的书法笔墨，风格似传承了扬州八怪之一的金农体，笔力遒劲厚实。

翌日，复旦大学光华楼思源会议厅，灯火辉煌，豪华典雅，很像联合国安理会举行圆桌会议的那种场景。在一个很大的圆桌会议桌前，辐射对应着一圈又一圈座无虚席的与会专家及其代表。开幕式由苏州大学文学院王尧教授主持，他的主持颇有艺术，富于激情，别具一格，营造了很好的开场。复旦大学图书馆馆长陈思和教授首先致辞发言，他认为，读阎连科作品，已不是对一部作品的感觉，而是对一个时代的感觉，对我们自己的感觉。《文艺争鸣》主编王双龙指出，连科老师为人类的尊严而写作，他是一位重要的作家，但还不能称为伟大的作家，因为伟大的作家是要经过时间和历史的检验来证明的，但他正在走在伟大作家的途中。

其时，王尧教授话锋一转，马上将研讨会主题转切至走在伟大作家途中的阎连科。他是一位创作经验非常丰富的作家，是一位有历史高度的作家，但又是一位具有批判精神的作家、备受争议的作家和“禁书作家”。中国人民大学文学院程光炜教授将阎连科的创作分为写实三部曲（《年月日》《耙耧天歌》《黄金洞》）、后合作化三部曲（《受活》《坚硬如水》《日光流年》）和心灵三部曲（《风雅颂》《四书》《炸裂志》）三个不同的阶段。围绕这些不同时期不同风格的作品，大家畅所欲言，各抒己见。与会的不少专家梳理和回顾了连科老师三十年来的文学创作，敏锐地捕捉到了他用笔风格转变的几个时期及其代表作的特征。

连科老师的早期作品，写出了底层百姓的生存状态和生活信念，中后期作品则在早期创作的基础上，增加了一个特定元素，这就是把改革开放以后某些被急剧膨胀起来的欲望，表现得淋漓尽致。他还尝试用神实主义、用荒诞反讽现实的笔法，甚至用“拿头撞墙的艺术”笔法，质疑现实，发问当今，以此展开故事情节，而最终的目的，其实还是关注现实。

与会专家认为，连科的某些小说，可能没有传统意义上的人物形象，它留下的多是一团模糊云，是群体化的，或是发散型的，是芸芸众生，读后就觉得是在写我们自己，写我们所有的中国人，而不像鲁迅笔下有祥林嫂、阿 Q 那种让人过目难忘的人物个性。如最新长篇力作《炸裂志》中的人物，确实很难记住。其实，从文学史的角度来讲，这种描写手法的变化，也是一种美学的变化，或许代表着一种新的变化。连科老师与莫言、王安忆、贾平凹等当代作家群体构筑了中国文学的当今高度，这个高度使中国文学在世界文学中占有一席之地。

阎连科创作研讨会，一共分为四个专场，分别从19世纪现实批判主义、现实主义、后现实主义和中国现当代文学等方面，并联系雨果、巴尔扎克、卡夫卡、契诃夫、托尔斯泰和鲁迅的作品进行了研讨和比较。除此之外，与会专家学者也回忆了与连科老师的人情交往，对他的忠厚仁义及人格魅力更是倍加赞赏。

在阎连科创作研讨会上，作为“看热闹”的我，听得无聊时，竟情不自禁将医学研讨会与文学研讨会作了个比较。说到底，医学和文学其实都是研究人的，但研究角度和方法完全不同。毋庸讳言，医学是医治人体的疾病痛苦，文学是丰富人们的心灵情感；医学是从生理上剖析人，文学是从精神上研究人；医学研究多用逻辑思维，文学研究注重形象思维；医学交流常需借助多媒体图文并茂的视听效果，以理服人，文学交流多是清茶一杯，高谈阔论，或侃侃而谈，以情动人。与医学研讨会相比，文学研讨会则更显得生动活泼，轻松有味。我不时按下手中单反的快门，记录着会议中热烈讨论的场面。

给我印象最深的是，在研讨会上，连科老师深有感触地说，不讲一句好话的会议最重要，因为这对自己更有帮助。由于年龄原因、身体原因，难以持续写作。对他来说，这可能是最后一次走进豪华的会议室了。其时，王尧教授马上打断他的话，动情地说道：“不是！这是若干个重要会议的重新开始。”

阎连科创作研讨会，通过讨论与争论、肯定与否定，希望与期盼，让连科老师还有空间往前走。这个空间，就像栾梅健教授（曾准确预测莫言获奖）所分析的那样，阎连科有可能是继莫言之后，中国最有希望再次获得诺贝尔文学奖的作家。

行文至此，总感觉自己在对阎连科创作研讨会上的一些信息班门弄斧，说些外行话，词不达意。

原载于《苏州日报》，2014年5月4日

# 走近贾平凹

2013年6月10日，受复旦大学栾梅健教授的的邀请，我作为唯一的一名业外人士，参加了在常熟沙家浜国际写作中心举办的贾平凹长篇小说《带灯》学术研讨会。

此次研讨会由南京大学文学院、复旦大学中国当代文学创作与研究中心、常熟理工学院现当代文学重点学科等有关单位联合举办。开幕式由《当代作家评论》主编林建法主持，江苏省作协主席范小青、复旦大学中文系主任陈思和、南京大学文学院原院长丁帆先后致辞。全国有关大专院校（如：香港中文大学、香港浸会大学）、中国社科院、康奈尔大学，以及《人民日报》《文汇读书周报》《文学评论》《收获》，还有新华社及其分社的数十名代表参加了研讨会。

在这次研讨会上，我第一次走近了陕西省作协主席贾平凹，和他交谈，请他签名，并一起聚餐与合影，留下了美好的记忆。特别是跨专业全程参加他的作品研讨会，更使我获益匪浅，感慨颇多。

贾平凹，原名贾平娃，作为一个当代中国的知名作家，贾平凹有着丰富的人生阅历，以他自己的话来说，他经历了贫穷、动荡、改革以及如今的社会大转型时期，一路走来，既是受害者，也是受益者。

研讨会从不同角度探讨了贾平凹的作品的学术地位及其成就，主要是围绕他的长篇小说《带灯》及其《废都》《秦腔》等展开的。

《带灯》讲述了一位女大学生萤火虫，来到位于秦岭地区的樱镇镇政府工作，她不满“腐草化萤”的说法，遂改名为“带灯”。带灯负责综合治理办公室的维稳工作，接触形形色色的上访人员，包括上访专业户、上访代理者等。其中，有的人利益受侵害却不知如何维权，也有人因为一棵树不停上访几十年……故事情节以此不断展开又深入，一个美好的女性最终被乡村现实所吞没。小说运用上访题材的写实手法，通过现实主义和浪漫主义的结合，对现实进行了评判。

其实，《带灯》也有着它的现实生活中的活生生的原型。因为贾平凹有一个女粉丝，一位深山里的乡镇女干部，经常与他联系。她常在短信里讲述自己的生活和工作，而且每次短信都是几百字或上千字，诉说她的工作和生活，她的追求和向往。

作为小说中的女主角，带灯这个名字起得也非常有趣。带灯原来就叫萤火虫，萤火虫小得很，在晚上，它的光发自内身，而不是外在的光，像带个灯一样。现在她的工作环境就像黑夜一样，而她就像一盏小灯在那儿一边亮一边走。

作为业外人士，出于了解与学习，我认真倾听并有趣记录着每一位与会代表的发言，当然对更多的内容则是囫囵吞枣，不知有汉，无论魏晋。会上代表们的幽默发言甚至相互调侃似乎也让我走近了这个圈子，缩小了隔阂，有时甚至想即兴发言谈谈普通读者关于《带灯》的读后感。《收获》执行主编程永新认为，长篇小说《带灯》给人以两个印象：一是带灯本身的故事；二是带灯在精神世界中的漫游。其中，26 封短信在小说中的运用，把无望中的希望，无奈中的等待等故事情节表达得十分清楚，因而产生了奇妙的效果。中国社科院文学所陆建德指出，小说中运用的短信，起到了平衡的效果，其一张一弛，让人暂时走出故事中很压抑的情景。

南京大学丁帆指出，贾平凹在《带灯》中，第一次介入了政治性的批判，写出了工业文明和农业文明之间的那种底层人民的阵痛和底层干部两难的困境，写出了他对中国社会、对农耕文明的一个反思。这种反思如不加以重视，尤其在西部发展地区中，那会出现很大的问题。江苏作协汪政认为，应该将《带灯》放在全部的小说中来看他的位置和变化。关于小说写作，大致有两种写法，一是在同一层面，反复叠加自己的观点；二是在同一层面，不断否定自己，屡屡进行“试错”，试图打开黑箱（作品是否表达了作者的内心），来寻找乡土文学确切的定位。

复旦大学张新颖的比喻更为直观，贾平凹的长篇小说从一定意义上来说，还在于抵抗“文学高于生活”的传统观念，他的作品不在生活之外，也不在生活之上，是和生活平行的。北京师范大学张清华认为，如果说《秦腔》是农业文明的挽歌，那么《带灯》就是乡土田园的悲歌。辽宁师范大学张学昕认为，《带灯》这部小说，其境界大于写作技巧。气象近似于托尔斯泰的《安娜·卡列尼娜》和《战争与和平》。

在处理生活的细节上，不是随心所欲，而是自然流露。贾平凹是有理想主义情怀的人，他的这部作品时而给人以信心，时而给人以绝望。爱和恨、希望和迷茫总是交织在一起。

南京大学吴俊认为，我们不从思想性、价值观来说，仅从叙事艺术上来分析，《带灯》在写实的框图下，叙事拟幻拟真。度也把握得好。写众多人物的小说，当代很少见，或者人物群体形象符号化，他的小说很难用符号来表示，即人物标志着什么，又代表着什么。再一个就是故事没有一个核心情节，这也是他的作品难以翻译难以走向世界的一个问题。

在研讨会上，不少代表强调，在写作上，小说不能太像小说，小说以故事来展开，而小说仅有故事是不够的。读命运决定他的创作无法逃避现实——即既要批判这个时代，又要歌颂这个时代。文学与时代有着强烈的关系。作为作家，一要意识超前，二要与社会产生摩擦并有所发现，有所感慨。文学不能拯救社会，但能拯救个人。就社会大转型所面临的种种社会问题，有的专家提出了发人深省的问题，如中国目前的地下水污染、农村留守老人及留守儿童等。我听后即感到，这些社会深层次的东西，作家似乎要做到比读者更加先知先明，只有这样才能写出好的感人的有思想深度的作品。

研讨会共分三个场次。下午两个场次移地于常熟理工学院东湖校区朋来阁举行。这里风景如画，赏景研讨，因而气氛更加轻松自由。

贾平凹最后讲感谢大家。并说近十多年来的创作，大家都很关心，而到了创作有真正感悟的时候，自己的年龄又过了六十，有些力不从心。在文坛上经历了很多，锻炼了自己，丰富了自己。这次在会上，又听到了好多意见。每次开会，记得都很认真，回去要琢磨好长时间来消化大家的意见，再投入到创作中去。因而每次作品都会有变化。

我很艰难地听着他的讲话。因为他的方言很重，我只听懂五成不到。针对我们的理解困难，贾平凹解释道，他说的方言，没有第二声和第三声，只有第四声。

贾平凹继续着他的发言。文学出现了前所未有的困境，其实是社会出现了困境，是人类出现了困境，社会基层有太多的问题。他强调在社会大转型中，人性最好或最丑的事都会发生，特别是贫富差距、信仰危机、分配不公和道德沦丧，对此，作家要歌颂真善美，批判不公平。关心社会，关心现实，这是作家创作的意义。《带灯》是中国文化背景下发生的事，也只有在中国才会发生。自己写作的目的之一，要为时代和社会留有一个记录。但真正的意义或许连自己也说不清，感觉就是这样。

原载于《姑苏晚报》，2013 年 6 月 17 日

# 两位女作家

2012 年 5 月 26 日，受复旦大学中国当代文学创作与研究中心副主任栾梅健教授的邀请，作为一名圈外人士，我参加了在复旦大学光华楼举办的范小青作品学术研讨会。

研讨会由复旦大学中文系主任陈思和教授主持，复旦大学中国当代文学创作与研究中心主任，中国作家协会副主席王安忆教授首先代表主办方致辞。全国各大专院校以及《当代作家评论》《文学报》《文汇读书周报》《收获》杂志，还有多家出版社的数十名代表参加了研讨会。

对于这次研讨会上的主角——江苏省作协主席、党组书记范小青，我似曾相识。何以这么说？因为 80 年代初，她就住在我们家的小区内，那时见到她的机会也不少，但我和她却从未彼此寒暄过。及至认识我太太后，又知道我内弟正是她在苏州大学中文系的同事。随着她调入作协成为一名专业作家后，有关她创作成就的信息，二十多年来就源源不断从各个方面进入我的视听感官，但我充其量也只能算是她的小半个粉丝，因为我对她的作品的阅读，实在是有限。在这次研讨会上，我有机会和她交谈了几句，算是完成了这迟来的认识。席间，她又专门走到我座位前，递给我一张名片，告诉我几个联系方式。近距离接触这位经历世事的作家，似乎让我洞悉并穿越了她的小说创作的技艺、情怀和人生观。

在研讨会上，与会专家学者从不同角度探讨了范小青作品的学术成就与地位，主要是围绕她的几部长篇小说，如《女同志》《赤脚医生万泉和》和《香火》展开的。其中，《女同志》被认为是她的长篇处女作，而《香火》则被认同于进一步深化了对知识分子命运和历史伤痛的反思，其从传统记叙笔法中另辟蹊径，特别是人与鬼的对话，这种实与虚结合的表现手法，提示着她写作艺术水准又有新的提高。研讨会以座谈会形式进行，没有多媒体，就像一首清唱的歌，不像我们医学界开会，动不动就是一连串的图文并茂，令人眼花缭乱。这或许是社会科学与自然科学在学术研讨形式上的差异之一吧。

会上，杭州师范大学的王教授真是快人快语，给我的印象很深。他认为，就作家创作风格而言，可分快节奏和慢节奏两类，而范小青可谓是一位散步式的慢节奏作家，其笔墨的细腻，不是在于反映高山流水，宽阔湖面那种对大气势的穿越，而是注重于见花见草，甚至是空气湿润度的细节描写。当然，她有时也会慢跑几步，如近来与时俱进创作了几篇与后工业时代有关的短篇。可以说，慢成就了她，但慢又阻碍了她，因为不断有人赶超她，以至于她始终挤不进“知青作家”“伤痕作家”和“寻根作家”等方阵的领跑者；范小青是高产作家却大器晚成，因为她突破了传统观点认为的“作家40岁前后成长”的生理规律，50多岁才“长个儿”。

从报刊上获悉，有人分析了我们这个伟大时代为何缺少伟大作品的原因有三：浮躁“文艺生态”难诞名家；过着“二手生活”难出大作；作品井喷独缺经典。作为门外汉，我不知道范小青这些年的作品是否正在走向伟大的作品。因为对范小青的小说，我只能挑读一点儿短篇，长篇无暇顾及，不及冰山一角，自然不能去评头论足。但《赤脚医生万泉和》在报上连载时，我是认真阅读的，因为它让我化零为整地了解了故事的主要情节。有学者在研讨中认为，范小青的作品，对人物的刻画有内心的体谅，其写出了体温、人性和世界观，她有洞察力和理想情怀。在文学的“工笔画”表现上，她不是太“用力”，而是四两拨千斤，太“用力”反而过犹不及。特别她在一些作品的结尾部分，多留有不确定性，这可以使读者在思考之余产生更大的解释空间。作为中国当代优秀小说家和典型的江南女作家，她的确有比许多作家高明的地方。

坐在复旦大学光华楼的会议室，自然又联想起我曾读过复旦大学中文系一位教授在课堂中的一句警句：“一个人一辈子一定要读过一部大书。读过大书的人，会有不一样的气象。”基于此，我更欣赏“天下大事，必作于细；天下难事，必作于易”。我想，范小青作品之细腻，那种慢节奏，还有以对话来推动情节的笔墨，或许能给读者带来“以小见大，慢中求快”的某些社会现象和生活哲理。

至于王安忆教授，我更是未曾谋面，因为我的专业与工作和她是风马牛不相及，可这并不妨碍我早就“认识”她——她的文字，她的《蒲公英》。她近年来复旦大学又使其文学建树更丰，成了作家型的教授。当栾梅健教授把我介绍给她时，我告诉她，我是她的半个忠实读者，前些日子在一家书店觅到了她的一部译作——美国著名剧作家 Elizabeth Swados 的 *My Depression*，还在《人民政协报》

读到她的《今天我们需要什么样的文学》的长篇专访。闲聊中她却话锋一转，问起我颈椎病如何诊治？于是，我给她作了简单的诊查，还问她有否慢性咽喉炎，并告诉她这也是颈椎病的第四个发病诱因，她听后很惊讶。对于其咨询到的如何避免因长期低头伏案而致颈椎病时，我又有针对性地给她提了些防治建议。

第一次和王安忆简短交谈，我似乎走近了这位作家，更感到她竟是那么年轻迷人有活力。记得不久前，田家炳中学王校长推荐我读一下《人民日报》发表的《2011 年中国文学发展状况》，文中认为王安忆的新作《天香》是探寻现代上海的文化渊源，是建立“物”的精神史，目前已获得第四届“红楼梦”奖（香港浸会大学设立），该奖是华语世界奖金最高的文学奖项。虽然我没有资格来说三道四，但在我极其有限的文学阅读中，我还是非常喜爱王安忆和范小青这两位女作家的，一个海派，一个平实。与她们笔下“高贵”的文字结识，很是有益……

人为什么而活着，生命的意义又在于什么？或许，钢铁战士奥斯特洛夫斯基早就回答过这个问题：“一个人的一生应当这样度过：当他回首往事的时候，不会因虚度年华而悔恨，也不会因为过去的碌碌无为而羞愧……”但进入 21 世纪后，试问，谁来照顾我们的身体？那一定是丰富的物质条件加上医学科学；而谁来照顾我们的灵魂？那肯定是精神的给力和人文科学。

我记得，文学主要有创作（以小说为代表）、评论、翻译和文学活动等方面。其中，创作是最主要的，而小说又是创作的主打产品，因而称得上是重中之重了。我置身于范小青作品学术研讨会这样的文学活动，倾听专家学者们的研讨，真地有这样的感觉，那就是“陌上花开，可缓缓归矣”。范小青的文学作品，犹如春花一样，灿烂无限……当然，参加与我专业无关的学术会议，新鲜和不解不必多说，感慨倒也不少，但肯定是胡思乱想，而这，正是一位普通读者对范小青作品学术研讨会的解读与思考。

行文至此，脑海中又猛然闪出陶渊明的那句诗：“此中有真意，欲辨已忘言”。或许，对范小青作品学术研讨会的外行话说多了，更会词不达意，离题万里，可不是嘛？

原载于《苏州日报》，2012 年 6 月 16 日，发表时有删节

# 父亲教我识林庚

“生活不止眼前的苟且，还有诗和远方。”

父亲长期奋战在水利战线上，平时工作非常忙。但他在艰苦工作之余，不忘读诗爱好，诗将他的志向带到了无限的远方，这使他增添了无数战胜困难的勇气。

对于父亲的满腹经纶，迄今为止，我只知其一，不知其二。

在我中学时代，印象中家里有多种版本的唐诗宋词，有的书页已经泛黄破损。每逢春天到了，他总要吟诵“春风又绿江南岸”，并对我说，这个“绿”字用得好，是形容词的使动用法。

写春诗句有成千上万，但父亲对出自南朝梁代文学家丘迟《与陈伯之书》中一段描写江南春色的绝句“暮春三月，江南草长，杂花生树，群莺乱飞”，更情有独钟。陈伯之，梁时为江州刺史，梁武帝天监元年叛降北魏。天监四年，武帝命临川王肖宏率军北伐，伯之领兵相抗。肖宏命丘迟作书与伯之，丘迟通过对故国江南春天那 16 个字的描写，并用“见故国之旗鼓，感平生于畴日，抚弦登陴，岂不怆悢！所以廉公之思赵将，吴子之泣西河，人之情也，将军独无情哉”动之以情。

吟着春光的父亲娓娓向我道来，江南到了暮春三月，可见芳草遍地，树上鲜花丛生，成群的黄鹂四处飞舞，群莺乱飞之“乱”字用得极好。诗句描绘了春回大地、万物复苏的景象，为描写江南风景的千古名句，成语“草长莺飞”也源于此。这一段文字动之以情，晓之以理，把故国之思乡之情，描摹得淋漓尽致，书信感动伯之，于是率众归梁。

这段看来名不见经传的写春诗句，在中国文学发展史上也有着它浓重的一笔。因为它被收录在 20 世纪 50 年代由林庚著的《中国文学简史》中。接着父亲又说，林庚是谁？他是北京大学中文系教授，他的《中国文学简史》是公认的名作，而且一版再版，最初蓝本是 1947 年他在厦门大学出版的《中国文学史》，是朱自清作的序。我由此记住了林庚，记住了草长莺飞。

草木江南，春天美意。记得父亲还告诉我，关于江南草长的“长”，有着不同的解释。他理解为，“长”应该读作长短的“长”，而不是生长的“长”，即江南草长，一个长字，更好地对应于暮春三月的时光。

父亲带我“认识”林庚以后，我也走近了林庚，期间，先后购买了《林庚诗集》《诗人李白》等书。到了厦门大学，还在寻找林庚当年在那执教的足迹。

我曾从著作中的近照和他的学生的描述中，识得林庚——高高的个子，慈眉善目，衣服干净挺括，一尘不染，是名副其实的教授形象。

到了 2006 年，我在一则短讯中得知这位 90 多岁的文学泰斗刚刚走完了他的风雨人生，当即就去某图书馆翻阅这本《中国文学简史》，但遗憾的是，在该图书馆未能找到这本有年代感的原著。尽管如此，这并不影响我对林庚评价暮春三月的最初印象。

我曾以《春天如诗》为题，写了一篇散文，文中引用了《与陈伯之书》这一段文字，投至上海新民晚报并被发表。

不仅如此，我还活学活用。当我看到书店有《杂花生树——寻访古代草木圣贤》一书时，二话没说，随即买下收藏阅读。由此还产生丰富的联想，我改掉其中两个字，取其谐音，将《杂话生书》作为我第三本散文集的书名，交由复旦大学出版社出版。父亲闻到《杂话生书》的油墨清香，非常高兴，将书放在他时常伏案挥笔的简易写字桌上，随手翻阅，并视为自己的藏品。

最近我又邮购到了由清华大学出版社 2016 年出版（第 4 次印刷）的林庚著的《中国文学史》。我在第 122 页第十章《黄金时代 · 人物的追求》中，找到了当年父亲告诉我的那段林庚精彩点评的原文——“丘迟字希范，《与陈伯之书》一文最为后人所传诵：‘暮春三月，江南草长，杂花生树，群莺乱飞。见故国之旗鼓，感平生于畴日，抚弦登陴，岂不怆恨！所以廉公之思赵将，吴子之泣西河，人之情也，将军独无情哉？’两国交兵，用得着这样的文章，这时真可谓是一个文艺世界了。使得一切的事物乃都更接近于诗的表现”均为极生动的词句。

如今每到春天，我也经常吟诵“暮春三月，江南草长，杂花生树，群莺乱飞”，这是记忆，也是情愫，更是缅怀。

前不久，我还请八一电影制片厂老厂长、百岁老将军彭勃挥毫题书莺飞草长那 16 个字，准备裱好后装上镜框，挂在书房得以每天欣赏。

每当我走到大海边，总会情不自禁想起林庚的那首《新秋之歌》。这是一首希望年轻人把握现在、飞翔海天和创造未来的诗、一首热忱期盼年轻人成长成才的诗。岁月不待人，我已不再年轻，但我心依旧。

林庚诗的开头是这样的：

我多么爱那澄蓝的天
那是浸透着阳光的海
年轻的一代需要飞翔
把一切时光变成现在

# 永远的盛中国

9月7日夜已深时，一条朋友发来的短信让我惊住了：小提琴大师盛中国去世，我不敢相信这是真的。瞬间，从《梁祝》到《流浪者之歌》，盛中国小提琴的旋律又像放电影一般在我脑海中川流不息。

在我的中学生时代，在那没有电视机的年代，就时常从广播电台中收听到盛中国小提琴的琴声，后来又多次到现场观看他的音乐会，包括那年在国家大剧院内，即2010年10月22日，我特意买了张池座票，欣赏了一场“盛中国与朱佳莉歌声琴韵交响音乐会”。可以说，我是听着他的琴声长大的。

印象特别深的是，改革开放初期的1979年，他为西安电影制片厂摄制的影片《生活的颤音》演奏了一段浪漫的背景旋律《倾诉》——在钢琴梦幻般的引子之后，小提琴奏出了甜美、抒情和激昂的旋律，这种由小提琴演绎的音画交融的电影场景，将故事中男女主角两颗年轻火热的心的碰撞，表现得淋漓尽致……

记得半年前，我还在网上观赏到了一段视频。那是盛中国与俞丽拿、吕思清、刘云志在表演小提琴四重奏《北风吹随想曲》。我发现当时他不是坐在椅子上而是坐在轮椅上，脚踝上还绕着支具固定绷带，像是带伤演出。几位顶尖大师同台演出，我还是第一次看到，而作为他们的粉丝，更是颇感亲切。

那晚我难以入眠，思绪又跳跃到2008年8月的那天下午，趁着盛中国到苏州演出，并做客《姑苏晚报》名人会客厅的机会，我又一次见到了这位大师。一到会客厅，盛中国首先向早已等候在场的琴迷和粉丝们致歉，由于飞机晚点，他耽搁了大家的时间。为此，他还幽默地引用了鲁迅的一句名言：“浪费别人的时间等于谋财害命”。可见，盛中国是一个时间观念非常强的人。

盛中国，新中国小提琴演奏的领路人，最早在国际上为中国争得荣誉的小提琴演奏家，号称中国的“梅纽因”。盛中国说：“这次来苏州演出，将首先奉献给苏州观众一首勃拉姆斯的奏鸣曲。”奏鸣曲，属无标题音乐，在音乐的艺术层次和艺术价值上属最高层面，因而对观众的欣赏要求也相对较高。盛中国接着说：“选择奏鸣曲，是我对苏州这个城市的评价和尊重，因为苏州有文化、有艺术、有历史底蕴。”盛中国介绍说，他手中握的是一把价值连城的意大利名琴，产自米兰，有 250 年历史，在世界名琴谱中也有其文字和图片记载。他还说，名家不是靠名琴出名的。琴，只不过是载体，演奏的最高境界，就是“人琴合一”。

其时，盛中国通过音乐，兴奋地畅谈着人生。要做事，先做人。人生不会一帆风顺，有磨难，有曲折，有进取，有退缩，关键在于如何去应对。盛中国还将经典音乐与通俗音乐的关系，比作主食与零食的关系。人，不能光吃零食，而不吃主食。我们应该多听经典的音乐，来开阔自己的视野，培养自己的艺术情操。经典，可以净化人的心灵，可以不断拨正人生的航向。

做客晚报名人会客厅活动结束后，我们还和他们夫妇俩合了影。当晚盛中国在苏州人民大会堂举行了独奏音乐会，钢琴伴奏是他的妻子。

除了勃拉姆斯的奏鸣曲之外，他还演奏了极富挑战性的重量级的世界名曲，如《D 小调小提琴奏鸣曲》《女妖的舞蹈》等。我欣赏着他演奏时的英姿，右手飞弓，左手拨弦，令琴声五光十色，时而暴风骤雨，摧枯拉朽，时而委婉曲迂，飘若游丝。此外，《我心永恒》《梁祝》《新疆之春》《海滨音诗》等耳熟能详的曲子，一并在返场演出中不断奏响，赢得雷鸣般掌声。

盛中国的小提琴影响着许许多多的人。我早就听说过两个与盛中国小提琴有关的动人故事。其一是，一个因工伤而失去双腿的炼钢工人，在悲观甚至绝望时刻，是盛中国的小提琴作品，给了他神奇的力量——使其忘掉的是肢体残疾，终身与轮椅为伴的痛苦；不忘的是坚强乐观，积极进取的人生态度，他自学成才，还被评上了工程师。可见，是盛中国的小提琴，给了他“双腿”，使他又重新站了起来。其二是，一名女青年在受到失恋挫折后，就想轻生，那天她在民族文化宫听了盛中国的演出，特别是圣桑的《天鹅》一曲，令她如痴如醉，心灵受到感染，直觉人间还有如此美好的音乐。

“语言终止时，音乐开始了。”盛中国曲折非凡的音乐人生，也象征着强盛中国所走过的不平凡的道路。他出品的许多 CD 和磁带，我几乎都拥有过。我特别喜欢《永恒的电影旋律》中的《魂断蓝桥》《廊桥遗梦》《简·爱》《乱世佳人》

等奥斯卡奖的金曲，这盒磁带我也珍藏至今，并早已刻录下载到电脑和手机中，这样可以随身听。

原载于《姑苏晚报》，2018 年 6 月 23 日

# 此情可待成追忆

## ——谢晋老师的音容笑貌

10月19日傍晚，当我打开《苏州日报》，A8版上《半世纪的电影教父走了，谢晋：用胶片燃烧全部人生》这几行字，使我不敢相信这是真的。前些日子，我还从新闻报道中获悉，谢晋老师自己讲，他拍电影要拍到100岁。

捧读这张报纸的瞬间，从《女篮五号》《红色娘子军》，到《天云山传奇》《牧马人》《芙蓉镇》，直至后来的《鸦片战争》，谢晋老师导演过的电影就像放电影一般在我脑海中川流不息。记得当初观看《天云山传奇》，其感觉就如同读卢新华的《伤痕》那般，思想上受到了极大的震动。可以说，以谢晋《天云山传奇》为代表的改革开放之初的一部部电影，使人在享受电影艺术之余，更深刻地反思。

《半个世纪的电影教父走了》一文，还打开我的记忆闸门，滚滚思潮，又把我带回到了1986年的深秋。

当时，我在上海读研。当事先得知谢晋老师这周要来我校作有关《中国电影发展》的主题演讲时，大家激动得奔走相告，早早安排好了各自的工作和学习计划，并期待着这一天的到来。

那天，午饭过后，学校二楼的报告厅已是座无虚席，除了加座之外，连走道上也站满了不少师生，人们在翘首盼望着。当身穿夹克衫的谢晋老师准时来到报告厅时，等候了多时的人群中，爆发了长时间的欢呼声和雷鸣般的掌声。当时，作为主持人的学校党委书记，在演讲即将开场的介绍中，在词汇上，其一口气连续地给谢晋老师冠以许多“最”字，如“当代中国最著名的导演”“人民群众最喜爱的导演”“中国最著名的电影艺术家”等。

时年六十有三的谢晋老师，幽默风趣，谈笑风生。在长达两个多小时的演讲中，他常是声音洪亮，富有激情，充满朝气，就像一个血气方刚的青年一样，一点也看不出其实际年龄。而且，每到情绪激动之时，谢晋老师还不时站起身子，挥舞着手臂，像是在拍摄现场导演电影一般。看得出，谢晋老师是一个颇有人情味的导演，但更是一个极普通的长者。

谢晋老师讲了很多他导演过的电影以及拍摄过程中鲜为人知的花絮，既动听，也很感人。诸如导演如何导戏，演员如何演戏，场景如何拍摄……其深入浅出，娓娓道来。我坐在前排，视听效果甚佳。

记得他谈起拍摄《红色娘子军》的一段艺术处理，在当时不允许出现谈情说爱镜头的年代中，谢晋为了表现电影中男女主角——党代表和吴琼花在战斗之余的个人情意，在既不能用语言表现，又不能用动作表演的情况下，怎么办呢？他左思右想，毫无良策，最后灵机一动，对！用眼神！眼神是挡不住的，用相互之间的眼神来传递一种阶级的友爱和战友的情爱。是啊，无声的眼神可以表现出有情的心声，眼神可谓人类的第二语言，心明才能眼亮，所谓心有灵犀一点通。谢晋老师对这一细节的巧妙处理，烘托了人性的真实一面，使这部战斗故事片发挥出了更好的艺术效果。

谢晋老师在演讲中，有好几次，似乎在强行收住眼中的泪水，我知道这也许是触及了他为电影事业而跌宕坎坷的人生经历。他声情并茂地给大家讲了一段话，大意是："我透露给你们一个消息，前不久，耀邦同志来上海视察工作，特地抽空看望了上海文艺界的一部分同志，并和大家进行了座谈，听取了不同的意见。在会上，耀邦同志讲了许多知心话……听了耀邦同志的讲话，我激动得好几天都睡不好觉。"讲到这里，我看他似乎有些哽咽，眼里似乎还闪耀着激动的泪花……其情其景，令人难忘。实在是久违了！对党和国家领导人的称谓，又令人回想起当年，在相当长的一段时间内，人们多用少奇同志来称呼时任国家主席、党的副主席的刘少奇。一句少奇同志，一句耀邦同志，是多么的亲切，又是多么的温暖，这发自内心的声音，让党和国家领导人融入于寻常百姓的心目之中。

那天谢晋老师的演讲，发散着一个中国知识分子的良知、觉悟和光泽；同时又导演着我们在场的每一位师生的情感和灵魂，随着他抑扬顿挫的话语而心潮起伏。其时，我们如同演员一般，时而捧腹大笑，时而凝神沉思，进入了他导演的一幅幅场景，陶醉在梦幻的电影世界之中……

演讲结束后，谢晋老师又与我们师生代表进行了座谈，并回答了大家一个又一个的提问。当夜幕降临之时，他才和我们一一握手道别。然遗憾的是，其时忘了请他签名留念，拍照留影。此景此情，尽管一晃已过去二十多年，但回想起来，还有点儿恍如昨日。

至那以后，我一直从新闻媒体中关注着谢晋老师。以后又逐渐知道，这位电影界的导演，也有着自己难言的家愁和扰人的病痛。但他直面人生，达观以对，始终保持着旺盛的精力和坚强的意志，奔波在中国的电影事业，表现出一种大师风范。

如今，巨星陨落，大师谢幕，但其留给了我无尽的思念——音容笑貌以及他那永恒的电影。仿佛谢晋老师在天堂中还在继续导演着他那未完成的一部部电影。我深深地感到，谢晋导演的电影不仅充满着人性、人情、人爱和人道主义精神，而且更是一段见证着、激励着中国改革开放三十年社会发展的历史缩影。

原载于《苏州日报》，2008 年 10 月 27 日

# 旋律与音符齐飞

## ——克莱德曼钢琴演奏会的欣赏与遐想

钢琴王子理查德·克莱德曼首度来苏州的激情演奏风采，真可谓扣人心弦。一首首动听的旋律，一个个美妙的音符，一次次潇洒的触键，时而行云流水，时而气势磅礴，时而浪漫迷人，时而震撼人心，而法兰西超级电声乐队的精彩伴奏也不断衬托着这位钢琴王子的主旋律，仿佛在和谐地跳着双人舞，演着二重唱。《命运》《水边的阿狄丽娜》《秋日私语》《给爱德琳的诗》《星空》等曲目音浪起伏，充满诗意，令人激情四溢，如痴如醉，而遨游在浪漫琴声中的观众也是一会儿掌声四起，一会儿拍手伴奏，一会儿又寂静无声，但此时无声胜有声。特别是《命运》一曲在克莱德曼的手指下竟那般出神入化，其通过连续多次铿锵有力的重击琴键，一系列眼花缭乱的变奏装饰，加上电声乐队节奏强烈的跟进变化，更逼真地再现出“命运的敲门声”，这种古典艺术与通俗音乐的完美结合，既充分塑造出了贝多芬的“我要扼住命运的咽喉、要一生与命运博斗”的原有音乐主题，又仿佛弹奏出了“人生的现代命运更在于要与时俱进”的时代气息。

克莱德曼独特而又浪漫的琴声，早在20世纪80年代中期就开始流行于中国，近10年来他又先后来国内演出了数十场音乐会。他那优美感人的曲调、梦幻一般的情意、纯朴雅典的色彩、精湛娴熟的技巧，不仅风靡全球，也倾倒了国内不少听众，可以说几乎影响了整整一代乐迷。其各种版本的影视音碟对我来说是百听不厌，甚至到了耳熟能详的境界。但百闻不如一见，况且音碟的平面效果远非现场演奏的立体效果所能比拟。这次真的是大饱眼福，得到了至高的艺术享受。从手中的望远镜中细细看来，尽管这位钢琴王子年届中年，风采不如当年，但琴声依旧悦耳，《红太阳》《我的祖国》等中国乐曲那亲切动人、深情甜美、激情澎湃的情调，也被这位世界顶级大师发挥得淋漓尽致，无与伦比，使人陶醉在熟悉的旋律之余，足以把我们的思绪又带回到了“太阳最红，毛主席最亲”那难忘的年代。克莱德曼手指下的《红太阳》的旋律，亲切动人，气宇轩昂。《红太阳》是根据《太阳最红，毛主席最亲》歌曲改编的，据说这首歌是当年最为成功的一首颂歌。其成功之处就在于这首曲子极其柔美舒缓，充满了对领袖的深深崇敬和无比亲切之情，是人们从心底里唱出的歌。

特别是一曲与苏州小琴手联袂合奏的《我爱北京天安门》，在装饰变奏部分尤为扣人心弦，双双配合也甚为默契，活泼流畅、天真烂漫、朝气蓬勃的音乐又深深地勾起了我对少时触摸琴弦的回忆。记得最初学的曲子正是从《我爱北京天安门》开始的，印象中该曲由三段式构成，中段在节奏、音调、情绪上有所变化，第三段则是第一段的再现，全曲音域尽管只有九度，但以四、五度跳进和音阶式进行为主，不仅艺术形象可爱，而且词曲易记易唱，深受老少喜爱，在当时也称得上是集深刻的思想性与高度的艺术性于一体的代表作了。弹指挥间，沧桑巨变。改革开放 20 多年来，物质生活与文化生活已是今非昔比，但那段在琴弦上练习指法、在音符里憧憬未来、在旋律中遐想人生、在文艺宣传队中滥竽充数的激情而又单纯的日子，也许是我成长中最值得留恋的时光之一。尽管这年华一去不复返，但它留下的深深烙印是难以磨灭的。

这次克莱德曼来苏献艺，特别是对中国乐曲的细腻处理所折射出的无穷魅力，再一次令我产生无限的遐想，让人又重新找回了流逝的那段岁月……

是的，音乐可以说是超越了不同语言的最生动的语言，它给人以快乐，给人以遐想，但更给人以激情、给人以力量。

原载于《苏州日报》，2003 年 10 月 11 日

# 美在人琴合一

## ——聆听德国小提琴家索菲·穆特

在科文中心，现场聆听德国索菲·穆特小提琴独奏音乐会，真是一次至高无上的艺术享受。穆特那美丽的人和琴，为我送来了一份视听俱佳的“古典音乐美餐”。

穆特，这位当今世界顶尖级小提琴大师，“当代女梅纽因”，她一头金发，身着蓝色抹胸鱼尾裙，正飘然向我走近。手起弓落，弓触琴弦，飞出了穆特小提琴独奏音乐会的灿烂音符。

三首小提琴奏鸣曲，成了穆特独奏演出的重中之重，那是德彪西的G小调小提琴奏鸣曲、门德尔松的F大调小提琴奏鸣曲和莫扎特的降B大调第33号小提琴奏鸣曲。

奏鸣曲，属无标题音乐，在音乐的艺术层次和艺术价值上当属最高层面，因而对观众的欣赏要求也相对较高。标题音乐是用文字阐明作品的思想内容，给人一种暗示导向；而无标题音乐没有文字指示乐曲的具体内容，因而有深刻的内涵，让人思索的空间较大，需要你心领神会甚至浮想联翩。

为什么要选择小提琴奏鸣曲作为来苏演出的重头戏，我猜测这是她对我们这座历史古城的肯定和尊重。因为我们苏州有文化、有艺术、有2500年的底蕴，但更有一批热衷她的粉丝。倾听穆特的三首小提琴奏鸣曲，我感到以每个人的人生经历、道德修养和欣赏水准，一定会得到各自不同的心灵感受、艺术熏陶和音乐反响。

穆特独奏中的最高艺术境界，当然是美女与名琴的“人琴合一”。穆特手中的这把爱琴，是一把价值连城的意大利名琴，各方面性能都很平衡，且音色美感有力。演奏中穆特得心应手地驾驭着这把名琴，并将这种美感与力度发挥得淋漓尽致，入木三分。顺着大师那优美的琴声，在穆特的心灵深处，一定有五彩缤纷的花园，一定有波澜壮阔的大海。更感到这位小提琴女神是一位坚强不屈的女性，她在用诗意小提琴发出的心底的音符感染着人们。

人琴合一的美感，也翻开了我脑海中曾经有过的记忆。这位小提琴“女神”，7 岁时技压群芳夺得联邦德国青少年小提琴大赛第一名，13 岁时受到指挥大帝卡拉扬青睐首次登上国际乐坛。其后，穆特以优雅绝美的琴声，纵横小提琴乐坛长达 30 多年。她那美丽的琴音，也通过媒体、电视及 CD，川流不息地进入我的视听感官，让我不断得到人琴皆美的享受。

这次，穆特还演奏了极富挑战性、力度感很强、气势非凡的重量级世界名曲，萨拉萨蒂的《卡门幻想曲》。其右手飞弓，左手拨弦，令琴声也五光十色。只见她时而重弓击弦，时而飘若游丝。特别在该曲长长的引子中，她用三度双音奏响，气势非凡，铿锵有力。其时，她用琴声编织出了一个个栩栩如生的人物形象——吉卜赛人桀骜不驯的个性特点以及卡门能歌善舞的热情奔放。

音乐会返场加演也是一而再，再而三，曲目更是多达 4 首。其中，勃拉姆斯的《匈牙利舞曲》、马斯涅的《沉思》等耳熟能详的曲子，在返场演出中先后奏响。至真至美的音质音色，令人激情四溢。《匈牙利舞曲》第五号，节奏自由，充满力量，速度多变，旋律如歌，跳弓部分热情奔放。我沉浸在这美妙动听的旋律之中，更陶醉在穆特那行云如水的运弓美姿之中。

压轴戏是《沉思》，其清脆明亮的旋律在穆特手中静静流淌着，细腻飘浮，清丽畅达，给人以一种宁静和空灵的感觉。特别是清如游丝的泛音，令人情不自禁闭上眼睛，醉琴沉思遐想……我仿佛在比较着我所熟悉的祖克曼、帕尔曼、盛中国、潘寅林、吕思清和唐韵等名师手指尖流淌出来的那一段段《沉思》。尽管穆特手中最后一个音符在弓弦之间早已飘然散去，但仍感觉到琴音袅袅，不绝如缕。

原载于《姑苏晚报》，2011 年 5 月 9 日

# 琴弦上的人生

## ——有感作曲家陈钢及其《梁祝》

前些日子，在中央电视台综艺频道观看了作曲家陈钢老师做客艺术人生的专访节目，其音容笑貌，琴弦人生，颇感亲切。可以毫不夸张地说，我是听着他的曲子长大的，而且现在还经常听。

陈钢的名字是与小提琴协奏曲《梁山伯与祝英台》一同成名的。1959 年，24 岁的他，在音乐学院上大四和品尝初恋的甜蜜时期，与何占豪一起完成了这部蜚声中外的《梁祝》。作品以家喻户晓的民间传说为题材，吸取越剧中的曲调为素材，自然而又巧妙地将草桥结拜、英台抗婚、坟前化蝶三个主要情节，分别作为协奏曲的呈示部、展开部、再现部的音画形象，表现出了这对青年男女的忠贞爱情和对封建宗法礼教的控诉与抗争。最后化蝶的描写富于浪漫主义色彩，反映了人民的愿望与理想。评析《梁祝》，其旋律优美，色彩绚丽，造型逼真，通俗易懂，艺术性和感染力很强，在国内被誉为“民族的交响音乐”，而国外音乐评论家则称其为“《蝴蝶的爱情》协奏曲”。“凡是有太阳的地方就有华人，凡是有华人的地方就有《梁祝》”，这或许是对《梁祝》最好的评价。

望着电视画面中娓娓而道的陈钢，我知道他出生在一个音乐世家。陈钢从小就跟父亲陈歌辛学音乐，10 岁即随匈牙利钢琴家伐勒学钢琴，14 岁入部队文工团当兵，后来有机会进入上海音乐学院作曲系学习，师从丁善德、桑桐和苏联专家。

回头看《梁祝》的产生，是历史的偶然，也是历史的必然。陈钢告诉我们，《梁祝》是天时、地利、人和三者合一的结果。1959 年，在上海音乐学院进修小提琴的何占豪，与俞丽拿等人组成了一个小提琴民族化实验小组，为了迎接国庆十周年，何占豪提出了《梁祝》的创作。在《梁山伯与祝英台》的创作中，陈钢找到了属于人类的爱这份真情真心，其从天真、纯情的角度发现了它，并用人类的第二语言——音乐描述了它。按照陈钢自己的话来说，换成现在，作曲经验丰富反而不会有当年那种创作灵感，功成名就的他却缺少了少时那一个“纯”字，而这个“纯”字，正是这部作品一举成功的内涵底蕴。是啊，洁白的纸面，可以用来画上最新最美的图画；纯洁的心灵，心底的歌唱，可以奏出最美最动听的乐章。当然，用“爱”来触及人类的内心世界，更是这部作品使人动情之处。

当年，在上海读书的我，经常会路过上海音乐学院那条幽静绿荫的马路，吐故纳新，深吸一口那如歌的空气。我感到，只要到位于汾阳路上的上海音乐学院门前走一下，哪怕不入内，也会不由自主地闻到这座音乐殿堂传出的艺术芳香、感受到像陈钢等大师手中的音符旋律在激情四溢、在光芒四射。我记得 1986 年深秋，《梁祝》的首演者俞丽拿和著名指挥家曹鹏来我们上海中医学院演奏了这首小提琴协奏曲。当时在条件简易的大礼堂中，座无虚席，连走道上也站满了人。随着琴声的奏响，那时而旖旎轻快，时而哀怨凄凉，时而悲愤欲绝的音符从俞丽拿的手中如泣如诉地穿梭过来，飞越过来，直达在场每一位师生的心灵深处。每当乐曲进入细腻之处，特别是几处“泛音”的表演，我感到此时此刻，仿佛连人们的呼吸声都能听到一般，真是宁静如水，清澈见底。散场后，我在簇拥的人流中，还分别请这两位音乐大师签了名留了影。

除了《梁祝》之外，陈钢还创作和改编了大量的小提琴的经典作品。如《金色的炉台》《洪湖随想曲》《阳光照耀塔什库尔干》《毛主席的恩情唱不完》《苗岭的早晨》《我爱祖国的台湾》《清水江恋歌》。陈钢作为红色经典的作曲家，他的作品影响了一代、两代甚至好几代人。记得在青少年时代，我经常在上海人民广播电台的 790 和 990 千赫中收听陈钢的红色小提琴曲目，甚至到了耳熟能详的境地。那种对红色经典的热衷程度，特别是那曲中珍藏着一段非凡的岁月，现在回味起来，如陈钢所述的那样：“红色，是花样年华时的一抹朝霞，也是蹉跎岁月中的血色浪漫，更是我们心中永远开不败的玫瑰。”

陈钢的琴弦艺术，不仅影响了小提琴后起新秀吕思清、李传韵等圈内名流，而且还鼓励了不少困境中的人们。

针对现在社会上学习钢琴的培养模式，陈钢认为，钢琴家首先是做人，其次是做艺术家，第三是做音乐家，最后才是做钢琴家。可见，钢琴家首先应该是一个人，一个热爱生命、热爱生活的人，一个有文化思想、有精神理想的人。而现在钢琴音乐考级往往是将顺序倒过来了，如单从钢琴入手，是成不了大师的。当然培养一点音乐兴趣则是另外一回事了。说到此，陈钢还教上我们听音乐的绝招：这就是要用三只耳朵听，一只听古典音乐，一只听流行音乐，还有一只听现代音乐。

陈钢谈到音乐的教育模式及人文背景时，特意谈到了傅雷对傅聪的私塾教育一事。傅聪是在傅雷严谨的家教、在背诵李（白）杜（甫）白（居易）诗词背景下成长起来的一代钢琴大师，可以说诗乐合璧，渗透到了傅聪身上的每一个艺术细胞。傅聪所演绎的肖邦有中国的诗情画意，“大弦嘈嘈，小弦切切”之韵律自然而然地顺着他的手指流淌到了欧洲古典音乐的里面。傅聪很早就能获得国际肖邦钢琴作品大赛的大奖，便是其最好的说明。

陈钢的业余生活、兴趣爱好也是丰富多彩的，较之他的专业来说同样毫不逊色，因为他还能称得上是一位能工巧匠、电脑新秀、针灸医生。说起针灸，则有过一段惊奇的治伤故事。当时他和著名女高音歌唱家、声乐教育家周小燕在上海音乐学院同一幢大楼工作，但周小燕居高临下，因为作曲系在二楼，而声乐系在三楼。有一次，他看到周小燕一拐一拐地从三楼下楼梯，寻问后方知其左脚扭伤肿胀疼痛，于是，毛遂自荐的陈钢要为其治伤，并问其介意不介意，周小燕一口答应让其一试，凭着他学到的一点中医循经取穴、左病右取的本事，就一针“歪打正着”，不仅使周小燕的伤痛立竿见影，更让他意想不到的是，还医好了其 13 年的腰痛顽疾。真神奇！中医就是博大精深！陈钢回忆着又笑着说道：当然，现在追究起来恐怕要属于“非法行医”了。

往事如梦，岁月如歌。年过 70 的陈钢风趣地说：“我不服老，为什么可以这样说呢？因为我的音乐还活着，我不会老；我还有一个年轻的太太，她也不允许我老。”陈钢的太太是一位护士，她非常热爱她丈夫的事业，尽管从事不同的专业，但音乐架起了他们俩通往对方心灵深处的桥梁——14 年的爱情和生活。

是啊，从陈钢老师手中谱写出来的一个个动听的音符，是永恒的旋律！是难忘的记忆！

2007 年 4 月

# 在马恩雕塑前的沉思

这天，我经柏林大教堂，穿过亚历山大广场，来到了柏林市中心的马恩广场。

进入圆形的马恩广场，透过一片金黄色的银杏林，我一眼看到了广场正中矗立着的那一座雕塑——马克思和恩格斯铜像雕塑。马克思坐着，恩格斯在其左边站着。雕塑中的两位巨人神情严肃，沉思之中在注视着前方。

最早看到这座马恩铜像雕塑，是在 1985 年。当时，我同学从德国留学归来，带来一组照片让我欣赏东西德的人文景观。记不清有多少张照片，唯独这张照片让我至今记忆犹新。因为这是一座全世界无产阶级的伟大导师的雕塑。

时隔 20 年，我来到了心仪已久的马恩铜像雕塑前，倍感熟悉和亲切。

马恩铜像雕塑，始建于 20 世纪 70 年代的东德时期。据说，关于马克思坐着而恩格斯站着的铜像雕塑造型构思，有两种假设，一是马克思是德国人而恩格斯不是德国人，二是恩格斯是马克思的战友和学生。

在马恩铜像雕塑前，我怀着十分崇敬的心情，静默，鞠躬，我的步履很轻，生怕打扰了伟人。

随后，我长时间地静静地站在那，瞻仰着这两位巨人的神态。伟人似乎还有表情，眼神也很慈祥。

我沉思着，心浪翻腾。马恩的故事、学说和理想，曾那么深刻地影响过我们的成长，让我们记忆深刻，永生难忘。

我仿佛翻开了陈望道先生译的那本马克思和恩格斯著的《共产党宣言》，“一个幽灵，共产主义的幽灵，在欧洲游荡”，“全世界无产者联合起来”。记得一位法国马克思主义学者在纪念《共产党宣言》发表 150 周年的演讲中，做过一个生动形象的比喻，她说：“《共产党宣言》不是一般的书，它不是冰，而是炭，放在锅里能使水沸腾起来。”我脑海中跳出了那熟悉的概念和定义，共产主义就是共产主义理想、共产主义运动和共产主义社会。

我重温了恩格斯那篇著名的《在马克思墓前的讲话》，“3 月 14 日下午两点三刻，当代最伟大的思想家停止思想了……这个人的逝世，对于欧美战斗的无产阶级，对于历史科学，都是不可估量的损失”。因为在我高中时代，早就在语文课本上学到过这篇文章，当时就知道，马克思作为革命家、思想家、哲学家、科学家和社会活动家，发现了人类历史的发展规律、现代资本主义生产方式和它所产生的资产阶级社会的特殊的运动规律，以及他所研究的所有领域包括数学领域。随着自己人生阅历的不断丰富，悟性也不时“水涨船高”。时至今日，在金融危机呼啸全球的时刻，重温马克思的学说理论，特别是《资本论》中的经典阐述，更能感到这位伟人思想的深邃。诚如恩格斯高度概括的那样：“他可能有过许多敌人，但未必有一个私敌。他的英名和事业将永垂不朽！”

在马恩铜像雕塑前，我情不自禁联想到了巴黎公社以及为公社而牺牲了不少社员的那座墙——巴黎公社社员墙、特别是欧仁·鲍狄埃的《国际歌》。庄严的《国际歌》，从小就激励着我，要为共产主义而奋斗终生，无产者可以在全世界任何地方凭借这首歌来找到自己的同志。有了这个信仰和理想，八十年代中期，我在中国共产党的诞生地上海，在上海中医学院，加入了中国共产党。

我永远也不会忘记《国际歌》的歌词：“从来就没有什么救世主，也不靠神仙皇帝！要创造人类的幸福，全靠我们自己！”而《东方红》的歌词又是从小就深深地溶在我的血脉之中：“东方红，太阳升，中国出了个毛泽东，他为人民谋幸福，他是人民大救星。”在马恩铜像雕塑前，《国际歌》和《东方红》的旋律，在我耳边同时唱响。“从来就没有什么救世主”“他是人民大救星”在我脑海中不时交替闪烁。我无法描述自己当时复杂而又矛盾的心情。

共产主义理想从小就激励着我去学习，去奋斗。这次我来到共产主义之父的故乡，又一次寻找着当年在学生时代就憧憬过的远大理想及答案。在有与无、今与昔、纵与横的时空对比中，我惊喜地发现，马克思主义在建设有中国特色的社会主义过程中，得到了新的发展。

尽管那天瞻仰马恩铜像雕塑的游人或信徒寥寥无几，而我是其中的一个，一个对马恩光辉思想的崇拜者。但马恩铜像雕塑中的两位巨人，那保持永远的眼神和姿势，正是在这清静之中，无声地注视着广场的四周，思索着当今世界所发生的天翻地覆。因而，此时无声胜有声。

原载于《新民晚报》，2010 年 3 月 16 日

# 在艾思奇纪念馆

早就知道一代哲人艾思奇的名著《大众哲学》，但不知道他的故里就在西南边关的腾冲。这次去腾冲，当得知其故居近在咫尺时，那强烈的参观引力一下袭我心头。艾思奇作为中国的先行者，在传播马克思主义哲学中的历史地位和影响力，可以说是举足轻重；其次，早在大学时代，我就读过艾思奇主编的《辩证唯物主义历史唯物主义》。

于是，我们旋即前往腾冲和顺乡水碓村。至池塘绿荫深处，青碧森然，斜步青砖石板，缘竹而行，拾级向上，坡上便是艾思奇故居。走近这座精美典雅的四合院建筑，仰视正门上方由楚图南题字的“艾思奇纪念馆”几个大字，其仿佛正在向我们招手。

步入故居前翠微苍劲的宽敞庭园，一尊艾思奇雕塑迎面伫立，他手持雄文，傲立远望，屹立在蓝天下，依然活在腾冲人民的心中。我凝视着这位伟大的马克思主义哲学家，并注视着雕塑下方那一行醒目的注解：艾思奇 1910.3—1966.3。

一走进故居，便见堂前迎客屏上刻着毛泽东的亲笔题词：“学者、战士、真诚的人”，这是对艾思奇光辉战斗的一生最生动的写照。细观这幢砖石楸木的故居，可谓中西合璧，厚重古韵。其间串楼通栏，雕花格扇，四周又绕以翠园绿竹。在庭院中间，更是花草茂盛，青藤悠悠，爬满门窗，掩蔽层楼。我特别注意到一幅深藏其中的对联：“花可解语还多事，石不能言最可人”，仿佛在花语石言中飘逸书香，引人思考。因为，艾思奇一生中与书结下了不解之缘，读书、写书、教书，占据了他一生中的大部分时间。在故居陈列中，图书、照片、书信、实物以及生平介绍、后人评价等，让人近距离与这位名人进行了一次跨越时空的对话。

为何取名艾思奇，有两种传说。一是艾思奇取其电影《爱斯基摩人》的谐音，寓意为爱思考奇异事物的人；二是热爱卡尔·马克思和列宁。而其本名为李生萱，一个很传统的文化人的名字。

由全国人大副委员长楚图南题词的艾思奇纪念馆

艾思奇从小随家人先后到香港和昆明求学。以后又赴日本留学，研究马克思经典作品。回国后更是自学德语，直接阅读马恩原著，直至1935年加入中国共产党，1937年奔赴延安走上革命的道路。1936年，他出版了成名作《大众哲学》。在其后的十多年中，印行更是达32版之多，其书其人一度风靡全国。可以说，在三四十年代，《大众哲学》曾感召着很多青年学生和知识分子向往光明、信仰马列。解放后，艾思奇又担任中共中央党校副校长，可谓一生致力于马克思主义的研究。

在展览中，有两封毛泽东给艾思奇的亲笔信的影印照片，那是艾思奇刚到延安不久。毛泽东在信中主要与其探讨了《哲学与生活》《鲁迅全集》等问题，信尾还嘱有空可来面叙等字样。

在纪念馆中，我被台湾学者马璧教授的题词所深深吸引着“一卷书雄百万兵，攻心为上胜攻城。蒋军一败如山倒，哲学犹输仰令名”。并注有“1949年秋后，蒋介石检讨战败原因，自认非败于中共之军队，乃败于艾思奇《大众哲学》之思想攻势。”在其一旁，还附注蒋介石的原话：“一本大众哲学，冲跨了三民主义的思想防线”。由此可见，艾思奇从马克思主义的思想领域出发，为加快中国革命的伟大胜利进程，为开辟马克思主义哲学大众化、中国化和现实化，作出了巨大的贡献。

当看到艾思奇当年的不少照片后，又自然想起那时教我们大学哲学的那位赵老师，相比起来模样竟有点相像，也是戴着一副高度的近视眼镜，俨如给人以史哲底蕴深厚之感觉，而当时我们选用的教材之一就是艾思奇主编的《辩证唯物主义历史唯物主义》。讲课时，赵老师对马克思主义哲学的解释总是引经据典，滔滔不绝，特别是常穿插一些现实中的社会现象给予说明，更让人从深入浅出中、从枯燥乏味中理解其授课要点。而其中，他引用最多的就是艾思奇的文章和观点。虽然当时在那些知识点的理解上有些囫囵吞枣，一知半解，但在以后的实际工作中，在碰到问题解决困难的过程中，我又渐渐得到了不少的悟解。

我知道，马克思主义哲学是关于自然、人类社会和思维三大领域的运动和发展的普遍规律的科学。联系当代社会的发展现状，不难发现，人们在运用现代自然科学、社会科学和思维科学，认识世界、改造世界的过程中已取得了巨大的成就，但现代社会也面临着层出不穷、复杂多变的新问题，对此，如何与时俱进地用马克思主义来重新认识世界，改造世界，不仅是理论问题，而且也是重要的实践问题。我想，改革开放三十年的飞速发展所引发的哲学思考，是否大大超越了艾思奇生前的那些学说论点，作为非专业人士，我无权妄加评论。但有一点我清楚，马克思主义并非终界真理，它只不过为我们探索真理开辟了正确的道路，找到了科学的方法。无数事实证明，如果不与时俱进，对马克思主义的教条化甚至神化，其本身就背离了马克思主义。我以为，马克思主义哲学也要迎接新时代科技革命带来的挑战。

在艾思奇纪念馆内参观徘徊，仔细浏览，我兴趣十足，思绪也活跃起来。但还让我感到有趣的是，这幢故居，始建于艾思奇 20 岁那年，其时他已在外四处奔波求学。也就是说，他一天也没有在这故居住过。尽管如此，这丝毫不影响故居的人文价值与史学意义，因为腾冲的山水孕育了艾思奇，眼前的展出和陈列，也再现了一个真实的艾思奇——从腾冲和顺，奔向革命，走向大众，直至开辟了中国哲学的一个新时代。

如今要是史话腾冲之人文荟萃，艾思奇自然首当其冲成为影响最大的文化名人。

原载于《苏州日报》，2012 年 9 月 26 日，发表时有删节

# 莎翁故居的秋色

深秋的一天上午，我来到了英国大文豪莎士比亚的故居。阴沉而又带着几分凉意的天空，并不能削减我的参观热情。

莎士比亚故居，坐落在伦敦以西百多英里的斯特拉特福小镇上的亨利街。这是一排棕褐色木结构的两层小楼，斜顶砖瓦，还有烟囱老虎窗，外墙则是原汁原味的泥土色，弥漫着乡村的自然气息。故居外的庭园橙黄橘绿，景色幽雅，尽管秋风扫落叶，但似乎还有些芳草鲜美，秋叶缤纷。这里，还种有许多莎翁在作品中提到过的植物和药草。

顺着鱼贯而入的参观人流，走进莎士比亚故居堂前，在倾听讲解员十来分钟的讲解之后，我从一楼沿古老扶梯拾级而上，踏着有些吱吱作响的楼梯和楼板，轻轻移动脚步，一室又一室地开始着我们的参观。

我注视着室内的原有陈列、手稿、油画，特别是作为莎翁出生地，心中充满了虔诚和敬仰。因为这里的一切，可以让人解读出莎翁当年的梦境、理想以及一发不可收的创作火焰。还原故居的当年，是一半做住宅，另一半做手工作坊，因为莎翁的父亲是一个做手套的小业主。二楼有间英式卧室中有两张床，一大一小，并排在一起，莎士比亚就诞生在这张木制小床上。我静静伫立在令千千万万个朝圣者无不动容的小床前，“伟大”“天才”“大师”的含义，一下子穿越脑海，了然于心。小屋的空气中似乎还活跃着莎翁的文学细胞，散发着大师的肤温，仿佛他的那些名作还在一部又一部地“你方唱罢我登场”。

轻轻移步在故居，望着展示中的实物、手稿、莎翁肖像以及那些手工艺，我仿佛一下子穿越了时空，进入了昏暗潮湿的时代。莎士比亚 1564 年生于此，1616 年长眠于此，他走过了 52 个春秋。他的语言文字是超越时代跨越全球的。他的举世作品，影响着一代又一代人。然而，对于莎士比亚的作品，我可知之甚少，除了对根据《哈姆雷特》改编的电影《王子复仇记》中的一出王子复仇故事

从莎士比亚展览室到莎士比亚出生的房间，中间隔着一座花园，
种植的花卉多是莎翁在作品中提到过的，如金银花等

有点儿了解之外，其余可以说是一无所知。我从小没有得到中外优秀文化的很好熏陶，只不过是在八十年代中期，从《五角丛书》和《世界名著译作》中补读了一些皮毛。以至到了 2012 年伦敦奥运会开幕式过后，才知道莎士比亚《暴风雨》中还有一句在英国家喻户晓的名言：“不要害怕，这个岛上充满了希望。”

在故居的参观中我还了解到，对于莎士比亚，德国著名诗人歌德的心灵表白更精彩：“当我读到他的第一篇作品时，我已觉得我是属于他的了；而当我读了他的全部作品时，就从一个盲人变成一个能够看到整个世界的人了。”这或许是对大师的最好评价。

莎士比亚有着演员、剧作家和诗人的灿烂生涯。其一生共创作了 38 部戏剧、2 部长诗和 150 多首 14 行诗。他的作品，既有喜剧，也有悲剧，但都充分反映了人文主义思想。我想，除非你搞英国莎士比亚文学的专业研究，否则，你不可能读其所有作品而成为一个能够看到整个世界的人。当然，读完了他的全部作品，你也未必一定能够看透整个世界。但我参观莎翁故居，似乎捷径般地触摸到了大师的智慧、力量以及创作轨迹。

当然，在莎士比亚之光照亮历史的天空的同时，人们也曾普遍质疑，莎士比亚究竟是谁？他是怎样去伦敦做了演员并在 18 年的短暂时间里写下了 38 部戏剧作品？在众多猜谜中，又有一些观点应运而生，莎士比亚是文盲？莎士比亚阴谋论？对莎士比亚，你得去搜寻和发现，并试着挖掘莎士比亚的所思所想，但从中又可能是永远无解。

在故居的参观中，我还不时用手机上网搜索与故居相关的一些信息。其中有一条信息耀眼夺目：2011 年 6 月 26 日，温家宝总理在参观莎士比亚故居后，接受了记者的采访。温总理说，莎士比亚的作品并非是读一遍就能读懂的作品，而是一部甚至要读十遍、百遍才能真正理解其内涵的文学经典。据故居游客部负责人介绍说，很多游客把参观莎士比亚故居作为自己一生中必须实现的愿望。莎士比亚及其作品在当今人们心目中的地位，在此也可窥见一斑。

莎士比亚是英国的一张名片。参观莎士比亚故居，你可见各个时代大家在此的身影。瞧，在一扇硕大的玻璃窗上，镶嵌着许多大作家的签名，其中有大名鼎鼎的海明威、马克 · 吐温等。历史的沧桑和文化的沉淀在此交相辉映。故居散发着为人类文明作出卓越贡献的大师们的光环效应。

结束参观之余，照例又是穿过故居纪念品商店。我在琳琅满目、大大小小、各式各样的纪念品中，认真选购了一把印有莎士比亚故居彩色图案的瓷壶和一本故居风光集 Stratford-upon-Avon，以作纪念，后者可把参观中来不及了解和消化的东西带回去慢慢解读与思考。

走出莎士比亚故居，我独自一人闲步在斯特拉特福小镇。斯特拉特福的秋色美丽绚烂，让人觉得宁静无华，远离尘嚣，其也不免让我对当今生活与追求有了短暂的反思。那就是人到中年，如何思考再定位？把节奏慢下来，补读点中外名著来了解世界，了解我们自己？来点儿属于我们自己的思考人生，穿梭时空，回眸曾经，或许在生命的长河中活得更有意义？

原载于《苏州日报》，2012 年 12 月 29 日

# 耳闻目睹贝多芬

贝多芬的旋律不但可耳闻，而且可目睹。这是因为——

波恩巷 20 号，是贝多芬故居。

那天，我推开这扇古朴典雅的深褐色大门，踏上熔岩铺筑的方砖，迎面可见一座巴洛克风格的三层小楼，乳黄色的墙面被绿藤缠绕蔓延，以至于只露出门窗。1770 年 12 月 16 日在三楼小阁楼中，诞生了一生坎坷的音乐天才贝多芬。

贝多芬在这里度过了他艰辛的童年和少年时代。22 岁时，他便离开家乡前往维也纳求学谋生，首先成为海顿的学生，从此就再也没有回来。就是这位通过海顿的手而获得了莫扎得精髓的贝多芬，此后一步又一步走到了音乐的巅峰，盖世无双。

两百多年来，贝多芬故居几经变换，旧貌新颜，现由贝多芬故居博物馆、数字化的贝多芬世界、梦幻剧院、特别展览和花园组成。

贝多芬故居博物馆，共有 12 个展厅，100 多件原物件，5000 多件纪念收藏品。其中，第 1 展厅记载和诠释了贝多芬的生平、家谱和大事日志；第 2 展厅介绍了贝多芬年仅 14 岁就成为管风琴师，以后又成为中提琴手和乐队助理指挥；第 3 展厅，有 18 世纪重要作曲家们的剪影和贝多芬在波恩使用过的中提琴；第 6 展厅，主要陈列着贝多芬在维也纳的老师们的版画像，有海顿、乔治和安东尼奥；第 7 展厅，主要是手稿、作品、信件、画像等，展示了贝多芬的生命历程和艺术发展，还有一个具有历史意义的极为珍贵的木管吹奏乐器；第 8 展厅，再现了贝多芬在维也纳的生活和创作，有雕塑家 Franz Klien 制作的最能生动反映贝多芬当时相貌的半身雕塑（根据面模），有 Joseph Karl Stieler 创作的最著名的贝多芬的肖像画；有个展柜陈列着贝多芬当年变聋的证据，以及各式助听器。

我借助博物馆的电子声讯导游器，踏着展厅吱吱作响的木地板，仿佛走在了贝多芬交响乐的旋律与音画世界中。我感受着一个个英雄的声符，心中充满着无

贝多芬故居纪念馆

比的崇敬与虔诚。贝多芬的创作手稿、私人书信、礼品物件和生前使用过的提琴、钢琴与旧风琴等实物一一跃入我的视野，特别是贝多芬在维也纳最后使用过的两架钢琴，我大胆猜测正是在这排琴键上铸就了《第九交响曲》的伟大旋律。

进入第 11 展览厅，我特意放慢了步伐，因为这是当年大师出生的小阁楼。这个顶层小阁楼只有七八平方米，东西各有一小窗，房顶斜矮。说实话，我是弯着身子小心翼翼进入的。阁楼中竖有一根石柱，上面置有一尊贝多芬的玉石胸像，我驻足凝视良久。思索着，没有贝多芬，世界也将黯然失色许多，人类也会单调不少。

贝多芬一生中主要创作了 9 部交响曲、5 部钢琴协奏曲、3 首序曲和 1 首小提琴协奏曲。其中最伟大的要数《第九交响曲》。这部作品以德国诗人席勒的《欢乐颂》作为最后一个乐章，赞美了人类的团结与友爱，讴歌了世界的和平与美好，这也是贝多芬一生的理想和愿望。

在雕塑庭院，并排立着一尊尊贝多芬的半身头像雕塑，神色迥异，有的沉思，有的郁闷，有的激情，有的痛苦，栩栩如生地再现了当年贝多芬在生活和创作中的神态。值得一提的是，这些作品来自世界各国艺术家们的捐赠。不同的文化背景和艺术特色，铸就了对贝多芬的共同敬仰。从雕塑庭院，走进一旁的多媒体数据收藏演播厅，里面配备着带耳机的电脑。通过电脑，你可通过大量的光学和声学技术，体会和了解到贝多芬故居所收藏的作品及其他文献。此外，地下室还有一个音乐视听舞台。所有这些，构成了数字化的贝多芬故居。

在贝多芬故居，有一个宁静的后花园，杂花生树，浓绿密布，三面旧墙爬满常春藤。两尊贝多芬的雕塑隐藏在这绿色之中。我一边凝视雕塑，一边思索感慨，走进贝多芬故居，不仅可以了解贝多芬的生平和音乐天地，更可洞悉贝多芬的心灵世界——一位伟人与凡人的心声，一个正常人与残疾人的理想，一种在疾病痛苦甚至生活绝望中奋起的追求。贝多芬在他的音乐创作生涯中，一直在内心深处与客观现实之间进行着艰苦的博弈，但他总能不断战胜自我，留住英雄，扼住命运，抓住欢乐，从而创作了他一生中最具影响力的第三交响曲《英雄》、第五交响曲《命运》和第九交响曲《合唱》。这些不朽作品，是贝多芬在无声世界里，用有声的心灵绘就的人类最动听的华章。

走出贝多芬故居，油然想起海明威《老人与海》中的“人可以失败，但永远不能被打倒”。是啊，贝多芬就是在一次次的失败之中，不被打趴下，从而一次次走向成就的。

原载于《新民晚报》，2014 年 4 月 25 日，发表时有删节

# 做一个高尚的人

## ——参观白求恩故居有感

初秋的一天早晨，我中学时的同班好友，已在加拿大定居的巢玉华夫妇，从多伦多驾车出发，专门带我去参观白求恩故居。因为他们知道我作为一名医生，瞻仰白求恩故居，肯定心仪已久，非去不可。

的确如此。真要马上来到小时候就熟读的毛主席的光辉著作《纪念白求恩》中的名人故居，亲眼看一下实地实物实景，追寻白求恩精神的足迹，心中自然很兴奋。

两个多小时的车程中，三十多年前我们作为同学曾一起朗读、逐字背诵乃至语文课阶段测验前迎考复习《纪念白求恩》那段读书好时光，不时回放在脑海中。其时，我们在学习毛主席这篇光辉著作的同时，更憧憬我们自己灿烂的未来，当解放军实现一人当兵全家光荣，做工人阶级占领上层建筑去领导一切，但万没想到像白求恩那样，去读大学去做医生。因为这是基于当时的一腔热血、青春激情和理想梦境。

白求恩故居坐落于多伦多以北 100 多公里的安大略省格雷文赫斯特小镇。其由一幢两层木结构的故居和两间平房纪念馆组成，中间相隔一个花园草坪，四周绿树成林，美丽宁静。故居 1976 年正式对外开放，纪念馆于 2012 年新建而成。白窗蓝墙的小木楼故居，外观三角形山墙优雅别致，草绿迷人，内部原样陈设，华美温馨，存有许多遗物。二楼有白求恩 1890 年 3 月 3 日出生后用过的小床和西式摇篮。与其相得益彰的纪念馆则显现代时尚，结构明亮，富于线条，有诸多文字、图片、油画、雕塑、实物和影视资料。

纪念馆进门那尊白求恩的全身雕塑深深地吸引着我，他身着夹克，双手插在裤腰袋，凝神注视着远方。纪念馆设有 10 多个展区，其中有英雄的诞生地、青

白求恩故居纪念馆展厅一角

年诺尔曼、年轻的学徒、追求仁慈的人、一个热情的人、攻克肺结核、工作中的挫折、纪念白求恩等专栏。电子屏幕上不时滚动播放着介绍白求恩生平事迹的大量珍贵历史镜头，既真实再现了其在西班牙、晋察冀前线抢救伤员的艰难岁月，也生动记录了其牺牲后延安军民痛哭失声的感人场面。特别引我注目的是，纪念馆内还展示出中国各界捐赠的不少纪念品，其中有刻有《纪念白求恩》全文的象牙微雕、有中央美院李琦教授创作的白求恩肖像画等，这一切都表明中国人民深切怀念白求恩，白求恩永远活在中国人民心中。纪念馆的陈列中，有那幅我们最为熟悉的白求恩在前线弯着身子给八路军伤员动手术的经典照片、有他设计改良的各种手术器械、有他用过的那只万能小药箱，还有《游击战争中师野战医院的组织和技术》等外科著作。

参观之中，你更可意外地发现，一个真实的白求恩，和我们心中的白求恩以及白求恩精神并非完全可以画上等号，但这是可以接受的和理解的，英雄的成长也有一个经过磨炼的曲折过程。所谓人无完人，金无足赤。展览图片及其文字说明，为我们还原了一个血肉丰满，爱憎分明甚至还有些个性叛逆而张扬的白求恩。纪念馆也由此全方位展示了白求恩从一个具有冒险性格的热血青年，成长为一名国际主义战士和国际共产主义战士过程中跌宕起伏的非凡人生。但不管岁月如何变迁，那深刻影响我们这一代人的白求恩精神，那青春热血的记忆，无时无刻地在感召着我，激励着我，特别是我成为骨伤科医生这三十多年中。

当然，白求恩精神中的“毫不利己专门利人”“对技术精益求精”，还有两个极端，“对工作的极端的负责任，对同志对人民的极端的热忱”，即使在当今，无论对精英白领还是平民百姓，乃至对各行各业仍有很好的人文引领价值。特别是对我们医务工作者来说，在医患关系紧张的今天，更要当作一种职业最高境界而予以终身追求。回头看加拿大人对他的评价是：胸外科及战地医生、发明家、社会化医疗制度的倡导者、艺术家、人道主义者，这或许比我们迄今了解的要更为全面真实。

然而，我以为，其实白求恩更是一位国际志愿者。作为一位国际志愿者来到抗日战争最为艰难时期的中国，他不仅要克服物质上的艰苦，更要战胜精神上的孤独和文化上的荒凉。他的人格与精神是在中国晋察冀边区抗日前线的战火纷飞中及其八路军队伍里得到进一步升华完善的。

纪念馆大厅有一面墙，整整一面墙陈列着一幅长达 12 米的隶书长卷，这是由我军书法家底铁刚先生花了 80 多个小时书写的《纪念白求恩》全文。我欣赏品味，回忆思索，深情吟诵，这金钩银划，这闪光文笔，让人倍感亲切与温暖。最后，我的目光停留在那几行排比句上，久久凝视难以离去："一个人能力有大小，但只要有这点精神，就是一个高尚的人，一个纯粹的人，一个有道德的人，一个脱离了低级趣味的人，一个有益于人民的人。"我想这是当年毛泽东对白求恩同志的高度评价，也是对处在抗战时期中国共产党党员提出的严格要求。然而，七十多年后，当我们在和平年代小康社会时期，重读这一伟大作品，定会在温故中领悟它的现实指导意义。因为，其蕴含的哲理，仍可给公众，给社会以诸多的启迪及风向标作用。

白求恩故居纪念馆的一砖一瓦，一草一木，让我似曾相识，让我驻足沉思。之所以对白求恩精神一往情深，因为有少时熟读毛主席的《纪念白求恩》的那段经历，那可是我们一代人难忘的青春记忆，永远的岁月留痕，但更有从医三十多年来潜移默化所形成的最崇高的职业信仰。白求恩精神乃医务工作者永恒的精神高地。

参观结束之时，我在纪念馆厚厚的留言簿上流畅地写下了："白求恩精神流淌在我们这一代人的血脉之中，我作为一名骨伤科医生，更是深有感触。"

原载于《新民晚报》，2014 年 1 月 17 日，发表时有删节

# 难舍任院长

身板结实、精力充沛的任光荣老院长走了，他走得太早了，这是令人想不到的。

但他确实与病魔作了几乎整整一年的斗争。

我最后几次去19病区探望任院长时，他仍顽强地同病魔抗争着。那天下午，我忙完手术后去探望时，任院长正躺在躺椅上，他低声回答着我对他最近病情的关心及安慰，声音听上去有些嘶哑，还不时在咳痰。我们的谈话断断续续，有时还陷入短暂的沉默，或许沉默反而是金，因为我不知道如何安慰他才好。望着他被病魔折磨着的消瘦面容，我的心情十分沉闷压抑，说实话真不忍心再去打搅他，但他对生命的坚持、对病痛的坚忍，很是令人敬佩。他抱着病痛还和我拉家常谈工作。及至那天，到了他生命的弥留之际，我和王宏志副院长又静静地来到了ICU病房，眼神注视着床边监护仪上那极不稳定的各项生命指标的跳跃变动，沉默无语，心情沉重……

时钟倒转，日历重翻。我第一次见到任院长，大概是1988年的春天，一晃已经25年了。当时我在上海中医学院读研究生。记得是他托人捎口信，让我回苏州时抽空到他办公室去一下。那时，他刚从市三院调来我们中医院不久，正在筹建中医研究所。于是，这天上午我来到了他的办公室，景德路老医院行政楼，好像是一楼最东南的那一间。我们寒暄后，他询问了我在上海学习的情况及今后打算，也告诉我他来中医院想要发展中医的一些思路。看得出他对用现代科学手段发展中医非常有见解，也非常有信心。踏实与务实，似乎是他给我的最初印象，这个印象也被以后的无数事实所证明。

作为领导和老师，我在他领导下和影响下工作了20多年。这些天，他的谈吐，他的执着，特别是他那爽朗的笑声，时常浮现在眼前，回荡于耳边。也记得我在做主治医生时，他给我讲得最多的话题是他在上医学院期间，以及他在苏北人民医院工作的情景。我知道，那里是他医学人生的开始，他对苏北人民医院的眷恋，时常溢于言表，是因为他在那打下了从事临床工作的坚实基础，这也使他终身受益，练就了挥洒自如地诊疗病人的过硬本领。在他看来，大学时代及其毕业后踏上的第一个工作单位，对一个人的成长发展，是非常重要和最具影响力的。之后南京中医学院中医研究班的学习、上海瑞金医院和北京协和医院的进修，更使他的专业技能与学术水平如虎添翼。而苏北人民医院、协和精神、临床与教学科研相长、用现代科技手段研究中医药，则是他与我谈论得较多的话题之一。我感到，他的学术视野超出了其所从事的专业领域，贯通了中西医学、医学研究及医院管理等学科。

我个人与任院长近距离接触较多的一段时间要算在参加省高评委的职称评审工作中。因为近十年来，大概有六七年时间，我与任院长每年一起参加江苏省卫生系统高级职称的评审工作，每次都是整整一个星期。而在这一个星期中，我们被封闭在无锡太湖边上的省干疗养院内，其时我与任院长可谓朝夕相处，同吃同住同工作，因而有更多的交谈、交流和讨论机会。我们在工作中认真掌握评审原则，严格把关，但也为一些被评审者争取政策，用足政策。我们一起商量讨论，分析疑难，也常会加班加点，挑灯夜战，以致忘了夜阑更深；我们在评审紧张之余，趁着饭后也会忙中偷闲，一起湖边散步，清醒头脑。评审中那么多材料，要一份份看过来，要一张张表填起来，更要拿出主审意见是上还是下。这一烦琐的过程，均在条件简朴的客房中进行，有时坐在一张小桌子上，有时甚至是趴在床上、茶几上一干就是几小时，一堆堆厚厚的评审材料，光搬来搬去就够累人，对像他这么大年纪的人来说，真不是件容易的事，但任院长工作起来很利索，思路清晰，原则掌握得好，其进度始终不落在我们年轻评委后面。面对评审有些材料，真有点看不清，理还乱，或材料不全，或要素不够，但他为把握好手中的“生杀大权”，总是认真评审，或出面向上争取，或提议小组讨论。而对一页不满的那些“豆腐块论文”，他总是具体到每一个细节而加以最终定夺，如杂志的级别、所占页面的篇幅、内容质量如何等。努力“为他人作嫁衣裳”，世界上怕就怕“认真”二字，在此可窥见一斑。在省高评的工作中，我也从任院长身上学到了许多东西。

还有几件小事虽小，但也让我难以忘却。这些点点滴滴，从不同侧面反映着他的为人处事。

1991年的深秋，上海市卫生局施杞副局长带领相关部门与处室同志来苏州调研卫生工作。期间，专程来我们医院参观考察。那天下午，身着深蓝色西装，打着领带的任院长兴致勃勃地和费国瑾副院长全程陪同上海客人参观了门诊大楼、病房大楼、中医研究所以及后面的药厂。宾主双方谈笑风生，共议中医发展。特别是任院长对我院的建院历史及发展方向所作的如数家珍般的深度介绍，这给上海的同志留下了很深的印象。任院长很有思路，对学术也很健谈，这更让其时主管上海卫生系统科研、教育、外事和中医中药工作的施杞副局长大为赞叹："你们苏州中医院实际上比我们上海龙华医院要搞得好，我们要向任院长学习和取经。"此情此景，犹在眼前。多年来，任院长对施杞先生也是十分敬重，并时常向我了解他团队的工作思路和发展成果，旨在他山之石，可以攻玉。而正是在他的努力之下，90 年代中期我们医院就建成了当时在省内颇具规模、设备一流的市级中医药研究所。

回想在 90 年代初期，江苏省卫生系统职称评审工作还不是每年一次，一般要几年一次。如 1993 年，江苏省卫生厅第一次搞全省 35 岁以下破格晋升高级职称的工作，我被推荐去无锡参加了破格晋升的一系列选拔考试。其时参加破格晋升考试的还有现在已是如雷贯耳的熊宁宁、李德春等人，我是破副高，他们是破正高。及至最后一关面试前夕，作为内科组评委的任院长亲自到我们外科组现场鼓励我：不要紧张，正常发挥就行，这次不行，以后有的是机会。正是他的鼓舞，最后的面试我发挥如常，顺利通过了选拔考试，从而成为医院当时最年轻的副主任医师。

还记得在 1999 年的初夏，有一次我与任院长一起去南京开 3 天的省中医工作会议。那天开了一整天的会议，晚饭后任院长就约年近八十的朱良春老先生、邵荣世院长（时任南通中医院院长）和我一起出去转转，以换换脑子。我们用了两个多小时，从宾馆出发，散步至秦淮河边，又从那里走回宾馆。这一路上，任院长谈兴很浓地和朱老探讨了中医药如何继承发展、中医院如何建设等问题。其中，既有宏观的发展思路，又有具体的可操作细节。秦淮河的波光灯火映衬着任院长和朱老的谈兴和神采，我也有幸认识了国医大师。这一幕记忆犹新，恍如昨日，真可惜当时未用相机留下合影。但时光的飞逝，淡漠不了我对它的深深记忆，有字为证同样给力。

去年年底，任院长因病在上海九院手术，其时我正患支原体肺炎住院治疗，因而无法前去探望。于是，我托在九院骨科工作的同学郝永强主任前去代为慰问。任院长非常高兴，事后他马上用手机给我发来短信："刚才郝主任来看过我，交谈了一会儿。我已手术结束，谢谢关心。九院有三名院士，他是戴院士的高足，与你也曾是研究生同窗。我拆完线本周六出院，一切都很顺利。”其时，他对重返工作岗位充满了信心。我也在心中默默地祈盼他早日康复。

手术后不久，我去任院长家探望，那时尽管他颜面肿胀不尽消退，但精神很好，步态轻盈，还忙着给我倒茶，为我剥糖果。当我关切地询问起手术情况时，他告诉我切片结果是腮腺混合瘤，70% 是良性的，问题不大。看得出他对战胜病痛更是充满了信心。这天，任院长心情特好，谈兴也很浓，我们聊了好长时间。

以后我又不断地通过发短信关心他，慰问他。有一次我给他发短信：“任院长好！这些天肿胀情况想必好了许多，甚念。天气转暖，但乍暖还寒，请多保重！”他稍后便回信：“肿胀有所好转，各种反应也在减轻。医院病人多工作辛苦。重点科室更是如此，劳逸结合”。他在病中仍十分关心我们医院我们骨伤科的医务人员，这让我甚为感动。回想我们医院的发展历程，全国第一批“三级甲等中医院”、江苏省首批“全国示范中医院”，都倾注了他的心血和精力，都有他的辛劳和付出。多年来，每当我取得一点点成绩时，他总是在第一时间给我鼓励；当我们拿到卫计委国家重点临床专科时，他又很快向我表示了祝贺，其欣喜程度简直如同自己的事一般。写至此，心中能不痛哉！

今年 4 月 16 日，任院长还特地给我发了一条短信：“祝贺荣得国务院政府特殊津贴，这是知识分子的最高荣誉，我是迟到的祝贺也得发，为你高兴。”直至五一节，我们还相互致以节日问候，任院长给我发来：“姜主任五一快乐，事业发达！”病中的老领导、老师还如此关心我，鼓励我，真让我感慨万千。这么多年来，我和他也算是“君子之交淡如水”，除了上下级关系、师生关系之外，还有着一份更深厚的同事关系。这真是亦师亦友亦同事，此情可待成追忆。

任院长退休之后，仍继续他的学术和他的事业。桑榆晚，云霞更灿烂。他还先后担任了省中西医结合学会副会长，成为全国名老中医药专家学术经验继承工作指导老师，南京中医药大学博士生导师，带领我院脾胃病专科成为国家中医药管理局重点临床专科。近十年来，他在省内一些中医药科技项目的鉴定或评审工作中，每每担任主任委员的重任，这也充分表明了他的学术地位和影响力。其中，最精彩的一笔是，多年来精心探索研究的课题《胃动力对胃肠动力的影响及其机制的研究》，在他年届七旬之际，获得了 2010 年度中国中西医结合学会科技学技术奖，这也是我院获得的最高科技奖项。当他把消息告诉我时，那鹤发童心的形神、那音容笑貌，充分表露了一个驰骋医坛数十年的老专家那志在千里的风采，真令人可喜可贺，可敬可爱。这也是对他注重理论联系实际、强调临床带动科研这一学术风范的最好回报。

在我眼中，任院长总是那么有精神，有活力，有思考，而不论其在位与否，退休与否，工作与否。而令人意想不到的是，任院长竟如此匆匆地走了，但他的生命活力在他的学术著作、学生弟子、病人口碑、医院发展及其他个人在行业中的影响力中得到了延续，得到了别样的永生。

“死去元知万事空”，但也未必尽然。仰望历史的天空，闪烁着星星，闪烁着光亮；杏林风范的光彩与荣耀，是不会随躯体消失掉的，那是我院百草园中一道永远的风景。

# 儒雅的光辉

## ——缅怀陈益群老先生

有着全国老中医药专家学术经验继承工作指导老师和江苏省名中西医结合专家等学术光环的陈益群老先生，他的学生自然有很多。对我来说，能成为他的弟子，在他手下工作多年，耳濡目染，紧随其后，真是获益很多。

1982 年，我被分配到苏州市中医医院骨伤科工作。记得第一次到科室向时任骨伤科主任的陈老报到时，是在景德路老医院病房三楼，楼梯口拐角处那间朝东的办公室。走入办公室，他背对着门，正坐在办公桌前签看一叠出院病史。见我来报到，陈老连忙起身相迎，示意我在一旁的椅子上坐下。陈老对我说：“你是我们科内第一批科班生（还有惠礽华），是我们团队中的新鲜血液，希望你努力学习，不怕吃苦，尽快适应伤科的临床工作。”

其时，陈老先生给我的第一印象是温文尔雅。我踏上新的工作岗位那一刻紧张忐忑的心情也因此顿消，直感在他手下“吃饭”，一定会工作愉快，学到本事。我扫视了这间 15 平方米大小的主任办公室，除办公桌上那盆阳光照耀下的水仙格外引人注目之外，有一张诊察床，一张书橱，一张堆满夹板骨科器材的木橱，还有一个很大的带轮子可移动的工具箱车。翻开这个工具箱车的盖板，陈老如数家珍地为我介绍，这里面有榔头、锯子、大力剪、台虎钳、铁皮、铅皮和铝皮，这俨然一个工匠间。当然，陈老先生的儒雅与他办公室的那些摆设似乎又有些反差。从此，我也在临床工作中与这些榔头凿子结下了不解之缘。

参加工作不久，我便发现陈老先生有两大特点，那就是工作繁忙，再加上事必躬亲，做细事实事。那些年，他除查房、会诊、门诊、手术、教学外，回到办公室，只要一有空，就是亲自动手为一些骨折患者进行个体化治疗，即先“量体裁衣”，画好图纸，做好设计，再敲敲打打，修修剪剪，做一副精致的铝皮夹板或带铰链超关节夹板，旨在动静结合，促进患者伤肢功能的早日恢复。那时候，叮叮咚咚的声音似乎成了他办公室最优美的催人激情的打击乐。这打击乐也如一声号角，只要听到它，我总会暂时放下手中放得下的工作，前去帮忙。不知不觉，我也学会了四肢各式夹板的设计、制作与临床运用。那阵子，陈老还不时亲自带教我整复骨折、伤口换药，乃至手术切开内固定，并嘱我要读好熟记天津医院编著的《创伤》、上海第一医学院郑思竞教授主编的《人体解剖学》。

那时，陈老住吉庆街，我住东大街，养育巷则是我们上下班骑自行车的必经之路，我们常会不约而同。这一刻也成了我向陈老讨教问题的最好机会。有一次，我们下班一同骑车回家，我又讨教了如何运用夹板，维持科累氏骨折整复位后不再移位的方法，他说关键在于保持与维持桡骨远端的两个角度——掌倾角和尺倾角，但普通夹板的短柄就在于不如石膏，因为它不能塑形，而铅皮夹板完全可以达到这一效果。

陈老先生虚心好学，勤于思考，有时更是不耻下问。他对工作的认真态度和对病人的责任心，给我留下了很深的印象。如有一次，我们遇到 1 例胫骨上端粉碎骨折，胫前动脉累及损伤，术中出血很多。术毕他不放心，担心术后大出血，于是晚上就亲自陪我一起值班。那晚，他躺在办公室的钢丝折叠床，我睡在隔壁的值班室。晚上 10 点夜查房后，他除了嘱咐我让化验室备好两袋血，床边备置止血带以防万一外，还再三叮嘱我注意定时观察病人全身和局部情况，如有异常随时叫醒他。此情此景，犹如昨天。

迄今为止，如何充分显露，仍是骨科手术操作重要的步骤。在我当住院医师时，尽管病区手术很少，但一有上台机会，陈老总是指教我如何尽快显露，如对致密组织要尽量锐性分离，对疏松组织则应钝性分离。当然，有些时候两者可以交替进行，灵活运用。直到多年后，我去解放军总医院骨科短期进修，了解到该科仍然以他们的老主任——中国著名骨科专家陈景云教授的朴实名言作为手术操作座右铭，即“骨科手术，见到骨头就到家了，难在术野显露”。至此又激活了我当年在陈老手下初学骨伤的那一段记忆。的确如此，骨科手术成功的一半，就在于恰如其分的良好组织显露。弹指一挥间，白驹过隙。如今我也成为高年资医生和上级医生，三十多年的临床工作，成绩与收获，经验与教训，让我对此有更多的感悟与感想。

记得刚踏上工作岗位头几年，陈老先生除了在临床上帮助我成长之外，也常让我做一点儿科内的文字工作，如帮他誊写或整理工作计划、科室小结、发言提纲、教学讲义、经验汇总及会议记录等，这些工作有时量大白天来不及完成，于是我就晚上加班加点，但翌日早晨一定是如数交到陈老手上，从不拖延。誊誊写写，记记画画，修修改改，这些看来不太重要的文字工作及其从中形成的思路，也为我多年后从事科主任工作打下了一定的基础。

1985 年，我考入上海中医学院研究生。入学不久，我就写信向他汇报近期学习情况。他随即回信予我，除了勉励我要认真读书、刻苦钻研、倍加珍惜机会来之不易之外，他在信中还袒露心扉：“我早年也一直想读研究生深造自己，可现实条件却死死地堵住了我这一条路……”死死地堵住，那字里行间，让我记忆特别深刻。但多年后从他内心深处还隐隐流露出，青年时壮阔的理想仍旧未泯，忙碌中雄伟的励志依然激荡。陈老的殷切期望，更激励着我要努力学习，砥砺前行。有一年，全国中医骨伤科年会在无锡友谊宾馆举行。陈老带上我参加了会议，并力荐我大会发言。我是第一次参加全国会议，又要发言，心里自然很紧张，但开弓没有回头箭。于是，当晚陈老帮我理头绪，列提纲，讲要点。我经过充分准备，翌日借助幻灯机的效果，手法治疗腰痛的镇痛机理研究的大会交流，观点新颖，内容实在，受到与会代表的一致好评。

我以为，陈老对我们骨伤科做了许多开创性的工作，至今在学术界仍有很深的影响力。首先，早在 20 世纪 80 年代，他力主“有限手术”的理念，中医结合，这既可视为 AO（坚强固定）向 BO（生物学固定）乃至 CO（微创固定）转变的前奏，也可与现在方兴未艾的某些骨科微创手术异曲同工。陈老的这一论断，今天看来也许不觉得有何高妙之处，但若置于当时的历史条件之下，就显示出令人瞩目的光辉和超前的意识。其次，股骨颈骨折是临床难题，不愈合率和股骨头坏死率高，由此导致致残率更高。但陈老敢啃难题，知难而上，与龚正丰主任一起研制了外展牵引固定器治疗股骨颈骨折，其集牵引、固定与功能锻炼为一体，提高了骨折愈合率，降低了股骨头坏死率，获得了 1986 年度江苏省科技成果二等奖。对此，中国中医研究院骨伤科研究所所长尚天裕教授给予了高度评价，并将召开第二届全国中西医骨伤科学术交流大会的任务交给了陈老。陈老不负众望，在各方的大力支持下，第一次在我们苏州出色地举办了全国中西医结合骨伤学术大会，从而扩大了科室在全国的影响力。再次，陈老呕心沥血，自编讲义，精心组织，带领全科举办卫计委部办全国骨伤科临床提高班，每年 1 期，每期学员 15—20 人，共持续了 15 年，学员遍布全国各地，影响深远。陈老更是桃李满天下。

还有不胜枚举的是，他的临床经验如“麻醉下牵引推拿治疗腰椎间盘突出症”“非手术治疗股骨颈骨折”“中西医结合治疗慢性骨髓炎”，早在 20 世纪 90 年代初就被收入由上海中医药大学施杞教授主编，并由中国中医药出版社出版的《中国中医骨伤科百家方技精华》一书，受到国内同行的关注。1984 年，陈老还曾与蔡景高、汪达成等我院元老一起代表苏州市中医医院东渡日本，在与苏州结为友好城市的金泽市讲学交流，他的中西医结合治疗骨折的专题演讲，在日本也是反响很大，好评如潮。

陈老看似温文尔雅，慢条斯理，但思路敏捷，心灵手巧，富于创新。特别是手术中的游刃有余，动作麻利，竟和平时判若两人。喜欢动手又善于琢磨思考的陈老既发明了骨折合剂（丹皮、青木香、重楼等），又研制了一些经皮微创的手术方法如髌骨钩、跟骨撬拨复位夹（棍），还设计推出了外固定器械如膝关节铰链夹板、脊柱背伸铝夹板、弹力夹板、桥形夹板等。其中，骨折合剂、跟骨复位夹如今仍在临床上广泛使用，而且经皮撬拨复位手法治疗跟骨骨折，经过“长江后浪推前浪”似的不断优化改良，梳理总结，现已受到国家中医药管理局的高度重视，我科亦为此作为全国重点专科跟骨骨折协作组组长单位，受任牵头了全国 10 家医院对此进行深入的临床研究。回顾我科在走向卫计委国家重点临床专科的征程中，其实每一步都有陈老等前辈的心血，都有全科发展史的沉淀积累，都有我们每一颗“螺丝钉”各自的功劳。

陈老先生，20 世纪 40 年代师从陈明善，50 年代学习现代医学，毕业于无锡市医师进修学校，60 年代初又毕业于南京中医学院第 1 期西学中研究班。他先后在无锡市第一人民医院、江苏省中医研究所工作，1972 年调任苏州市中医医院骨伤科任科主任。在江苏省中医和中西医骨伤科学术界，陈老与江苏省中医院诸方受教授、南京中大医院张朝纯教授并称为江苏省骨伤的“三驾马车”而誉满全国。其中，陈老造诣于中西医结合，诸方受专注于妙方灵药，张朝纯擅长手法治疗，他们各领风骚，相互取长，彼此关系甚好。诸方受、张朝纯教授对陈老也非常敬重。近些年我作为科主任去南京开会时，他们遇到我，总要托我带信问候陈老。我感到老一辈学者的君子之交，其真情如水一样清丽无饰；其为人处事，学术风范，更值得后辈学习。

陈老极富修养，我从未见过他疾言厉色，更未见过他怒发冲冠。在我眼里，他似乎还有些不善言辞，但他说话很中听，也很有分量，常能说到问题的实处；对学术观点，他也在中西医结合方面独树一帜，敢于实事求是，敢讲真话而不是人云亦云，这让人钦佩不已。诚如苏轼有诗曰：“人言非妙处，妙处在于是。”我发现，注重实效的陈老，对平民百姓一些反复发作的劳损性的疾病，如腱鞘炎等，他常用短平快的封闭治疗，使药直达病所，既快捷，又省钱，免其多次往返折腾。陈老就有这样的求是品德和学者风范。

陈老退休后，坚持每周两次专家门诊。并将更多的时间投入到丰富的业余生活中去。他喜爱运动，因而步态轻盈，精神饱满；他喜欢摄影，因而笑口常开，自得其乐；他关注学术，因而与时俱进，永不褪色。特别是遇见我还不时勉励我要中西结合，不要完全西化，那敏捷务实的思维令人备受鼓励。直至这次生病前，他还为锻炼身体而爬灵岩山，并坐公交来回。记得去年五月，我登门拜访，与他闲聊，完毕陈老兴高采烈地将他的摄影作品借给我，还叮嘱我 U 盘不能搞丢呀，犹如当年我做伤科住院医生时，他对我的副认真劲儿。

2011 年 9 月，我科成为国家重点临床专科后，在国庆 62 周年前夕，医院党政领导召集全体骨伤科医生，在吴萸厅召开国家重点临床专科工作会议。会上，老中青少，四世同堂。陈老也兴高采烈地参加了会议，他在发言中回顾历程，展望未来，建言献策。我们骨伤科还照了一张“全家福”，我又和陈老单独合了影。晚上葛惠男院长又借友联假日酒店设宴勉励。席间，我们大家和陈老、龚老和邬老等老前辈一起，觥筹交错，共祝骨伤科更上层楼，再创辉煌……他那音容笑貌，他那儒雅气度，真是此情可待成追忆。

作为弟子，我认为陈老在学术上的天资聪颖，是我们望尘莫及的，而陈老的魅力与风度，我们也只能仰视。陈老的为人与为学高度一致，总是那么从容淡定，平和温厚。他看起来儒雅有余，但意志刚强，有超常的毅力。晚年他慢病袭身，还要照顾坐轮椅每周定期做血透的妻子。他糖尿病一度引起足背慢性溃疡，伤口反复感染，经久不愈，甚为棘手，但他凭着坚强的信念，长年累月自己动手换药，病魔向他低头，奇迹终于出现。

及至这次患上免疫性肝病，陈老全身营养状况每况愈下，蛋白合成障碍，免疫力低，体力明显不支，但他始终乐观豁达，从容应对，顽强与病痛作斗争。这一年来，他时常住院治疗。我也为之经常探访，并与市内熟悉的有关专家甘建和、朱传武教授商讨诊疗方案。特别是去年盛夏 40 度高温连续发烧 40 多天，他却以顽强的生命力安然度过，实属不易。我始终坚信他能再一次战胜病痛，并期待来年全科为他做 90 大寿暨陈老学术思想研讨会……

其实，陈老先生很平和，而非叱咤风云，但他很了不起。了不起就在于他守望精神，忠于学术，勤于思考；在于他勇于实践，实干巧干，毕生奋进。陈老先生留给后人的镜子，如日月之悬，光景常新。

一生儒雅的陈益群老先生走了，永远离开我们已有半个年头了。

细雨纷飞来临之时，追忆恩师之情油然而生。

是为缅怀。

# 医者仁心佛手香
## ——读《何焕荣中医学术经验荟萃》有感

这些天，拜读和学习由何焕荣主审和吴娟娟主编的《何焕荣中医学术经验荟萃》这部新著，真是开卷有益。

这开卷有益，首先得益于“何焕荣先生从医五十余载，起沉疴、救急危、解疑难、决生死、德艺双馨、活人无数”的大医精诚的激励；其次得益于何先生成才之路之感召；三是得益于何先生的学术渊源、临床经验、医论医话、医案举隅、查房实录、病案讨论、临证薪传和科研萃摘那沉甸甸的扑鼻书香。

书中精选的何先生临诊的百余例医案脉案，病种涉及肺系、肝胆、心脑、妇科及诸多疑难杂症。这些医案尽显了何先生在临诊中，善于把握辨证施治的“常”与“变”，传承整体观念之“全”与“准”。他对疾病的辩证分型、理法方药，可谓一气呵成，精致独特，严谨有据。每一医案，结尾都辅以“按”“评语”等解析说明，从而使之以案为镜，条分缕析，循证支持，方得始终。我精读了眩晕、腰痛、痹症和不寐等这些临诊中经常遇到的病例。其中，犹感何先生善用生黄芪、生葛根等来治疗眩晕，常用交泰丸配伍来交通心肾治疗不寐，且屡获良效；他还常用生首乌、生贯众来通大便，而陈佛手、陈香橼和陈皮，更是他处方中的三剑客，意在和胃健脾调中，注重后天之本……值得一提的是，何先生融中汇西，博采众方，集各大成，那令人赏心悦目的医案脉案，也犹如一帧艺术品，让人领略了中医大家的书法之美。

在我眼中，何先生是一位谦和、儒雅和低调的名老中医，是我们的老前辈。他低调为人，却高调做事，他在临诊中潜心执着，高歌猛进。犹记20世纪80年代，才40多岁的他，竟然主动从副院长岗位上急流勇退，一头扑进临诊之中。这一扑，就是近三十年，而为之“沉默是金”、沉淀而成的这些学识必然是光耀无比。其中，何先生在20世纪90年代，曾以访问学者身份远赴德国柏林Medic微生物研究所，进行学术交流及其诊疗工作，他将我们的国医和自己的经验带到了德国，并引起了当地的轰动与对中医中药治病的向往。他在自己的“半亩方塘”中专心致志，厚积薄发，引来了“源头活水”，于是就有了今天这部洋洋洒洒的学术专著。特别在是书出版的过程中，在样书成稿后，他并未一鼓作气，马上付梓，而是有意放慢了节奏与速度，并用一年多时间，几易其稿，反复修改，这种认真踏实的学风值得我们钦佩与学习。我想，世界上怕就怕“认真”二字，“世上无难事，只要肯登攀”，这是至理名言，也是人生哲理。

当然，何先生那源于临床、高于临床的学术研究，并非仅仅停留在理论上的“高大上”，而是很接地气，他实实在在的一些研究成果，每每转换开发成国家新药，如香菊感冒颗粒等，不一而足。同时，《何焕荣中医学术经验荟萃》，不仅从侧面缩影了吴门医派历代名医大家的发展脉络，更是一部贯穿苏州市中医院建院60周年的发展史诗。

隔行如隔山，跨专业恐怕也是如此。但中医十三科一理贯之。我在采用防己黄芪汤合补阳还五汤治疗巨大破裂型腰椎间盘突出症的过程中，研制了消髓化核汤这一协定方，共十味药，其中有木瓜，我想重用木瓜30克，旨在作为引经药加重舒筋活络，更在发挥木瓜酶可溶解突出椎间盘的功效，但这样组方配伍妥否？我一直拿不定主意。为此我专门请教了何先生，他认为从内科角度来看，组合可以，并无异议，但木瓜用量太大，会造成汤药口味太酸，建议减量，后来我忍痛减至15克，并亲口尝试了两种用量的口感，的确如此。何先生的这一点拨，让我感到在处方用药时，除了注重药物的功效药理之外，更要不忘药物的四气五味，两者不可偏颇。何先生擅长用药轻灵，注重轻清取胜，他治病每每犹如四两拨千斤，但也喜欢重用不少药味起沉疴。至于孰轻孰重，如何掌握，吴门医派自有不少讲究。还记得20世纪80年代初，我在我院内科实习期间，在跟随那些名老中医查房时发现，黄一峰时以炙甘草3克来清轻和胃，而奚凤霖则重用炙甘草30克来益气复脉，这一轻一重均体现了辨症施治的内涵及其临诊中对炙甘草的妙用。

内治也是中医骨伤科治疗学中重要的一环，《何焕荣中医学术经验荟萃》，无疑也是骨伤科一本很好的临诊参考书。实话实说，在我的书橱中，也有不少名老中医的内科医案，如上海中医大家《胡建华临证治验录》《颜德馨膏方》《张羹梅医案》等，我也时常忙中偷闲浏览学习，旨在指导骨伤疾病的内治及其骨伤疾病围手术期的调治。如今，新增《何焕荣中医学术经验荟萃》这部医著，可以说，让我既多了临诊中治病的思路与方法，又丰富了我的藏书，真是乐哉。

原载于《姑苏晚报》，2016 年 12 月 4 日

# 浩然正气 成就丰硕

## ——记全国名中医学术继承人导师龚正丰先生

作为苏州市中医医院骨伤科主任医师、南京中医药大学教授、上海中医药大学硕士生导师的龚正丰先生，他的专家门诊的“盛况”用门庭若市来形容，是再恰当不过了。

龚正丰先生头上顶着许多光环，其中既有省名中医和劳模的荣誉，又有先进和立功的授奖，还有省市各级学会的头衔。但如提起他的中医行医生涯，龚正丰先生总是幽默地说，“我从事中医药事业，是一个历史的误会”。的确，当年他高中毕业后，先考入师范院校的数学系，后由于学校赶上院系调整这一历史原因，他又转入苏州市中医专科学校改学中医，从此他便与中医结下了不解之缘。

龚正丰先生毕业后先是从事中医内科临床专业，其间还师承吴门医派的名医马友常老先生随诊多年，并打下扎实的中医内科临床基础。20 世纪 60 年代中期，他因工作需要转向中医骨伤科临床，师从葛氏伤科的传人周玲英、顾大钧等名师。这一干就是四十多年。

### 专心临床 致力科研

作为医生，谁都难免要经历一个“学书者纸费，学医者人费”的经验积累过程。龚正丰先生始终认为“成于专而毁于杂”。自从他从事中医骨伤科临床后，他就一心扑在临床上。当年在病房中，由于人手少，他是每隔一天就是一个 24 小时的值班日。正是靠着在手术室、石膏室、急诊室中的“跌打滚爬”，加上被他翻熟了的由天津医院编著的那几本厚厚的教材《创伤》《骨病》等，他练就了一手过硬的正骨技术，可谓“该出手时就出手”。

龚正丰先生不仅具备“医家有割股之心”，而且他对中医骨伤科事业更有一颗热诚之心。步入中年后，他的事业如日中天，更加注重不断地总结和提高。他研制设计外展活络牵引固定器配合中医中药三期辨证施治治疗股骨颈骨折，从非手术疗法角度，提高了股骨颈骨折的骨性愈合率，降低了股骨头的无菌性坏死率，率先填补了国内这一领域的空白，获得了 1987 年的江苏省科学技术进步奖。根据生物力学、解剖学和生理学理论，在国内传统三步八法治疗的基础上，他总结并提出的脊柱三维推拿手法治疗腰椎间盘突出症，提高了非手术疗法的临床疗效，获得江苏省中医药科技进步奖，并于 1994 年被江苏省中医药局确定为全省推广应用项目。

龚正丰先生是一位对骨折正骨手法有着极深造诣的专家。他认为，作为一个骨伤科医生，既要善于逻辑思维，也要善于形象思维。诸如在骨折的手法研究中，他根据解剖学和生理学，研究了骨折回纳通道的问题，并提出运用正骨八法，通过逆损伤机制，来打开回纳通道，顺利复位。这一步非常重要，可谓成败在此一举，其可提高手法复位骨折特别是关节内骨折的整复成功率。他还循循善诱，传授经验，强调在整复骨折手法前，要把影像学 X 片中的二维图像，转化为三维空间立体图形，刻画在医生的头脑中，做到心中有数，来指导正骨手法的“时空”走向（手法复位时间和手法步骤途径），使之“手随心转，法从手出”，一气呵成，提高复位的成功率和优良率。如对肱骨外髁翻转移位骨折，在手法复位时，要首先加大原有损伤畸形，使之造成肘关节外侧半脱位加大其外侧开口，以打开骨折的回纳通道。随后仔细摸，辨明骨折块移位方向，将其推向关节后方，做到“欲合先离，离而复合”。最后“机触于外，巧生于内”，迅速旋前前臂并屈曲肘关节，通过利用伸肌群作用力和手法作用力的合力，达到骨折复位的效果。肱骨外髁翻转移位骨折，常常需要手术治疗才能达到良好的对位，但在龚正丰先生手下，则常常又不需手术治疗就能达到很好的复位。

在小夹板治疗骨折方面，龚正丰先生善于研究总结，他在包扎中提出了“内要松外要紧”的理论，除了注重包扎技术之外，在最大限度地追求弹性固定的有效之余，更强调包扎外观的美观性。经龚正丰先生包扎的小夹板外固定，更像一帧纯洁如玉的艺术品。

## 注重理论 善于实践

龚正丰先生在临床工作中用心思考，潜心钻研，继承创新。经典学说认为，腘绳肌是影响腰椎间盘突出症患者直腿抬高试验的椎管外因素，但他总认为这些观点还不尽完善。根据临床观察与深思熟虑，他大胆假设阔筋膜张肌也是影响直腿抬高试验又一椎管外的因素。为了证明其观点的准确，他通过几十例病例的临床观察和封闭反证的研究，证实了其推论的正确性，其论文发表在《中国中医骨伤科杂志》。

对腰椎间盘突出症，他认为疼痛的原因并非仅仅在于椎间盘突出物所造成的机械性受压，而是神经根受压后其周围的无菌性炎症。在研究中医药治疗腰椎间盘突出症的临床疗效机理中，他提出椎间盘可能发生形变或位移的观点，其对阐述发病机理进而对提高疗效具有重要的临床意义。

在腰椎间盘突出症的牵引推拿手法方面，他对传统麻醉下的推拿手法进行了改良，融入了当今生物－社会－心理这一治疗模式，研究出了镇痛牵引下脊柱三位（脊柱前屈位、侧屈位和后伸位）推拿手法。这些手法强调在镇痛牵引状态下进行，手法的节律与脉搏的节律一致，并要求主动手法与患者的被动运动要融为一体。正因为这些“以人为本”观念的融入，将机体的主观能动性积极地调动起来，从而进一步提高了原有的临床疗效。

龚正丰先生正因为有着一定的内科基础，故在临诊中还有着更为宽广的用药思路。他认为很多骨伤病症涉及内科杂症，如在腰椎间盘突出症的急性期，他与众不同，并非专一于活血化瘀，利水化湿，而是注重理气攻下这一法则。根据腰痛病症型的异同，他总结并自拟了枳壳甘草汤，加减应用于临床。此外，运用通络解毒汤治疗强直性脊柱炎，在临诊应用中也取得了独特的疗效。枳壳甘草汤、通络解毒汤已被收入《国家级名医秘方录》（吉林科学技术出版社）。

## 关爱人文 从心治伤

国学大师王国维说：“居今日之世，讲今日之学，未有西学不兴而中学能兴者；亦未有中学不兴而西学能兴者。”在中西医结合医学的道路上，龚正丰先生始终融中汇西，博采众长，做到手法手术兼容，内服外用并举，气血痰湿共治，治伤调心同步。

对骨伤科医生来说，在诊治中大概有这样几种常见风格。有的医生只看片子，不看病人；有的医生先看片子，再看病人；有的医生先看病人，再看片子。以人为本的理念，从中便可一目了然。而龚正丰先生绝对是一位先看病人的医生，他强调，首先要看出疾病的轻重缓急，但更要重视病人的心理状态和社会背景。多年来，调心治神、从心治伤已成为其临诊的一大特色。在诊治过程中，其始终遵循“但求人安康，宁可药生尘”这一为人民服务的宗旨，俨然有大师岳美中所倡导的那种要时刻遵循“治心何日能忘我，操术随时可误人”的名师风度。

龚正丰先生常以“立业先立德，做事先做人”自勉，并以此在他的事业中纵横驰骋。作为学科带头人，针对科室一部分青年医生在临诊工作中出现的一系列问题，他从人文角度和“另类”角度着手，亲自在科内讲授《怎样看病》，强调看病就是看良心，行医就是行良心，其深入浅出，事例生动。这一讲不讲医技，只讲医道，其用意很显然，“工夫在诗外”，因而起到了非常好的效果。

说到林语堂先生有句名言：“两脚踏东西文化，一心评宇宙文章”，那么作为龚正丰先生行医治学的最好写照是：两脚踏中西医学，一心作骨伤诊治。当然，在龚正丰先生的眼里，成功并不是命运恩赐的良机，而是历尽风霜雪雨；成功并不是血液中的优良基因，而是临苦的艰辛砥砺。正像龚正丰先生所注重的那样，这中间除了智商因素之外，更多的则是情商在起着作用。他平时常说：“篱笆扎得紧，野狗钻不进。”也就是说，作为一个团队中的领导者，在工作中既要团结和自己意见相同的人，也要团结和自己意见不同的人，更要团结与自己意见呈对立面的人。此外，既要尊重多数人意见，又要保护少数人的意见，力求在求同存异的基础上，形成团结、紧张、严肃、活泼的团队精神。

龚正丰先生平时在工作中，就是这样言传身教，身先士卒。他和他的工作团队，常常是言者有心，听者有意，并做到两者相互激励来推动工作不断向前发展。而正是在这样一种工作氛围中，苏州市中医医院骨伤科已经成为国家重点中医临床专科，目前正按国家“十一五”规划的要求，深入进行专科的一系列强化建设，展现着吴医骨伤的特色与风采。

原载于《中国中医药报》，2009 年 4 月 2 日

# 二胡演奏家陈耀星

这一段视频最近在微信上又疯传，我也看过无数次。

华人二胡大师高韶青，用一把二胡在加拿大力压老外 4 把大小提琴，在加拿大新总督就职典礼上精彩表演《战马奔腾》，把外国人看呆，超强度的演奏，振奋人心，全场震惊。应该说，我对《战马奔腾》耳熟能详，其演奏及技巧难度大，但我也能演奏其中的一小片段。说到《战马奔腾》，就必定想到陈耀星。

陈耀星，犹如一颗璀璨的星星，照亮了二胡演奏艺术领域。

陈耀星，著名二胡演奏家，国家一级演员，苏州常熟人。他 1961 年毕业于南京艺术学院音乐系，从师于马友德、甘涛等大家。

二胡独奏曲《战马奔腾》，1979 年原创于第二炮兵政治部文工团陈耀星，在国内外广为流传。陈耀星先后多次举办个人二胡独奏音乐会。他们是二胡之家，祖孙三代都是二胡演奏家。

陈耀星，我曾两次在苏州见过他，并聆听了他的《战马奔腾》。一次在苏州民族乐器厂演奏，一次在苏州市会议中心市委、市政府举办的春节团拜会上演奏，我均在现场观看。陈耀星那年在苏州民族乐器厂演奏后，我和他们父子俩还一起合了影。

其实，这个视频之前就有了。《战马奔腾》难度系数超过《赛马》数倍。

《战马奔腾》——陈耀星强力打造的军营狂想曲。《战马奔腾》是二胡演奏家陈耀星在 20 世纪 70 年代创作的一首二胡独奏曲。在这首《战马奔腾》中，作者立意清新，富有独创，传神地把战马奔腾的形象如浮雕一般凸现出来。陈耀星运用了自己独特的高难度演奏技巧，成功地表现了守卫在边疆的骑兵战士的军营生活，乐曲开创了用二胡表现军事题材的先例。

乐曲的主题是作者在蒙古族民歌音调的基础上创作的富于地方色彩的旋律。乐曲的引子像是一段进行曲，随着二胡奏出铿锵有力的军歌主题，一股硝烟滚滚、狂风萧萧、将士挥戈、万马奔腾的疆场气息顿时扑面而来。乐曲第一主题的音调激奋昂扬、节奏铿锵、精悍有力，塑造了边防战士挎枪跃马的英武形象。第二主题是边防战士自豪的心声，抒发了边防战士热爱祖国、热爱和平的深厚感情。乐曲的中段，作者创造性地运用了一些特殊的演奏技巧，如“大击弓”即用琴弓敲击琴弦，模仿马蹄飞奔声；用“双弦快速抖弓”，由弱到强地逐渐向上模进，表现战马冲锋时的厮杀声；用快速的连顿入弓和下滑音的结合模仿厮杀时马刀的呼啸声等，把听众带入战马嘶鸣、风驰电掣、冲锋陷阵、顽强格斗的艺术情景之中。乐曲的最后，是第一主题的再现。在接近尾声时，又模拟出冲锋号声。最后，乐曲在战马嘶鸣声中突然放慢速度，坚定地、强有力地结束了全曲。仿佛刀光剑影隐去，英雄们“鞭敲金蹬响，齐唱凯歌还”。

《战马奔腾》是二胡作品中演奏难度最大的，最能考验演奏者的技巧。该曲现场演奏，往往引起全场掌声阵阵雷动。现今成名的二胡演奏家中，几乎没有未演奏过该曲的。

在几十年的二胡演奏生涯中，陈耀星对这门传统拉弦乐器的演奏技巧大胆地进行了革新，创造并发展了连顿弓、大击弓、弹轮弓、外拨弦、伪泛音、双弦快速抖弓、小垫揉弦法等多种演奏新技法，用以演奏力度感超强的歌曲，产生了神奇的效果。他还借鉴了西洋小提琴的右手运弓手法，发展了二胡右手演奏技巧，大大地丰富了二胡的音乐表现力。其演奏刚健灵敏、清晰流畅、浑然天成，多次获得全国民族器乐大赛奖项。

在《战马奔腾》作品中，结尾部分，嵌入了《中国人民解放军进行曲》的旋律，引人入胜，完美收场。

# 热心大师顾明远

在战疫关键时刻，宅在家中，一边忧国忧民，一边在赶写我的腰痛专业书稿《巨大 / 游离型腰椎间盘突出症的中西医结合治疗的病例研究》。在写后记时，我突发奇想，是否能有机会请中国著名教育家顾明远老先生挥笔题个词，放在书的扉页中？

于是，我马上想到先联系他的高足丁瑞常教授。

说起丁瑞常教授，是我 2019 年 4 月 15 日，通过读《光明日报》他那篇文章《鲐背犹存青云志　老骥常怀慈教心——我的老师顾明远先生》而“云”相识的。

丁瑞常教授书写的这篇纪实报道，有三大章节内容，洋洋洒洒，包罗万象，首先是博学而笃志，切问而近思；其次为行文简浅显，做事诚平恒；第三是春风化雨，博文约礼。其娓娓道来，引经据典，故事精彩，鸿篇展开，细节生动，读后感触很深，让我仿佛走进了顾明远先生平凡而高大的形象之中。

在丁瑞常教授笔下的顾明远大师，温文尔雅，关爱弟子，其景其情，栩栩如生。

> 比如每次坐车，只要还有其他陪同人员，先生就一定记得小声叮嘱我：“你先上车，坐到后头去”；
>
> 有一次席间，有人在微信上找我有事，我便在餐桌上回了一阵。餐后，顾先生见大家走了，就过来跟我说：“刚吃饭的时候，你拿着手机干些什么啊？其他人都在说话，你一人一直在那低着头点手机。”
>
> 顾先生是想教育我这样不礼貌，但他不是上来直接劈头盖脸地训我一顿，而是用非常平和的语气问我为什么要在别人说话的时候捣鼓手机。我想这就是先生说的“育人在细微处”吧。

文中诸如此类的细节描写有多处，很实在，超给力，让我有过目不忘之效。

读罢，仿佛余音绕梁，三日不绝。于是，我找到了《光明日报》编辑部，经他们的热心帮助，我得到了丁瑞常教授的手机号，并建立了微信联系方式。说实话，《鲐背犹存青云志，老骥常怀慈教心——我的老师顾明远先生》一直置于案头，丁瑞常教授的神来之笔，我时常拿出学习回味，温故知新，意在用大师精神鼓励自己。

想到题词一事，我立即用微信试着联系："丁教授您好！虽未能谋面，但通过《光明日报》隔空结识您，非常荣幸。今写信息非别，昨天晚上我改稿到深夜，为的是再版我的一本医学专著，该专著由北京协和的邱贵兴院士作序。扉页中我也请了一些大家题词。今晨突然想起，能否请您导师顾老也赐我一句，以便放入书的扉页之中。如厚德载物、医者仁心、大医精诚或宁静致远等格言警句，不知方便吗？我感到自己很冒失，打扰您了。非常抱歉。最后，特向您问好，同时也向顾老问好请安！在这非常时期，请你们多多保重。苏州市中医医院姜宏敬上。"

丁教授随后回复："姜教授您好，我帮问问。"我又回道："非常感谢！"丁教授又道："您客气，我尽力。因为顾先生平时都是给学校题字，所以我不能确定，我只能问问。"

没过几天，丁教授告诉我："姜教授，顾先生答应了。"我忙说："容后赴京叩拜并面谢顾老和您！"丁教授说："姜老师，要不把您的通讯方式给我，我先寄给您？怕您那出书急用。"过了一天，丁教授又发来信息："姜教授，顾先生说现在快递不让上楼，他说明天下楼给您上邮局寄。"我非常感动道："好的！非常感谢他老人家。趁方便时，千万保重。谢谢丁教授！"。

鲐背之年的中国著名教育家顾明远老先生，百忙中拨冗为我一个尚未谋面的普通医生挥毫泼墨，题书"大医精诚"，特别是在疫情期间，快递员不能上门服务的情况下，还要亲自下楼，上街去邮局办理邮寄业务，闻讯后我为之动容，备受鼓舞，心存感激，难以忘怀。我想，我一定不辜负他老人家对我的殷切期望，在我的临床岗位上，救死扶伤，甘于奉献，用功仁术，用心厚德，响应习主席的号召："要遵循中医药发展规律，传承精华，守正创新"，砥砺前行，更上层楼。同时也期待早日去北京登门叩拜顾老先生，以当面聆听教诲并与之合影留念。同时也要再次感谢牵线人丁教授！

我早就知道，顾明远老教授曾任北京师范大学副校长、中国教育学会会长、世界比较教育学会联合会主席等职。他著作可等身，桃李满天下。有幸“结识”并获赐书作题词，是我一生的荣幸。

我想，这真是一次奇遇。因为我先有幸通过拜读丁教授的大作而隔空相识了顾明远老先生，时至今日，这让我想来就非常激动，眉飞色舞。

顾明远，顾“明”思义，就是——明齐日月，远见卓识。他教书育人，以古喻今，与时俱进，闻名遐迩；作为他的学生辈，我治病救人，时常用“远志”这味药给病人宁心安神，也旨在让自己宁静致远，静下心来为病人服务。我俩仿佛是忘年的“云交”。

顾明远老先生的伟岸身影、学术成就、为人处世、立德树人，令人难以望其项背。

我虽不能至，心向往之。要明月入抱，志存高远。

最后请让我在此打住，顾明远老先生是江阴人，也就是我们苏州人。

# 后记

我有三个追求，即做一个正直的人，做一个读书的人和做一个好医生。要接近这三个追求，有时要有一点儿逆流而上、甘于寂寞的勇气。否则，《走进名校与名师》也是无法完成的。

或许有人会问，你怎么有时间、有精力去写这本文集《走进名校与名师》？我想原因有三：

首先，怀揣着一颗到名校去读书的种子还难以泯灭。但我更欣赏曾国藩有关读书的那段表述："苟能发奋自立，则家塾可读书；即旷野之地，热闹之场，亦可读书；负薪牧豕，皆可读书。"当然，我永远达不到那种"发奋自立"的读书程度，但深知"立学以读书为本"。

其次，读书思考感慨，读识名校名师，其乐无穷。犹记德国著名哲学家康德，他终其一生，都只在自己的家乡小城里读书思考，著书立说，终成一位伟大的学者。他的思想从哪里来？正是从读书思考中来。古时，凿壁偷光，囊萤映雪；现在，迷恋读屏，废寝忘食，读破万卷，触手可及。从木牍、竹简、缣绵、纸张到数字化载体，跨越千年，但读书思考一成不变。

再次，爱好读书，自然也爱好写点儿豆腐块有感。就像歌词"时间都去哪儿了？"我的业余时间都去哪儿了？主要都去充电学习了（双休日多半外出参加骨科学术会议）；还剩一点儿，就去爱好读写那儿了。因为我非常欣赏明代于谦的《观书》这首诗："书卷多情似故人，晨昏忧乐每相亲。眼前直下三千字，胸次全无一点尘。"

最近，还从文汇报笔会中读到《好作者和好读者》一文，感到非常有意思："只有你是个好作者，我才是个好读者；即使我不是个好作者，你仍然可以是个好读者。"我想，我肯定不是个好作者，但仍然希望《走进名校与名师》有好读者。

《走进名校与名师》，更动情的文字与画面，还是有赖名师名家挥洒自如带来的开卷有益，带来的点睛之笔。

首先，我要衷心感谢中国人民解放军八一电影制片厂老厂长、百岁高龄的彭勃将军，为我挥毫题写了书名。当年，彭将军曾被毛主席赞誉为"军中三支笔"，另两支是舒同和武中奇。百岁将军的金钩银划也让人想象得出那些百年老校的百年底蕴。值得一提的是，是书原名为《走近名校与名师》，我之所以用“近”，是因为我只是“走近”而并非“走进”那些名校与名师，但彭老将军大笔一挥，将“走近”书成“走进”，因而“将错就错”将书稿定名为《走进名校与名师》。其实，我真的没有走进而只是走近。

其次，要衷心感谢上海同济大学中文系主任朱静宇教授的美丽序文。中国著名的研究比较文学的大师教授为一位业余文学爱好者作序，这是对我的最大鞭策与鼓励，她妙趣横生的文笔、形象生动的比喻，除了让我受之有愧、受宠若惊之外，更要欣赏加学习。

第三，还要感谢江南社会学院张卫教授，这位我中学时代的老同学，这位亦同学亦友的明师，继我前面的七本文集后（有两本为摄影集），第八次为我发力，作序推荐。他的序文有高度，有思想，有哲理，这得益于他在起跑线上就读于复旦大学本科和硕士打下的坚实基础，以及持之以恒的学术研究。他的神来之笔，寓意深刻，启人心扉。

还要衷心感谢中国教育学会原会长、北京师范大学原副校长顾明远教授，中国工程院院士、上海交通大学医学院附属第九人民医院原院长戴尅戎教授的富于哲理的精美题词与赐教。

轻掩书封，也要感谢中国水利水电出版社诸位编辑老师的真诚帮助，感谢朱政老师的热情相助和大力支持。

借此机会，感谢所有一直关心帮助我的师长、领导、同事和朋友们。

作者<br>2019 年 7 月 23 日